KB078431

그라니트
용들의 땅
GRANITE

그라니트 : 용들의 땅 2

이경영 판타지 장편 소설

초판 1쇄 찍은 날 § 2015년 09월 11일
초판 1쇄 펴낸 날 § 2015년 09월 22일

지은이 § 이경영
펴낸이 § 서경석

편집책임 § 박가연

펴낸곳 § 도서출판 청어람
등록번호 § 제387-1999-000006호
등록일자 § 1999. 5. 31
어람번호 § 제1-2227호

주소 § 경기도 부천시 원미구 부일로 483번길 40 서경B/D 3F (우) 14640
전화 § 032-656-4452 팩스 § 032-656-4453
http://www.chungeoram.com
E-mail §chungeorambook@daum.net

ISBN 979-11-04-90407-3 04810
ISBN 979-11-04-90405-9 (세트)

그라니트

용들의 땅

GRANITE

2

도서출판 청어람

GRANITE
그라니트

용들의 땅

CONTENTS

10
신을 사냥했던 자

데스디아의 일격은 검의 일격이라 표현할 수준이 아니었다. 전류에 감싸인 혜성처럼 한 공간을 완전히 제압해 버리는 강렬한 불꽃이었다.

그 일격에 치프의 데토네이터를 잡은 왼손을 제외한 엠페라투스의 육체 대부분이 망치에 맞은 석고상처럼 파손되었다.

그러나 엠페라투스의 몸을 파괴한 폭발은 그 주변에도 영향을 끼쳤다.

데스디아는 땅바닥에 내동댕이쳐졌고 셀레스티아도 뒤편에 있던 건물 벽을 뚫고 들어갈 만큼 강하게 튕겨 나가고 말았다.

하늘에 떠 있던 루할트와 알케온은 전원이 꺼진 텔레비전처럼 눈빛을 잃으며 추락했다.

흰색의 고리 모양으로 퍼진 폭발의 충격은 빅시티 대부분을 흔들었고 가장 큰 피해를 입은 곳은 연합병원이었다.

병원의 지하시설을 제외한 건물 전체가 몰려드는 충격파와 되돌아오는 후폭풍에 연타를 당하면서 곳곳이 붕괴되었다.

맨몸으로도 위험한 상황에서 포프의 시신까지 안고 있었던 사만다는 옥상에서 튕겨 나갔다.

하지만 사만다가 무의식적으로 휘저은 오른팔이 충격에 노출된 건물의 창틀에 기적적으로 걸렸다.

엠페라투스의 왼손에 감싸인 채 그 모습을 본 치프는 사만다가 정말 타고난 행운의 소유자라며 감탄했지만 그것도 오래가지 않았다.

사만다를 건져 준 창틀이 사만다와 그녀가 왼손으로 붙들고 있는 포프의 몸무게를 이기지 못하고 건물에서 이탈하려 했기 때문이었다.

치프는 목에 걸고 있는 통신기의 버튼을 다급히 눌렀다.

"포프를 놔, 사만다!"

귀에 낀 수신기로 치프의 목소리를 들은 사만다는 창백해진 얼굴로 치프 쪽을 돌아봤다. 그럴 수는 없다는 뜻이었다.

그 와중에도 그녀가 의지하고 있는 창틀은 파편까지 날리며 더욱 위태로운 각도로 꺾였다.

"시체잖아, 빌어먹을! 망설이지 마!"

땅에 엎드린 채로 치프의 발언을 들은 데스디아는 무슨 소리를 하는 거냐며 그를 말리고 싶었으나 일어나지도 못할 만큼 큰 충격을 입은 그녀의 흐릿한 시야에는 위태롭게 매달려 있는 사만다의 모습이 어렴풋이 잡혀 있었다.

공포와 용기의 경계선에서 사만다가 비명을 질렀다.

"으아아아아!"

데스디아가 의식을 잃기 전에 마지막으로 목격한 것은 포프를 잡고 있던 왼손으로 창틀을 쥔 후 건물 안으로 무사히 들어가는 사만다의 모습이었다.

엠페라투스의 손이 사라지자 위험할 정도로 구겨진 데토네이터가 땅에 떨어졌다. 추진기 하나로 겨우 버텨 안전히 착지한 치프는 즉시 데토네이터와의 연결을 끊었다.

데토네이터의 가동한계시간까지는 겨우 20초만이 남아 있을 뿐이었다.

그는 폐허를 자주 목격했다. 도착한 곳이 폐허인 경우도 많았지만 그가 직접 폐허로 만들어 버린 경우도 있었다.

그러나 불과 수십 분 전까지만 해도 400만에 가까운 사람이 생생하게 활동했던 대도시가 이처럼 완파된 경우는 오늘 이전까지 단 한 번밖에 보지 못했다.

'이런 꼴을 또 보게 될 줄이야.'

치프는 한숨을 터뜨렸다. 그의 마음은 그렇게 한탄하는 것만으로도 빠르게 안정됐다. 지금과 비슷한 상황을 과거에 한 번

겪었기 때문이다. 그러나 안정만 됐을 뿐, 분노는 쉽게 가시지 않았다.

그는 목의 통신기를 다시 만졌다.

"사만다, 상황 보고해."

—병원 안으로 무사히 진입했습니다. 붕괴 위험이 없는 곳으로 생존자들을 인도하겠습니다.

그녀의 목소리는 착 가라앉아 있었다. 단 한마디 명령으로 그녀를 우울하게 만들어 버린 치프는 한 번 더 괴로운 부탁을 해야 한다는 사실에 마음이 아팠다.

"사만다. 그 건물은 아마 2시간도 버티지 못할 거야."

—예, 알고 있습니다. 그러니 생존자들을…….

"다른 사람들은 내버려 둬."

—아저씨?

"젝스의 안전부터 확보해 줘. 위치 정보를 보니 아직 신체 재구축 치료실에 있군."

사만다로부터 응답이 없자 통신기를 누르고 있는 치프의 손에 힘이 들어갔다.

"생존자들 인도는 내가 할 거야. 살기 위해서 반쯤 미쳐 있을 사람들을 나보다 잘 다룰 자신이 있으면 네가 해."

—알겠습니다. 젝스가 있는 곳으로 이동하겠습니다.

통신을 종료한 치프는 방금 했던 말과 달리 병원 쪽으로 움직이지 않았다.

그럴 수가 없어서였다.

"이런, 이런. 나와 즐겨야지, 어딜 가는가?"

데스디아의 마지막 공격으로 인해 공터로 변해 버린 장소에서 엠페라투스의 건강한 목소리와 함께 보라색의 안개가 일어났다.

삽시간에 짙어진 안개는 이윽고 온전한 엠페라투스의 모습으로 변했다.

치프와 마주 본 엠페라투스는 입꼬리를 올리며 웃었다.

"그 위대한 운캄타르도 나를 쓰러뜨리기 위해 많은 것을 버려야 했지. 그의 위대한 힘은 행성의 지각을 찢어버릴 만큼 강대했지만 아쉽게도 나를 압도하진 못했다. 정령술사와 애송이 영주가 힘을 합친 장난 따위에 내가 어떻게 될 거라고 생각했나?"

그러나 온전히 복구된 것은 엠페라투스의 육체만이 아니었다. 셀레스티아가 소모했던 운캄타르의 봉인들까지 엠페라투스의 몸에 박힌 채로 말끔하게 재생되었다.

"생각? 설마? 난 뜬금없이 부활해서 나타난 네놈과 도시 한가운데서 싸우게 될 거라고는 꿈에도 몰랐는데? 신에게 승리를 바랄 틈도 없었다고!"

일단 농담을 하긴 했으나 치프는 멀쩡해도 너무 멀쩡한 엠페라투스를 상대로 자신이 무엇을 할 수 있는지 감이 잡히지 않았기에 건하운드만 만지작거렸다.

"신이라……. 미안하지만 그들의 옥좌는 아주 오래전에 주인을 잃었지. 내가 오래전이라고 할 정도면 네놈에게는 아주 까마득한 얘기일 것이다. 귀찮은 놈들이었지."

엠페라투스는 자신이 파괴한 빅시티를 봤다.

"그들의 옥좌도 이 꼴이었어."

그 보라색의 드래곤은 기억을 털어내듯 머리를 흔들었다.

"네가 말한 신의 이름을 한번 얘기해 보겠나? 내가 아는 놈들인지 궁금하군. 혹시 일치한다면 내가 그 신을 어떻게 죽였는지 이야기해 주지."

"아니, 농담이었어. 난 사실 무신론자야."

"그러한가? 그렇다면 나와 운캄타르의 싸움이 완전히 헛된 것만은 아니었군."

엠페라투스는 치프를 향해 성큼성큼 걸어갔다.

"내 추종자라는 놈들은 네놈을 내 영혼의 배달부 정도로 생각한 것 같지만 아무래도 큰 오해를 한 것 같군. 정령술사는 나와 싸울 자격이 있었지만 넌 나를 이길 자격이 있다."

"날 너무 띄워주는 거 아냐?"

"넌 너무 재미있어. 네놈은 아마 상상도 못할 거다. 운캄타르의 자손이 네놈에게 무슨 짓을 했는지 말이야."

셀레스티아를 이야기하는 것이었기에 치프는 자신의 오른팔을 보란 듯이 만졌다.

"내가 받은 건 새로운 팔다리와 눈인데?"

"그런가?"

엠페라투스는 건물 안에 쓰러져 있는 셀레스티아를 흘끔 봤다.

"저 운캄타르의 자손이 자신의 아비와 비슷한 성격이라면 아마 네놈에게 눈이 녹네 마네 하는 얘기를 했을 것이다. 운캄타르도 거짓말을 못하는 성격이었거든."

일전에 그녀에게 눈사람 얘기를 들었던 치프는 표정을 찡그렸다.

"그게 뭐?"

"운캄타르는 겨울을 싫어했지. 특히 얼음들을 말이야. 그런 친구였어."

"데이트라도 하신 것처럼 얘기하는군."

"남자끼리 경치를 구경하는 것은 계집들을 대동했을 때와 달리 정숙함의 묘미가 있지. 얼음덩어리의 대륙조차도 진지하게 평하며 감상할 수 있거든. 친구란 그런 거야."

치프는 그 얘기를 듣고 하마터면 웃을 뻔했다. 그의 코앞까지 온 엠페라투스의 태도는 그만큼 혼란스러웠다.

"그래, 셀레스티아는 나를 눈사람에 비유했어. 대체 말하고 싶은 게 뭐야?"

"눈사람? 흠, 그렇군. 아무튼 그게 녹으면 뭐가 될 것 같나?"

"물이겠지?"

"쯧, 낭만이 없는 놈이로군."

엠페라투스는 치프를 즐겁게 보며 말을 이었다.

"네놈은 그때 죽은 거다. 녹은 눈사람처럼 말이다."

"……."

잠깐 할 말을 잃은 치프는 오른팔을 만졌던 왼손으로 자신의 얼굴을 쓸어내렸다.

"난 인간이야."

"그렇게 생각하고 싶다면 그리하도록."

엠페라투스가 즐겁게 웃었다. 치프는 그 모습을 보고 화가 났지만 두려움도 함께 느꼈다.

"그럼 난 뭘 위해 만들어진 도구지?"

치프가 흔들림 없이 즉시 묻자 엠페라투스는 만족한 듯 웃었다.

"운캄타르는 여러 가지 상황에 대처하기 위해 많은 준비를 했을 것이다. 내 영혼을 유전자에 새긴 존재가 이 행성을 방문할 것이라는 사실은 내가 잠들기 전에 예고를 해줬으니 준비하는 데는 문제가 없었겠지."

엠페라투스는 눈을 감고 운캄타르의 백금색 자태를 떠올렸다.

"그 친구의 추종자들은 게으름을 피웠겠지만 운캄타르는 그러지 않았을 것이야. 나를 유일하게 이해해 주는 친구니까."

"아름다운 추억을 방해해서 미안한데, 도구로써의 내 역할은 뭐냐니까?"

"그건 말 못하지. 나와 그 친구의 게임은 여전히 진행 중이며 넌 그 게임의 참가자거든. 서로의 생각, 혹은 손에 쥔 수단을 다 드러내면서 즐기는 게임이 재밌을 것 같나?"

"……."

치프는 어이가 없었다.

아니, 용서할 수 없었다.

엠페라투스는 자신이 벌인 파괴와 살육, 그리고 지금도 온 행성을 뒤덮고 있는 드래곤들의 광란을 즐거운 오락거리 정도로 생각하고 있었다.

화성 식민지에서 마약을 투여당한 소년병들과 처음 대적했을 때처럼, 또 소년병들에 대한 대처 방법을 마치 캠핑의 모험담처럼 가볍게 이야기하는 상관들을 봤을 때처럼, 치프는 눈앞의 상대를 진심으로 용서할 수가 없었다.

과거의 기억이 아니라 'A—1730'이라는 자의 기억이었다 해도 상관없었다.

그냥 마음에 들지 않았다.

"질문 좀 해도 될까?"

"질문과 답변은 가장 재미있는 오락거리지."

엠페라투스가 허락했다.

"내가 널 작살내려면 어떻게 해야 하지?"

"괜찮은 질문이군."

엠페라투스의 두 눈에서 즐거움과 살기가 섞인 서늘한 빛이 흘러나왔다.

"운캄타르가 그랬던 것처럼, 너는 나를 이기기 위해 소중한 것을 포기해야 할 것이다."

"소중한 것을 포기하라고?"

"물론 그런다고 해서 져준다는 의미는 아니다."

"하, 진짜 즐거운 싸움에 대해서 뭘 좀 모르는군?"

"음?"

치프가 짧게 웃음을 터뜨리며 말하자 엠페라투스가 의아해했다.

반면 치프는 지금껏 남에게 보여준 적이 없던 험악한 표정을 지었다.

"이겨서 쟁취하기 위한 게 싸움이야! 트로피, 돈, 여자, 성적표, 직장, 하다못해 잘 때 쓸 베개까지! 그런 것들을 얻어서 만족하기 위해 하는 것이 바로 싸움이고 경쟁이며 게임이라고!"

"그것이 네 종자들이 즐겨온 재미인가?"

"그래, 맞아! 포기하긴 뭘 포기해! 뭣도 모르고 아빠 빚 때문에 여기에 총질하러 온 아마추어 계집애 목숨 같은 건 기분 더러워서라도 얻기도 싫고 포기하기도 싫어!"

치프는 앞에 놓인 작은 돌멩이를 발로 걷어차며 화를 냈다. 포프가 입사한 날부터 가슴에 묻어뒀던 것들을 전부 토해낸 그는 자신에게 차여 저 멀리 박히는 돌멩이를 끝까지 지켜봤다.

그 작은 돌멩이가 꼭 사만다가 놓아버린 포프처럼 느껴졌기 때문이다.

"말 나온 김에 하루만 휴전할까, 엠페라투스 씨? 그 계집애 아빠의 면상 좀 보고 올 테니까!"

"음? 아… 너는 의외로 사소한 것들을 마음에 담아두는 성격이었군. 아무튼 그건 네놈의 규칙이 아닌가? 내가 왜 네놈의 규칙을 따라야 하지?"

"시대가 바뀌었으니 룰도 바뀌어야지? 그래야 더 즐겁지 않겠어?"

"흠……."

치프의 지적을 들은 엠페라투스는 잠시 고민했다.

"아무래도 네놈에게는 소중한 것이 아직 없는 것 같군. 이것도 운캄타르의 계략인가?"

"됐으니 결정이나 해!"

"결정?"

"나와 싸울 거야, 아니면 나 대신에 소중한 것을 포기할 놈이 나타날 때를 기다릴 거야?"

"으음."

팔짱을 낀 엠페라투스는 생각에 잠겼다.

"확실히 뭔가를 기다리는 것은 내 성격에 안 맞지. 좋아, 네놈과 싸워주마. 하지만 과정과 결과의 재미를 더하기 위해서는 이 상황을 좀 바꿀 필요가 있겠군."

"상황을 바꾼다고?"

"이 도시는 부서졌고 날개 달린 자들은 미쳐 날뛰고 있지. 그러한 혼란 속에서는 네놈이 나에게 맞설 힘을 키울 수 없을 것이야. 그러니 두 가지의 사실만을 제외하고는 모든 것을 '그때 그 상황'으로 되돌려 주마."

"되돌려? 시간이라도 되돌린다는 건가?"

"후후, 내가 시간을 되돌릴 수 있었다면 나는 나와 운캄타르가 영원의 전성기를 누리고 있을 시점으로 되돌아갔을 것이다. 너는 '도구', 운캄타르는 '친구'. 비교할 수 없지. 아쉽게도 내가 할 수 있는 것은 고작 어지럽혀진 놀이터를 청소하고 정돈하는 수준의 일이다. 네 느낌으로는 꼭 시간을 되감은 것 같겠지만 말이다."

치프는 엠페라투스가 대체 뭘 하려 하는지 감을 잡을 수 없었다.

엠페라투스는 난감해하는 치프를 보며 코웃음을 쳤다.

"두 시간 뒤에 네 회사로 찾아가마. 이제 뒤를 돌아봐라."

치프는 그의 말대로 뒤를 쳐다봤다.

수송기 내에서 안전벨트를 풀고 일어나 비틀거리고 있는 포프의 모습이 눈에 들어왔다.

"어……?"

치프는 지금 수송기 뒤쪽에 설치한 총을 쥐고 있었다.

포프가 총의 사격 반동으로 수송기에서 튕겨 나가 추락하기 직전의 '그' 상황이었다.

"젝스, 붙들어! 포프를 잡으라고!"

눈을 멀뚱거리며 좌석에 앉아 있던 젝스는 치프의 고함을 듣자마자 눈앞에 있는 포프의 팔을 잡아당겼다.

치프는 총의 조준기를 다시 봤다. 거대 곤충들에게 쫓기고 있는 난쟁이 헌터들의 모습이 보였다.

'시간을 되돌린 건가? 정말로?'

당황한 치프를 데스디아가 쳐다봤다.

"우리가 왜 여기 있지, 치프?"

"응?"

"빅시티에서 엠페라투스라는 괴물과 싸우지 않았나?"

행성 전체의 모든 생물이 기시감에 빠져 있었다.

그것은 엠페라투스에게 직접 죽었거나 광기로 인해 서로를 먹어치우려 했던 드래곤들까지도 마찬가지였다.

치프는 자신의 아날로그 손목시계를 봤다. 시간은 무려 1시간 가까이 흐른 상태였다.

'시간을 되돌린 게 아니잖아? 그럼 대체 무슨 일이 벌어진 거지?'

그 혼란으로 인해 지상에 있는 자 대부분은 우주에서 일어나고 있는 일들을 거의 눈치채지 못했다.

헬터스크의 지시에 따라 지상의 상황을 지켜보기만 했던 우주연합의 제2함대 앞에는 날개로 몸을 감싼 채 눈을 번뜩이는 엠페라투스가 있었다.

그의 몸에 박힌 운캄타르의 봉인은 통증과 뻐근함을 주었지만 그것들은 엠페라투스의 감정을 더욱 격화시키기만 했다.

"내가 가장 싫어하는 것들 가운데 하나가 바로 네놈들 같은 건방진 구경꾼이다. 위에서 나를 내려다보는 꼴이 마치 신과 같더군."

엠페라투스는 격렬한 분노에 감싸여 있었으나 제2함대를 공격하진 않았다. 함대 내에 자신을 공격하려는 자도, 물체도 없었기 때문이다.

"밑에서는 그 덜 여문 재미에 몰두해서 네놈들을 처단하지 않았지만 이제는 아니다. 이제부터 네놈들이 나에게 보여줄 태도에 따라 네놈들의 생사 여부가 달라질 테니 어서 나와라."

경고하는 엠페라투스의 앞에 나타난 것은 노란색의 드래곤처럼 생긴 빛의 덩어리였다.

"위대하신 엠페라투스시여! 당신의 가여운 추종자가 감히 이렇게 영혼의 모습으로 인사를 드리고자 합니다!"

"네놈은… 아, 기억나는군. 헬터스크였지?"

엠페라투스가 그 드래곤의 형상을 한 빛을 향해 덤덤하게 말했다.

"오오, 엠페라투스시여……!"

드래곤처럼 생긴 빛의 무리가 엠페라투스 앞에 머리를 숙이고 몸을 움츠렸다.

"이 헬터스크를 비롯한 엠페라투스 님의 추종자들은 이 순간을 6,600만 년 동안 기다렸습니다! 어서 옥좌에 오르시어 저희를 이끌어주십시오!"

"흠."

엠페라투스는 시답잖다는 눈으로 그 노란색의 영혼, 헬터스크를 바라봤다.

"내가 너를 왜 기억하는지 알고 있나?"

"말씀해 주신다면 영원한 영광으로 삼겠습니다."

"추종자랍시고 나를 따라다니면서 내 재미를 빼앗아 간 놈들 중에 네놈이 가장 인상적으로 멍청했거든. 내가 즐기려고 준비한 재밋거리들을 그저 죽이기만 했지. 재물이니 어쩌니 하면서 말이야."

헬터스크의 빛이 움찔했다.

"엠페라투스 님! 저를 포함한 수많은 추종자가 지구인을 이 땅에 내려 보내지 않았다면 엠페라투스 님은 깨어나실 수 없으셨을 겁니다!"

"그래, 네놈들이 간섭하는 바람에 재미가 무르익지 못했지."

엠페라투스의 불쾌감은 식지 않았다.

"너는 내 친구를, 운캄타르를 지나치게 무시했다."

생각지 못한 말을 들어버린 헬터스크는 바람에 맞은 연기처럼 모습이 흐트러질 정도로 당혹감에 빠졌다.

"무슨 말씀이십니까, 엠페라투스 님?"

헬터스크가 묻자 활짝 드러난 엠페라투스의 이빨 사이로 보라색의 연기가 흘러나왔다.

"네놈들은 운캄타르가 깔아놓은 길을 달려와서 나를 깨운 것뿐이다. 그 증거로 난 이토록 간단하게 부활해 버렸지. 아마도 나는 운캄타르의 필요에 의해 지금 이 시점에서 부활한 것일지도 모른다. 운캄타르는 겉으로는 둔해 보여도 실제로는 지나칠 만큼 현명한 친구거든."

헬터스크가 이해 못할 말들을 늘어놓은 엠페라투스는 그라니트 행성 저편에 보이는 '게이트'에 눈을 돌렸다.

"저 '탈란바토르'는 보기만 해도 짜증 나는군. 잠을 자고 있을 때는 덜했지만 지금은 머리가 아플 정도야. 저게 뭔지 알고는 있나?"

헬터스크의 빛은 아무런 대꾸도 하지 못했다.

"꼴을 보니 저 물건의 진짜 이름이 탈란바토르라는 것도 몰랐나 보군. 그저 이용해 먹기 편한 이동수단 정도로 알고 있겠지? 너희 바보들은 괴롭히면서 죽여봤자 재미도 없을 것 같으니 어서 꺼져라."

엠페라투스가 다시 날개를 펼치며 그라니트 행성 쪽으로 돌아섰다.

바르르 떨던 헬터스크의 모습이 이윽고 격렬하게 타올랐다.

"더 큰 판에서 즐기시겠다고 하시지 않으셨습니까?"

헬터스크의 외침에 엠페라투스는 얼음처럼 차가운 시선을 돌렸다.

"지금 뭐라고 했나?"

"당신께서 잠드시기 전에 운캄타르에게 하셨던 말씀이십니다! 다음 세상에서는 더 큰 판에서 즐기자고 하셨지 않습니까? 하지만 운캄타르는 그 약속을 지키지 못했습니다! 이게 뭡니까? 이것이 당신께서 바라시던 큰 판입니까?"

제2함대의 기함 사령실이 순간 폭발했다. 그곳은 헬터스크가 만든 허상이 아니라 본체가 있는 장소였다.

몸이 걸레처럼 찢긴 채 우주공간으로 튕겨진 헬터스크는 엠페라투스의 검은색 안개에 휩싸이면서 삶과 죽음의 기로에 묶여 버렸다.

포프가 그랬던 것처럼.

"나의 위대한 친구를 모욕하기 위해 날 불러 세운 것이라면 네놈의 목숨은 끝이다. 그러나 조금이라도 재미있는 얘기를 한다면 상황은 바뀌겠지. 지껄여 봐라."

정말 죽기 직전까지 몰렸지만 어찌 됐든 엠페라투스의 관심을 돌리는 것에 성공한 헬터스크는 필사적으로 소리쳤다.

"아르마다가 우리에게 협력하고 있습니다! 당신께서 원하신 큰 판을 위해서 말입니다!"

"아르마다?"

분노로 구겨졌던 엠페라투스의 눈매가 조금 느슨해졌다.

"아르마다라면… 문지기 아르마다를 말하는 건가? 그 쓰레기는 나와 운캄타르가 죽였을 텐데?"

"아닙니다! 그는 지금 우주연합의 군부장관을 맡고 있습니다!"

"살아 있었단 말인가? 진실로?"

"저희가 그의 잔재를 회수하였습니다! 하지만 힘의 단편에 불과하기 때문에 전성기의 힘을 발휘하지는 못할……."

"하하하하하!"

엠페라투스가 눈을 부릅뜨며 웃었다.

"네놈들… 아니, 다들 정신이 나갔구나! 이 신선함, 정말 즐겁도다! 나를 미치기 직전까지 만들도록 말이다! 탈란바토르가 이 우주에 있는 이유를, 그리고 내가 지금 부활한 진짜 이유를 이제야 알겠군! 후후하하하하!"

제2함대 전체를 진동시킬 정도로 크고 길게 웃은 엠페라투스는 조금 진정되자 즐거움의 한숨을 쉬었다. 숨결 대신 흘러나온 것은 보라색의 불길이었다.

"나에 대한 아르마다의 태도는 어떠한가?"

"엠페라투스 님께 복종하며 자신의 모든 것을 바치겠다고 했습니다!"

"후후, 쓰레기가 바칠 것은 조금 좋은 쓰레기뿐이겠지. 좋아, 녀석을 만나보긴 하겠다."

다시 날개로 몸을 감싼 엠페라투스는 그라니트 행성을 쓸쓸하게 봤다.

"그래서 운캄타르는 나에 대한 대비를 전혀 하지 않았던 것이야. 내 친구가 말이지."

엠페라투스는 다시 헬터스크의 찢겨진 몸을 봤다. 엉망이 되었던 헬터스크의 몸이 깔끔하게 재생되었다. 부서졌던 사령실과 그 안에서 죽었던 자들 역시 시간이 되감기듯 살아났다.

"준비가 되면 나의 거처로 와라. 단, 내일 점심 이후에 오도록 해라. 난 늦잠을 자고 싶거든."

"감사합니다, 엠페라투스 님이시여!"

노란색 피부의 헬터스크는 감격하여 눈물을 보였다.

그대로 그라니트를 향해 급강하한 엠페라투스는 대기와의 마찰로 빨갛게 달아올랐다.

그는 어느 순간 날개를 활짝 펼치고 속도를 줄이면서 온몸으로 행성의 바람을 즐겼다. 눈으로는 행성의 푸른 전경을 만끽했다.

"아아, 이 아름다운 행성이 완전한 파괴와 혼란으로 물들면 난 기쁨과 함께 가책도 느끼겠지."

지상을 살피던 그는 자신이 잠들어 있었던 '선조의 등골'이라는 이름의 산맥 위에 조심스럽게 내려앉았다.

"잠시 머물 장소가 여기밖에 없다는 것도 참 쓸쓸한 일이군. 춥기도 하고."

엠페라투스는 자신의 코와 입에서 나오는 하얀색의 김을 구경했다.

"나도 사실 추운 게 싫었지. 그 어떠한 힘도 나를 냉동시킬 수는 없지만 추위가 가져오는 그 쓸쓸한 분위기가 마음에 안 들었어. 일단 재미가 없거든."

그가 목을 오른쪽으로 돌렸다.

"여긴 왜 이리 추운 것인가, 파울라여? 내 무덤이라 그런가?"

그의 옆으로 루비와 같은 비늘과 갑옷을 연상케 하는 외골격으로 몸을 뒤덮은 붉은색의 드래곤이 내려왔다.

그 드래곤은 황색으로 빛나는 눈으로 엠페라투스를 노려보면서 이빨을 드러냈다.

"여전히 재미에 빠져 살아가는구려, 엠페라투스!"

"지금은 상심했다네. 지금이야말로 자네가 나를 죽일 수 있는 기회이니 행동을 하려면 바로 하게나."

그 붉은색의 드래곤, 파울라가 의아해했다.

"무슨 일이 있었소?"

"음……."

엠페라투스는 우주연합에서 설치한 게이트가 있는 장소로 고개를 움직였다.

"이 행성 밖에 떠 있는 게이트 말일세. 자네는 알고 있나?"

"우주연합에서 이곳에 외부인들을 보내기 위해 설치한 장치가 아니오?"

엠페라투스의 입장에서는 너무 무식한 대답이었다.

"모르는군. 하긴, 그때 자네는 태어나지도 않았으니까."

엠페라투스가 한숨을 터뜨렸다. 무시당한 파울라는 이빨을 으득 갈았다.

엠페라투스가 다시 파울라를 봤다.

"옛 이름을 쓰는 날개 달린 자들 가운데 이 행성에서 가장 오래된 자가 누구인가? 설마 파울라, 자네는 아니겠지?"

"현 세대의 장로는 내가 맡고 있소. 내가 수명을 다했을 때 다음 장로가 잠에서 깨어나 왕실을 도울 것이오."

"그렇군. 그럼 얘기가 안 되겠어. 그 많은 운캄타르의 추종자 가운데 하필 애송이 중에 애송이인 자네가 남아서 내 이야기를 받아주고 있다니, 정말 운캄타르도 불쌍하군."

"……."

"그보다, 운캄타르의 자손을 낳은 것은 자네인가?"

"무, 무슨 말을 하는 것이오? 갑자기!"

"자네처럼 건강한 여성이야말로 운캄타르의 자손을 낳기에 딱 어울리지 않나?"

"나에겐 자격이 없소."

파울라는 한숨을 쉬었다.

"제1왕녀 전하는 이 땅에서 태어나신 왕비 마마께서 낳으셨소. 그래야만 의미가 있다고 성왕 폐하께서 말씀하셨다오."

대답을 들은 엠페라투스가 인상을 찡그렸다.

"그러니까 내가 진작 다른 놈이랑 결혼하라고 했지 않나?"

"그때 난 어렸소."

"그랬나? 결혼할 때가 아니었군. 미안하이. 내가 여자들 나이에는 관심이 없어서 말이지."

"……."

이빨을 다시 갈아댄 파울라는 적대적인 눈빛으로 엠페라투스를 봤다.

"농담은 그만하시오. 당신과의 공존은 있을 수 없소, 엠페라투스여. 당신이 이 땅의 날개 달린 자들에게 해줄 수 있는 유일한 일은 바로 이곳을 영원히 떠나는 것이오."

"물론 내가 아쉬움의 눈물을 흘리며 여길 떠날 거라는 생각은 하지 않겠지?"

"난 이미 당신과 싸우다 죽을 준비가 되어 있소. 나의 아버님과 마찬가지로 말이오."

"흠, 자네 부친은 소름이 끼칠 정도로 강했지. 그래서 죽이는 과정이 정말 즐거웠어."

엠페라투스에게 부친을 잃은 입장인 파울라에게는 눈이 뒤집힐 말이었으나 파울라는 구멍 난 바가지처럼 말을 줄줄 흘리는 엠페라투스의 꼴이 너무 이상했기에 성급히 화를 내지 않았다.

"엠페라투스여, 다른 꿍꿍이가 있는 것이오?"

"꿍꿍이까지는 아니고… 후우."

진심으로 한탄한 엠페라투스는 이내 고개를 저은 뒤 자신의 날개 끝을 세워서 머리 좌우를 찰싹거렸다. 인간으로 치자면 뺨을 마사지하는 것과 같은 행동이었다.

"운캄타르의 자손… 아니, 이젠 왕녀라고 하지. 자네는 나보다 앞서 왕녀의 곁으로 가게. 그리고 그때부터 그 아이를 몸 바쳐 돕게. 거기까지는 내가 보장하도록 하지. 자네는 신들의 언어를 알고 있을뿐더러 영주인가 뭔가 하는 애송이들보다는 판을 재밌게 해줄 테니까."

"앞서가라니, 설마 왕녀 전하의 목숨을 노리겠다는 말이오?"

"아니, 왕녀가 곁에 둔 그 도구를 만나러 갈 것일세. 왕녀와는 만나서 얘기만 할 생각일세."

"내가 당신 말을 믿을 것 같소?"

"난 거짓말 같은 것에서 재미를 느끼지는 못한다네. 그건 너무 저렴한 죄악이거든."

"……."

"여기서 잠시 쉬겠네. 그러니 어서 가게, 파울라 장로여. 만약 내가 왕녀에게 갔을 때 자네가 그곳에 없다면 왕녀고 뭐고 다 재밋거리로 만들어 버릴 것이네."

"알겠소."

다시 날아오른 파울라는 산맥 뒤에 숨겨뒀던 자신의 친구와 그녀가 타고 있는 자동차를 손에 든 뒤 하늘 저편으로 날아갔다.

다시 날개로 몸을 꽁꽁 감싼 엠페라투스는 목을 깊게 숙이며 숨을 죽였다. 운캄타르의 봉인도 그를 배려하듯 빛을 잃었다.

눈까지 감은 채 죽은 듯 휴식에 빠진 엠페라투스의 보라색 육체 위로 작은 새들이 하나둘씩 앉아 나직이 지저귀었다.

*　　　　*　　　　*

듀베리아 행성 출신의 난쟁이 헌터들을 모두 구조한 후 서둘러 회사로 돌아온 치프는 모든 관계자와 함께 사장실에 모여 앉았다.

회사 본관 밖에는 루할트와 가이우스, 그리고 알케온이 세 방향에서 각자의 기사단들과 함께 혹시 있을지도 모를 상황에 대비하고 있었다.

하지만 자세만 그러할 뿐, 엠페라투스를 막을 수 있다는 자신감을 가진 자는 아무도 없었다.

사장실 안의 모든 직원이 복잡한 표정을 하고 있는 가운데, 당시 죽었기 때문에 엠페라투스의 파괴를 목격하지 못한 포프만이 미묘한 표정으로 주변을 두리번거렸다.

"저기, 사장님."

"응?"

치프가 그녀를 봤다.

"저 말인데요, 혹시 죽었었나요?"

"……."

그 자리에 있는 모두가 포프를 봤다.

치프는 한 번 보고는 말았고 데스디아는 긴 한숨을 내쉬었다.

포프가 자신의 눈앞에서 휘청거리다가 머리부터 떨어지는 것을 똑똑히 목격했던 젝스는 울컥한 나머지 눈가에 눈물을 달았다.

자신이 살아남기 위해 포프의 시신을 땅으로 떨어뜨린 기억이 아직도 생생한 사만다는 죄책감으로 인해 눈동자가 흔들렸다.

항상 건강했던 셀레스티아마저 피로와 공포에 찌든 표정이었기에 포프는 기겁한 나머지 고개를 숙여 버렸다.

"몰라. 지나간 일인가 봐. 꿈처럼 말이지."

치프가 대답하자 포프가 고개를 슬그머니 들었다.

치프는 차분히 다른 사람들을 돌아봤다.

데스디아는 그냥 심각했고 셀레스티아도 만만치 않았다. 사만다, 젝스, 포프는 뭔가 제대로 된 이야기를 할 수 있는 심리 상태가 아니었다.

밖에 있는 드래곤들도 엠페라투스가 남겨준 강렬한 현실 때문에 정신이 없는 모습이었다. 영주들의 지시에 따라 각자 맡은 방향을 정확히 주시하는 자는 단 한 명도 없었다.

하늘에서 초계비행을 하는 드래곤들도 날아다니는 속도가 제각각이었다.

손에 들고 있던 캔의 탄산음료를 쭉 들이마셔 당분을 보충한 치프는 거의 비어버린 캔을 의자 밑에 내려놨다.

"여기 말고 옆에 있는 회의실로 갈 걸 잘못했네."

치프가 다시 말했다. 그는 뭔가 이야기를 할 수 있는 사람이 자신밖에 없다는 것을 알고 있었다.

엠페라투스가 약속한 2시간 중에서 소비된 시간은 약 1시간 반이었다. 치프는 앞으로 남은 30분 동안 이러고 있느니 차라리 자신의 이야기를 하여 모두의 관심을 돌리는 게 낫겠다고 판단했다.

"지구의 화성 식민지는 내가 UNSMC로서 처음 파병된 장소였어. UNSMC는 국제연합에서 관리하는 우주해병대야. 각국의 해병대와 특수부대가 여차하면 UNSMC라는 이름으로 하나가 되지."

거기까지 제대로 듣는 자는 아무도 없었다.

"화성은 지구에서 오랫동안 테라포밍 실험을 했던 장소이긴 한데, 결국 문제가 해결되지 않아서 식민지는 다른 행성에 있는 것들과 마찬가지로 위성궤도에 존재하고 화성의 땅 위에는 작업장만 설치되어 있어. 작업장도 상태가 그렇게 좋진 않아. 화성은 지구와 달리 중력도 약하고 자기장도 거지 같아서 태양풍의 영향을 너무 많이 받거든. 시설의 외장을 계속 만져 주지 않으면 태양풍에 실린 온갖 것이 작업장 안으로 밀려 들어와서 작업자들을 죽이고 말지. 지금은 기술 발달로 조금은 나아졌지만… 아무튼 화성을 지구처럼 꾸미겠다는 말은 이젠 영화에서

조차 나오질 않아. 그만큼 지구인들의 실망이 컸거든."

그때까지는 포프만이 치프의 이야기에 귀를 기울였다.

"안전하고 깔끔한 위성궤도 식민지는 인구가 평균 300만 명이야. 나와 내 친구들이 청소하기 전까지만 해도 군벌세력이 발달해서 식민지 사람들을 지배하다시피 했어. 특히 화성은 가장 오래된 식민지라서 군벌도 한둘이 아니었고 그 질도 최고로 나빴지. 그런데도 지구에선 놈들을 오랫동안 건드리지 않았어. 왜 그랬을까?"

오래전에 치프의 기억을 읽었었던 셀레스티아는 말이 없었다. 지구에서 지내는 사이에 그곳의 역사에 대해서 공부를 했던 데스디아와 목성 식민지 출신이면서 치프처럼 군에 있었던 사만다 역시 침묵을 지켰다.

"지구에서 식민지로 가는 길이 너무 멀어서 그런 거 아닌가요?"

포프가 말하자 치프는 고개를 갸웃하며 웃었다.

"그런 이유도 있고… 실제로는 생산 단가 때문이었어."

"예?"

"식민지의 일은 대부분 광물 채굴인데, 기업에서 정식으로 채굴을 하면 광부들에게 줄 임금이 엄청나거든. 보험이니 안전 문제니 복잡하기도 하고. 그런데 군벌들은 광부들을 노예 취급하지. 덕분에 지구에서는 같은 양의 광물을 비교적 푼돈으로 사들일 수 있었어."

"어……."

포프가 당황했다.

"서로 간에 이해관계가, 아니 이용 가치가 맞아 떨어진 거야. 그게 식민지 군벌의 역사지."

"사람들이 왜 그런 식으로 살아가야 했나요? 노예처럼 사는 건 말도 안 되잖아요?"

그것은 포프뿐만 아니라 모두가 궁금해하는 대목이 되었다.

"당시 지구의 상황이 엉망이었거든. 적당한 수준의 사람들이 살기에는 너무 꽉 막힌 세상이었지. 전 세계적으로 결혼도 안 하고 애도 안 낳을 정도로 말이야. 구입할 수 있는 땅과 집, 그리고 일자리까지 없어서 수많은 사람이 노예로조차 살 수 없었어. 그 사람들이 식민지로 간 거야. 이 그라니트 행성으로 온 사람들처럼, 살기 위해서 말이야. 그리고 식민지 덕분에 지구는 숨통이 트였지."

포프는 자신의 고향과는 너무 거리가 먼 치프의 이야기에 할 말을 잃었다.

"그렇게 유지되던 식민지와 그따위로 지배하던 군벌들의 역사는 군벌들이 지구의 정책 변화에 위기감을 느끼고 무장을 하면서 순식간에 바뀌었지. 그리고 군벌의 무장을 유도한 지구에서는 나 같은 사람들을 동원해서 청소에 나섰어. 그리고 청소의 첫 번째 대상이 화성 식민지였지."

치프는 거기서 말을 끊고 분위기를 살폈다. 그는 엠페라투스 때문에 정신이 없었던 분위기가 조금씩 자신에게 집중되고 있음을 확인할 수 있었다.

"아무리 무장을 했다 해도 200년 전의 재래식 무기만 잔뜩 확보한 군벌이 최신식 무기와 제대로 된 병사들을 갖춘 UNSMC를 이길 수는 없었어. 처음엔 그걸로 끝나나 했는데, 군벌들은 끈질기게 발악을 했지. 그 와중에 등장한 게 소년병이야."

거기서부터는 나름대로 지구의 역사를 공부한 데스디아도 모르는 이야기였다.

"소년병이라 하면?"

데스디아가 묻자 치프가 밝게 웃었다.

"인간에게 있어서 총이라는 건 세상에서 가장 평등한 무기야. 일단 방아쇠를 당겨서 적을 맞추기만 하면 사용자가 남자든, 여자든, 노인이든, 아이든 할 것 없이 동등한 효과를 내지. 궁지에 몰린 군벌들은 결국 아이들에게 총을 쥐여주었어."

"아무리 애들이라고 해도 죽으러 가라는 말을 들을 리가 없지 않나?"

"주사 한 방이면 끝나."

"주사?"

"나노머신으로 인간의 의식을 빼앗는 로맨틱한 약 따위가 아니야. 공장에서 분유처럼 찍어내는 합성마약 한 방이면 아이들은 두려움과 통증을 모르는 용사가 되는 거야."

치프는 아까 자신이 마셨던 음료수 캔을 들었다. 그 캔의 용량은 550ml였다.

"이거 두 개 크기의 고체마약 1킬로그램을 물에 녹이면 과연 몇 명분의 주사를 만들 수 있을 것 같아? 참고로 약으로 쓸 때 한 명에게 한 번 투여하는 양이 약 0.03그램이야. 군벌 놈들은 하루에 20킬로그램이 넘는 마약을 주사제로 만들어야 했지."

데스디아가 할 말을 잃고 마치 포프와 같은 멍한 표정을 지었다

"그리고 난 그걸 맞고 달려오는 소년병들을 상대해야 했어."

"……."

"설마 내가 그 애들 호주머니에 초콜릿을 쑤셔 넣으려고 거기 갔을 거라 착각하는 사람은 없겠지?"

"소년병들을… 아이들을 죽였단 말인가?"

"애들은 어른들에 비해 죽이기 힘들어. 몸집이 작거든."

데스디아는 곧바로 따라붙은 치프의 대답을 듣고는 엄청난 괴리감에 입을 다물었다.

회사 밖에서 가만히 얘기에 집중하고 있던 드래곤들의 기사단까지 당황하여 그를 돌아봤다. 그 몇몇의 반응이 엠페라투스 때문에 정신이 없던 자들까지 자극하여 모두가 치프의 이야기에 집중하도록 만들었다.

"잠깐 군용 조준장치 이야기를 해줄까? 우리가 주로 썼던 물건은 렌즈에 잡힌 적의 상태를 확실히 알려주지. 복장의 방탄

수준과 정확한 무장 상태 등등. 그런데 나도 모르는 기능이 하나 더 있더라고? 온몸에 폭탄을 두른 채 우리에게 달려오는 계집애를 조준했을 때였어. 포프보다 어린애였는데, 임신 6주 상태니까 주의하라고 조준장치에 메시지가 뜨더라고? 기분이 정말 죽여줬지!"

치프는 들고 있던 음료수 캔을 사장실 벽에 집어 던졌다.

"네 살짜리 아들이랑 손을 잡고 걷던 아빠가 우리에게 갑자기 애를 집어 던진 적도 있었어! 뭐하는 짓이냐고 물어보려 했는데 애가 자기 배를 붙잡고 울더라고? 배에서 피도 났어! 옷을 들춰보니까 뱃속에, 무슨 주머니가 아니라 진짜 몸속에 플라스틱 폭탄이 꽉 차 있었지! 격발장치가 불량이라 안 터진 것뿐이었다고!"

자신의 배를 손으로 두드리는 치프의 모습에서 많은 이가 충격을 받았다.

"내가 지겹게 상대한 군벌들은 그렇게 수단 방법을 안 가리는 새끼들이었다고! 애들을 이용한다는 사실에 대한 죄의식도 없었지!"

그렇게 격분하는 치프를 본 적이 없었던 모두는 침묵을 지켰다.

"그런데 오늘 아주 끝내줬어! 죄악의 선조니 뭐니 하는 보라색 드래곤이 나타나서 웃기는 짓을 하더라고? 화끈하게 수단 방법 안 가리고 파괴하면서 즐기던데? 덕분에 소년병들을 처음 만났을 때의 기분이 되살아났어! 지금까지 겪은 일 중에서 최악의 사건이 바로 재래식 핵탄두가 식민지 내에서 폭발하는 것을 막지 못한 건데, 그때도 오늘처럼 수백만 명이 살던 장소가 박살 났지! 오늘이랑 다른 점은 파괴당하는 데 걸린 시간이었다고! 아, 나한테 잘난 척하던 영주님들이 하늘에서 빨랫감처럼 허우적거리는 꼴도 차이라면 차이겠군!"

치프는 그때 상황을 표현하듯 머리 근처에서 오른쪽 손목을 빙빙 돌렸다.

"좀 있다가 그 엠페라투스라는 미친놈이 여기 올 텐데, 그전에 부탁하지. 대책이 있으면 당장 내놔. 내 계획을 초월하는 아이디어가 나오면 좋겠군."

밖에 있던 루할트가 깜짝 놀랐다.

"엠페라투스와 대적할 계획이 있다는 건가?"

"아까 말했을 텐데? 수단 방법 안 가리는 놈들이랑 싸웠다고 말이야."

"네놈의 구질구질한 이야기 속의 추잡한 놈들과 엠페라투스는 격이 다르다! 엠페라투스가 그처럼 궁지에 몰릴 일이 있다고 생각하나?"

루할트가 외치자 치프가 의자에서 일어나 그에게 삿대질을 했다.

"그럼 니들이 말을 하라고! 니들, 니들, 니들! 그 미친놈에 대해서 잘 알고, 또 이길 방법이 있으면 당장 뻰뻰하게 지껄여 봐!

궁지에 몰아버릴 방법만이라도 나에게 들려달라고!"

눈을 좌우로 움직이며 드래곤들의 말을 잠시 기다려 본 치프는 결국 아무도 얘기를 하지 않자 자신의 의자를 살짝 들더니 바닥을 내려찍었다. 그 큰 소리가 포프와 젝스를 흠칫하게 만들었다.

"난 너희처럼 약해 빠진 종족을 본 적이 없어! 너희가 정확히 어떤 존재라는 것을 세상에 알리려 한 적이 있나? 맨몸으로 해킹까지 할 수 있잖아? 의사소통도 할 수 있고? 그런데 하는 짓들은 영역을 침범당한 짐승들처럼 일방적이야! 너희의 그런 답답한 태도가 가해자라는 이름의 피해자들을 만들고 있다고! 꿈을 찾아서, 삶을 위해서 이곳에 온 사람들을 침략자로 만들고 있단 말이야! 너희가 어떤 존재인지를 알려서 최소한 죄책감이라도 느끼게 해야 할 거 아냐!"

"……."

"재미에 취해서 즉흥적으로 일을 저지르는 엠페라투스를 너희 같은 겁쟁이들이 대체 어떻게 이기겠다는 거지? 다행히도 난 그런 놈들이랑 질리게 싸워왔어! 놈의 약점조차 모르는 주제에 잡초들처럼 덩그러니 서 있을 생각이라면 날 방해할 생각 말고 집에 가!"

치프의 말에 화가 난 루할트는 결국 맡은 자리를 떠나서 치프가 있는 회사 본관을 향해 성큼성큼 걸어왔다.

"건방진 놈! 애당초 네놈이 살아서 이 땅을 밟지만 않았으면 일이 이렇게까지 되진 않았다!"

"그건 나를 여기에 쑤셔 박으려고 환장을 한 놈들한테 따지라고! 넌 무기 상인을 하고 있으니 잘 알잖아? 당장 우주연합 함대가 여기에 행성 파괴용 어뢰만 쏴도 너희는 방법이 없어!"

"그래, 그렇다 치지! 신화적 존재인 엠페라투스를 네놈이 어떻게 쓰러뜨린단 말인가?"

"신화가 우리의 적이라면 우리가 택해야 하는 건 역사야."

"역사?"

"난 지구뿐만 아니라 우주연합 곳곳에서 성장해 온 싸움의 경험들을 이곳에 집결시킬 거야. 재수 없으면 이 행성도 폐허가 되겠지만 엠페라투스를 이길 수는 있겠지."

"허튼소리!"

루할트의 붉은색 눈이 회사 본관을 달궈 버릴 만큼 뜨겁게 빛났다.

"그건 자기들끼리 투덕대면서 쌓인 노하우일 뿐이다! 엠페라투스와는 전혀 관계가 없다!"

"아, 그래? 그럼 너희 가운데에서 엠페라투스와 싸워본 경험자는 없는 거야?"

"성왕 폐하께서 깨어나신다면……."

루할트가 말끝을 흐렸다.

자신의 기사단들과 함께 이야기를 듣고 있던 가이우스가 결국 한숨을 터뜨리며 친구 옆으로 이동했다.

"이보게, 장로님이 계시지 않은가?"

가이우스의 말에 루할트는 쓴웃음을 지었다.

"친구여, 벌써 잊었나? 장로님은 성왕 폐하께서 엠페라투스를 물리치실 무렵에 성년기가 되셨네. 게다가 그분은 잠들어 계셨던 시간을 제외하면 우리와 나이 차이도 얼마 안 나지. 한마디로 애송이란 말일세!"

말을 마치고 가이우스를 돌아본 루할트는 친구가 다급히 날개의 끝을 땅에 대며 웅크리자 매우 의아해했다.

"친구여?"

가이우스뿐만 아니라 알케온과 기사단 전원이 루할트를 향해 몸을 숙인 채 침묵했다.

제대로 움직이는 드래곤은 하늘에서 초계비행을 하는 자들뿐이었다. 아까 전까지만 해도 심란하여 제멋대로 날아다녔던 그들이 지금은 초침을 맞춘 시계들처럼 속도와 날갯짓을 맞추고 있었다.

"왜들 그러는가?"

의아해한 루할트는 셀레스티아가 있는 회사 본관을 돌아봤다.

그때 목을 돌린 루할트의 머리를 누군가가 붙들었다.

"하늘을 지키는 검은색의 모래폭풍날개여, 뭔가 할 말이 있다면 지금 하도록 하게."

흠칫한 루할트는 눈동자만 위로 움직여 자신을 붙든 존재를 봤다.

루비처럼 화려한 붉은색 비늘과 갑옷처럼 두꺼운 외골격으로 몸을 감싼 드래곤, 파울라가 그의 시야에 들어왔다.

"자, 장로님!"

"자네는 근위대 시절부터 내 눈에 자주 띄었지. 영주가 되어서도, 그리고 엠페라투스의 부활이라는 사건을 앞두고도 성급함을 드러내다니, 안타깝군."

루할트를 놓아준 파울라는 앉아 있던 회사 옥상에서 벗어나면서 인간의 모습으로 변했다.

치프는 파울라의 본체가 분해되어 어디론가 사라지는 대신 인간형 육체가 구축되는 모습을 자세히 지켜봤다.

인간형 육체의 완성과 드래곤의 육체의 소실은 거의 동시에 끝났다. 치프의 능력으로는 육체가 어떻게 뒤바뀌는지 알 수가 없었다.

'이건 당사자들한테 직접 물어보는 수밖에 없겠네.'

반쯤 포기한 치프는 복장까지 완성시킨 파울라를 다시 봤다.

파울라의 복장은 골반에 걸치다시피 한 검은색 가죽 바지와 늑골만 겨우 감춰질 만큼 옆선이 짧은 카키색 재킷이었다.

주황색이 섞인 그녀의 붉은색 장발은 해조류처럼 구불구불거렸다. 그러나 그 모습에서 당장 해조류를 떠올리는 사람은 없었다. 전체적으로 봤을 때 화려한 불꽃처럼 보였다.

체격은 사만다만큼 크고 몸도 역시나 근육질이었다. 다만 근육의 덩어리가 큰 사만다와 달리 파울라의 근육은 성별이 의심될 정도로 잘 쪼개져 있었다.

피부도 구릿빛으로 건강미가 돋보였다. 그녀의 도톰하고 큰 입술이 치프에게는 정말 매력적으로 보였다.

간추려서, 파울라와 사만다는 머리카락의 색과 형태, 피부색 빼고는 서로 친척이라고 소개해도 믿고 넘어갈 구석이 많았다. 심지어 둘은 키까지도 비슷했다.

'사만다가 나이 먹으면 저렇게 될라나?'

치프는 고개를 갸웃거렸다.

사장실의 유리벽을 유령처럼 통과하여 셀레스티아 앞에 선 파울라는 몸을 숙여 왼쪽 무릎과 양손을 땅에 댔다.

"이 파울라, 감히 왕녀 전하를 모시기 위해 허락도 없이 이곳에 왔습니다. 부디 너그러이 용서해 주십시오."

"아닙니다. 파울라 장로님."

셀레스티아가 자리에서 일어나 파울라에게 걸어갔다. 파울라는 그녀가 별말 없이 자신의 앞에 서 있기만 하자 깊게 숙이고 있던 고개를 들어 그녀를 봤다.

셀레스티아는 누가 툭 건들면 당장에라도 울어버릴 것 같은 표정을 짓고 있었다. 엠페라투스가 저지른 일들, 그리고 방금 치프에게 들었던 이야기들이 그녀의 마음을 무겁게 짓누르고 있었다.

"왕녀 전하, 부디 당당히 마주하십시오."

"죄송합니다, 장로님. 제 마음이 아직은 나약한 것 같습니다."

"하아, 제가 곁을 지켜 드렸어야 했는데……."

파울라는 일어나서 셀레스티아를 껴안았다. 예법에 따르자면 파울라는 제대로 인사가 끝나야만 일어날 수 있었으나 젊은 장로는 셀레스티아의 슬퍼하는 모습을 도저히 두고 볼 수가 없었다.

"이제 제가 전하를 직접 모시겠습니다. 허락해 주십시오."

"고맙습니다, 파울라 장로님."

셀레스티아의 등을 토닥여 준 파울라는 그라니트 용역의 직원들을 돌아봤다.

포프부터 데스디아까지 스르륵 훑듯이 봤던 그녀는 치프와 눈을 마주하자마자 활짝 웃었다.

"오, 그대가 바로 이 회사의 우두머리로군! 난 이 행성의 장로인 파울라라고 하네."

치프는 젝스와 처음 만났을 때도 우두머리라는 말을 들었다.

'무슨 도적 떼도 아니고 왜 나를 계속 우두머리라고 하는 거야?'

그때는 젝스 자신의 버릇이겠거니 생각했지만 장로인 파울라가 우두머리라는 말을 또 하니 치프는 그 호칭에 뭔가 의미가 있을 것 같다는 느낌을 받았다.

치프는 답답하여 터질 것 같았던 마음을 진정시킨 뒤 옅게 웃으며 파울라를 대했다.

"그냥 치프라고 불러주세요, 장로님."

"알겠네, 치프."

둘은 편하게 악수를 나눴다.

"장로라고 하셨는데, 장로라는 직책이 따로 있는 건가요?"

"이 행성에 큰일이 있을 때는 직책이고, 평화로울 때는 왕실에 조언을 하는 입장에 지나지 않네."

"그렇다면 지금은 직책이겠군요."

"그렇다네. 슬프게도 말이지."

치프는 사만다에게 눈짓을 했다. 의자를 가져오라는 뜻이었다.

"밖에 있는 친구들 말로는 장로님께서 엠페라투스와 직접 싸워보셨다고 하던데, 사실인가요?"

"그렇다네. 나는 옛 고향에서 동포들과 함께 엠페라투스에 맞선 적이 있었지. 그는 정말 강력한 재앙이었네."

마침 사만다가 의자를 가져와 그녀에게 앉을 것을 권했다. 미소로 고마움을 표시한 파울라는 셀레스티아가 앉는 것을 끝까지 지켜본 후 비로소 자리에 앉았다.

"사실 내 경험도 그리 대단치는 않네. 자네들이 정한 시간으로 따졌을 때 10분도 대치하지 못하고 쓰러졌거든."

"밖에 있는 영주들은 그마저도 못 버텼죠."

치프의 말에 루할트는 으르렁거렸고 알케온 역시 불쾌감을 드러냈다. 하지만 가이우스는 평온하게 치프와 파울라를 바라봤다.

파울라는 쓴웃음을 지었다.

"사실 난 여기서 왕녀 전하를 다시 뵙게 될 줄은 몰랐네. 밖에 있는 내 동포들도 포함해서 말이지."

"전부 엠페라투스에게 죽거나 고문을 받고 있을 거라 생각하셨죠?"

"그렇다네. 모든 것을 부수고 괴롭히며 그 상황을 즐겨야 할 엠페라투스가 어째서 모든 상황을 뒤집어 버렸는지 이해가 가지 않는다네."

"혹시 그게 어떠한 능력인지 알고 계신가요? 시간을 되돌리는 건 아닌 것 같던데요."

"오늘 벌어진 일들에 대한 이야기로군. 그것은 시간이 아니라 상황을 되돌리는 것일세. 정확한 원리는 나도 잘 모르지만 위대하다면 위대한 힘이기에 제한적으로나마 죽은 자조차도 되살릴 수 있지. 그 능력 때문에 운캄타르 성왕 폐하께서도 그를 두 번 쓰러뜨려야 하셨네."

"두 번이요? 마음껏 쓸 수 있는 능력은 아닌가 보네요?"

"신을 섭취하여 보충하지 않는 이상 다시 사용하려면 앞으로 10년 정도의 시간이 필요하다네."

무의식적으로 포프를 봤던 치프는 내심 안도했다.

"조금 뒤에 엠페라투스가 이곳으로 올 거라고 하던데, 맞나?"

치프는 대답에 앞서 시계를 봤다. 엠페라투스가 약속한 시간까지 약 1분 정도가 남아 있었다.

"엠페라투스가 온다는 말은 어디서 들으셨습니까?"

"당사자에게 직접 들었다네."

밖에 있는 모든 드래곤이 깜짝 놀랐다.

"그놈을 만나고 오셨다는 분치고는 지나치게 멀쩡하시군요?"

치프가 묻자 파울라가 의아한 표정을 지었다.

"그리 말하는 걸 보니 자네도 엠페라투스를 직접 본 것 같은데, 맞나?"

"저도 빅시티 안에서 그놈이랑 싸웠죠."

"굉장한 경험을 했군."

"완전 엉망이었죠. 죽였다고 생각했는데 다시 멀쩡하게 나타나고……. 아무튼 제가 한 일이라고는 엠페라투스에게 좀 더 재밌는 놀이터를 만들어주겠다고 약속한 것뿐이었어요."

"음……."

파울라는 엠페라투스가 왜 고작 치프의 말 따위에 파괴를 멈추고 상황을 뒤집어 버렸는지 알 수가 없었다.

치프는 분명 우두머리로서의 뭔가가 있었다. 드래곤으로서 본능적으로 그것을 감지한 그녀는 데스디아에게 눈 한 번 돌리지 않고 치프와 먼저 인사를 했다.

엠페라투스가 서툰 설득으로 진정시킬 수 있는 괴물이 아니라는 사실은 과거의 참상을 직접 경험한 파울라 자신이 가장 잘 알고 있었다. 그런데 치프는 엠페라투스와 대화를 나눴다고 말했고 그것은 파울라에게 적잖은 충격을 주었다.

"그 말은, 자네와 엠페라투스가 다시금 그 파괴적인 놀이를 즐기려 한다 이 말이군."

"그걸 막으려고 하는데 왠지 다들 저에게 비협조적이네요."

"하하, 그거야 당연하지!"

파울라가 껄껄 웃었다.

"우리 날개 달린 자 대다수는 이 일의 시작이 자네라고 생각한다네. 실제로도 그렇지 않나? 자네가 이 행성에 오지 않았다면 엠페라투스가 깨어날 일도 없었을 테고 말일세."

"예, 다들 저를 악의 씨앗이라고 부르더군요."

치프는 이제 그런 것엔 신경도 안 쓴다는 투로 말했다.

"하지만 말일세, 치프. 난 자네가 그리 쉬운 존재라고는 생각하지 않는다네."

"무슨 말씀이세요?"

"엠페라투스와 대적하여 대화를 하고 흥미를 이끌어내어 기회를 얻어낸 존재는 과거에도 얼마 없었거든. 성왕 폐하 외에 또 있었나?"

치프는 엠페라투스가 자신을 도구라고 부른 것을 떠올렸다. 사실 치프 자신도 엠페라투스와 대화할 당시에 자신의 얘기가 통할 것이라는 확신은 없었다.

그러나 엠페라투스는 그에게 기회를 주었다. 그것만은 누구도 부정할 수 없는 사실이었다.

파울라가 다시 입을 열었다.

"이제 자네가 엠페라투스와의 대화를 어떻게 마무리하느냐에 따라 이 행성의 운명이 갈리겠지. 난 이 순간을 직접 보기 위해 기나긴 잠을 잔 것일지도 모르겠군."

"하, 너무 기대하시는 거 아니에요? 저는 제가 할 수 있는 일을 하려고 여기에 있는 것뿐이에요."

치프가 슬쩍 웃으며 말했다.

"그래, 그래서 기대하고 있다네. 처음 보는 남자에게 운명이라는 것을 느끼는 날이 올 줄은 몰랐는데 말이지."

"흐흠."

여성에게 그런 말을 처음 들어버린 치프는 신이 났는지 코웃음 소리를 내며 어깨를 움직였다.

데스디아는 어이없다는 눈으로 파울라를 바라봤다.

'남자를 보는 눈이 괴이하군. 발정기인가?'

데스디아는 파울라와 달리 치프에게 아무런 기대도 하지 않았다. 오히려 그가 더 큰 위험에 빠질까 봐 걱정하고 있었다. 그녀가 보고 겪은 엠페라투스의 힘은 능력이 약간 강화된 인간 따위가 어떻게 할 수 있는 것이 아니었다. 그야말로 상식 밖의 재앙이자 권능이었다.

그때, 마치 서리처럼 모든 것을 얼어붙게 만들어 버리는 듯한 차가움이 하늘에서 쏟아져 내려왔다.

진짜 사장실 안팎의 기온이 떨어지는 건 아니었다. 치프가 급히 꺼낸 단말기는 섭씨 25도를 표시하고 있었다.

'왔군. 엠페라투스!'

그를 느낀 치프의 표정이 바뀌었다.

회사 본관 주변에 위치한 드래곤들이 본관 옥상을 향해 일제히 입을 벌리고 숨결을 토할 준비를 했다. 루할트, 알케온, 가이우스를 비롯한 모든 영주와 기사단의 표정이 똑같았다.

모든 이가 공포에 질려 있었다.

"난 싸우려고 온 것이 아니다, 날개 달린 자들이여. 굳이 원한다면 싸워줄 수는 있지만 말이지."

엠페라투스의 목소리가 옥상에서 들려오자 사장실 안에 있는 사람들도 바짝 긴장했다.

일단 알케온이 가장 먼저 입을 다물었다. 그를 선두로 가이우스를 비롯한 3대 기사단 전원이 입을 다물었으나 끝까지 의지를 보이는 자가 있었다.

바로 루할트였다.

"엠페라투스여! 왕녀 전하께 함부로 손을 댄다면 용서치 않을 것이다!"

"입을 참 가볍게 놀리는군. 네놈의 충성심은 죽음의 언저리에 와서야 발휘되는가? 저승에서도 왕녀에게 충성할 준비가 되어 있다면 지금 당장 배려해 주마."

"……."

결국 루할트도 입을 다물었다.

"치프라는 자와 왕녀는 이 건물 안에 있나 보군. 그렇다면 나도 모습을 바꿔야겠지?"

회사 본관을 무너뜨릴 기세로 옥상에 앉아 있던 엠페라투스의 모습이 순식간에 압축되면서 사장실의 유리벽을 통과했다.

치프를 비롯한 모든 이의 눈앞에 나타난 것은 검은색 슈트를 말끔하게 차려입은 미남이었다.

그의 검은색 머리카락은 촉촉하게 구불거렸고 짙은 갈색 눈동자는 달빛 아래의 샘물처럼 깊었다.

보라색 넥타이와 같은 색의 포켓치프, 그리고 잘 닦인 검은색 구두가 그의 스타일을 완성시켰다.

인간 형태의 엠페라투스를 본 모든 자는 그의 얼굴이나 체형이 치프와 비슷하다는 사실에 혼란스러움을 느끼고 있었다. 깔끔함과 평범함의 차이만이 있을 뿐이었다. 하지만 단 한 명, 셀레스티아는 성적표를 받기 직전의 어린아이처럼 긴장하고 있었다.

셀레스티아의 얼굴을 미처 보지 못한 데스디아는 엠페라투스를 향해 한숨을 깊게 터뜨렸다.

"엠페라투스여, 왜 하필 치프와 똑같은 얼굴을 하고 있는 것인가?"

"글쎄? 왜 그럴까?"

엠페라투스는 진하게 웃으며 옷매무새를 다듬었다.

치프는 자신과 닮아도 너무 닮은 엠페라투스를 노려보면서 빈 의자 하나를 그에게 주었다.

"일단 앉으시지?"

"길게 얘기는 못할 것 같지만 호의는 감사하겠네. 하지만 전기충격기가 달린 의자라… 유치하군."

의자 속에 내장된 기계를 들킨 치프는 쓴웃음을 지었다.

슈트 상의의 단추를 풀고 의자에 앉은 엠페라투스는 견실히 다리를 꼬며 모두와 이야기를 할 준비를 마쳤다.

"자아, 무슨 얘기를 어떻게 해볼까? 우선 내가 앞으로 무엇을 어떻게 할지에 대해 내 입으로 얘기해 주는 것이 자네들로서는 편하겠지?"

엠페라투스는 말을 마치자마자 피식 웃었다.

"사실은 나도 계획이 없다네."

엠페라투스의 말에 모두가 인상을 썼다.

"난 즉흥적으로 뭔가 즐기는 걸 좋아한다네. 예상치 못한 일이 발생했을 때의 쾌감은 대단하거든. 하지만 난 지금 매우 우울하다네."

"닥쳐! 400만 명이 넘게 사는 도시를 작살내고 행성 전체를 광기로 물들였으면 충분하잖아?"

치프가 고함을 질렀다. 엠페라투스는 고개를 옆으로 기울였다.

"음, 그게 불만일세. 빅시티에서 이것저것 즐기느라 생각을 못했는데, 조금 있다가 고민해 보니 모든 것이 너무 쉽게 진행됐더군."

"쉽게 진행되다니?"

치프가 묻자 엠페라투스는 자리에서 일어나더니 셀레스티아를 시작으로 건물 밖에 보이는 모든 드래곤을 둘러봤다.

엠페라투스는 두 팔을 살짝 벌렸다가 내려놓았다.

"난 무려 운캄타르가 직접 이 땅에 매장한 존재라네. 그런데 너무나 간단히 깨어나고 말았지. 내 몸 곳곳에 박힌 운캄타르의 봉인 역시 좀 불편하기만 할 뿐, 이것저것 즐기는 것에는 지장이 없다네."

얘기 도중 엠페라투스가 불쾌한 표정을 지었다.

"이 땅의 날개 달린 자들은 특히 실망스러웠지. 전혀 대비가 되지 않았어. 내 무덤을 지키는 자는 아무도 없었고 현 세대의 장로라는 파울라는 자기 친구와 여행을 하느라 정신이 없었다네."

파울라의 눈썹 사이에 깊은 골이 만들어졌다.

"궁금해 죽겠군. 운캄타르가 자네들에게 준 가르침은 병정놀음뿐이었나?"

모두는 침묵을 지켰다. 셀레스티아는 치맛자락을 쥐며 눈을 꽉 감았다.

데스디아는 셀레스티아가 뭔가 말을 하고 싶어 미칠 지경이라는 것을 느꼈지만 자신이 받아들일 수 있는 일인지 알 수가 없었기에 가만히 있었다.

"그 말을 하려고 여기까지 온 것이오?"

질문한 자는 알케온이었다.

엠페라투스는 서늘한 눈초리로 알케온을 봤다.

"내가 기대한 건 말일세, 이 행성의 모든 존재가 힘을 모아서 이 엠페라투스라고 하는 거대한 악과 싸우는 것이었네. 그러나 지금은 힘을 모으기는커녕 서로 말도 잘 안 통하는 것 같군."

그 말에 치프가 발끈했다.

"어이, 기대 자체가 너무 구수하잖아? 혹시 보검을 든 용사 따위가 드래곤들의 힘을 빌려서 너한테 맞설 거라고 생각한 거야?"

치프가 따지자 엠페라투스가 알케온을 볼 때와 달리 밝게 웃었다.

"그건 그거대로 재미있겠군. 진부하긴 하지만 로맨틱이 추가되면 달라지겠지. 내 눈에는 자네와 정령술사, 그리고 왕녀 사이에 깊은 인연이 보이네만?"

치프는 셀레스티아와 데스디아를 한 번씩 보고는 어이없다는 듯 웃음을 터뜨렸다.

"이봐, 쟤들은 나를 남자라고 생각도 안 해! 내 눈 앞에서 수치심 없이 벗고 다닌다고!"

"자네가 아직은 그 정도밖에 안 되는 수컷이라 그렇겠지. 입은 옷도 거지 같고."

엠페라투스가 치프의 말을 받아쳤다. 치프는 너무 화가 난 나머지 말을 하지 못했다. 반면 데스디아는 치프의 복장에 대한 엠페라투스의 평에 깊은 공감을 느꼈다.

엠페라투스의 이야기가 계속됐다.

"아무튼 자네들의 그 모래알 같은 모습에서 나는 큰 실망을 느꼈다네. 그러니 자네들에게 어울리는 벌을 내리도록 하지."

엠페라투스가 오른손을 옆으로 흘리듯이 내밀었다.

"디 테베트, 바스타 엠페라투스. 조그두 칼린 탈란바토르!"

그가 드래곤들조차 모르는 언어로 중얼거린 순간 회사의 유리벽을 통해 보이는 지평선 저편에서 황금색의 불빛 두 개가 번뜩거렸다.

엠페라투스는 점점 사그라지는 불빛들을 잠자코 지켜보다가 입을 열었다.

"왕녀여."

"말씀하십시오, 죄악의 선조여."

"나도 그렇고, 운캄타르도 그렇고… 둘 다 마무리가 어설펐다네."

"무슨 말씀이십니까?"

"운캄타르가 자네에게만은 어떤 경고를 해주었을 텐데? 아닌가?"

"……."

"자네는 그 때문에 부하들의 무례를 눈감아주고 외부인들에게 땅을 주었겠지. 날개 달린 자들만으로는 해결이 안 될 문제니까."

"그렇습니다."

셀레스티아는 냉랭한 표정으로 엠페라투스의 말을 인정했다.

엠페라투스의 말과 그에 응하는 셀레스티아의 모습은 밖에 있는 모든 드래곤을 당혹하게 만들었다.

'성왕 폐하께서 뭔가를 경고하셨다고?'

'이 땅에 이방인들이 들어온 것도 성왕 폐하의 뜻이란 말인가?'

'왜 왕녀 전하께서는 아무 말씀도 하지 않으셨지? 우리만으로 해결이 안 되는 문제라는 건 대체 뭐란 말인가?'

드래곤들이 이리저리 고민하는 한편, 엠페라투스는 팔짱을 끼며 한숨을 쉬었다.

"운캄타르는 정말 잔혹한 친구로군. 설마 이런 식으로 나에 대한 징벌을 계속할 줄은 몰랐어."

팔을 푼 엠페라투스는 슈트의 단추를 정갈하게 잠갔다.

"경고하지. 이제부터 나는 적당한 때가 올 때까지 이 땅에 있는 모든 생물에게 그 어떤 위협 행위도 하지 않을 것이다. 그러니 자네들도 나와 마주쳤을 때 서툰 행동은 하지 마라."

선언을 한 엠페라투스는 오른손 검지와 중지 사이에 명함 한 장을 만들고는 그것을 치프에게 건네주었다.

"문의 사항이 있으면 이곳으로 연락하도록."

치프는 숫자가 가지런히 쓰인 명함을 보고 자신의 눈을 의심했다.

"이게 뭐야? 전화번호야?"

"날개 달린 자들 가운데 사업을 하는 자도 있지 않은가? 전화 따위는 아무것도 아니지."

이번에는 루할트가 인상을 구겼다.

"제군들이여, 그대들에게 남은 시간은 정확히 열흘이다. 그 시간을 어기면 빅시티라는 곳은 내가 했던 것보다 더욱 끔찍하게 파괴되겠지. 건투를 빌겠다."

"왜 또 빅시티야? 죄 없는 사람들을 괴롭히는 재미가 그렇게 좋아?"

치프가 분노하여 묻자 엠페라투스가 눈웃음을 지었다.

"가장 좋아하진 않지만 세 손가락 안에는 들지."

모습을 바꾸면서 유리벽 밖으로 나간 엠페라투스는 드래곤의 모습으로 날갯짓을 하며 서서히 고도를 높였다.

"날개 달린 자들이여, 너희의 상식이 무참히 깨졌을 때의 모습이 참으로 기대되는구나. 건투를 빌겠다."

엠페라투스가 유령처럼 사라진 후, 사장실은 다시 침묵에 잠겼다.

"일단 10분 정도 쉬자고. 난 당분을 좀 채워야겠어."

치프가 바삐 사장실을 나갔다.

드래곤들의 기사단 역시 각 영주들의 지시를 받아 자세를 풀고 쉬었다.

데스디아는 방금 터진 두 개의 불빛 두 개에 대해서 생각하다가 문득 셀레스티아의 표정이 어두운 것을 발견하고는 다시 그녀에게 관심을 돌렸다.

"셀레스티아, 괜찮아?"

"응, 괜찮아."

셀레스티아는 두 손으로 얼굴을 덮은 뒤 팔꿈치를 무릎에 댔다. 본인의 대답과 달리 대단히 편치 않은 모습이었기에 데스디아는 속이 답답했다.

회사에 모인 존재 가운데 가장 나이가 많은 파울라 역시 셀레스티아가 왜 그렇게 고민하는지 이해하지 못했다.

'성왕 폐하께서 잠드시기 전에 뭔가 특별한 말씀을 남기셨나?'

운캄타르에 대한 기억을 더듬던 파울라는 아무것도 떠오르지 않아 한숨만 내쉬었다. 대신 방금 전 엠페라투스에 의해 지평선 저편에서 번뜩인 황금색의 빛이 그녀의 뇌리를 스쳤다.

"영주들이여, 지금 당장 정찰대를 준비해 주게."

"지평선 너머에서 발생한 빛을 살피라는 말씀이십니까?"

루할트가 대표로 질문했다.

"그렇다네. 엠페라투스는 그 빛을 일으킨 후 우리에게 열흘이라는 기한을 주었지. 그냥 넘어갈 수는 없네."

파울라의 말에도 불구하고 알케온을 비롯한 드래곤 대다수의 표정은 시큰둥했다.

파울라는 불쾌감을 느꼈다.

"지금 내 지시를 거역하겠다는 건가?"

"왜 우리가 나서야 합니까? 파괴되는 것은 빅시티가 아닙니까?"

알케온이 반항적으로 대꾸하자 파울라는 눈을 부릅떴다. 붉은색의 아지랑이가 그녀의 머리카락과 함께 넘실거렸다.

"빅시티 다음에는 우리가 표적이 될 것을 뻔히 알면서 그따위로 지껄이는 건가?"

알케온은 대답하지 않고 시선을 돌렸다.

마침 탄산음료를 마시며 사장실에 돌아온 치프가 알케온을 비롯한 드래곤들의 모습을 보고는 피식 웃었다.

"너무 그러지 마세요, 장로님. 겁먹은 애들 건드려 봤자 속만 썩어요."

치프의 도발적인 말에 모든 드래곤이 격노하여 으르렁거렸다. 그러나 치프는 자신에게 쏟아지는 살기에도 불구하고 맛있게 음료수를 마셨다.

"그리고 정찰대는 위험하죠. 아까 그 빛들이 엠페라투스와 관련이 있다면 정찰대 모두가 맛이 간 짐승으로 변할 수도 있어요. 물론 가능성의 문제지만요."

"일리가 있군. 그럼 상황을 확인할 방법이 있나?"

"제가 인맥이 좀 좋거든요?"

씩 웃은 치프는 자신의 단말기를 뒷주머니에서 꺼낸 후 사장실에 설치된 대형 TV를 켰다.

"장로님께서 아실지 모르겠지만 빅시티의 상공에는 여섯 개의 정지궤도위성이 있죠. 그라니트 보안국 소속이라 제 마음대로 이용할 수 있어요. 보안국장이 제 친구라서 말이죠."

"그런가?"

"이렇게 말이죠."

치프가 단말기를 조작하자 TV 화면이 여섯 개의 작은 화면으로 분할되었다.

"빛이 난 장소가 북서쪽이니… 이걸 보면 되겠네요."

치프는 화면들 중에서 왼쪽 상단에 있는 것을 손으로 만졌다. 그의 손동작에 따라 위성에서 보내는 화면이 움직였다.

얼마 뒤, 치프의 손이 멈췄다. 그가 만진 화면의 중앙에는 거대한 고리 모양의 물체가 잡혀 있었다.

"뭐야, 이건?"

치프는 단말기를 조작하여 그 고리에 대한 정보를 수집했다.

"약 1킬로미터 상공에 떠 있네요. 고리의 지름은 대략 330미터고 두께는 17미터군요. 엄청나게 무거워 보이는데… 재질의 분석이 안 되네요. 황금색이라는 것 말고는요."

치프의 옆에 다가선 데스디아가 화면에 얼굴을 가까이했다.

"고리의 가운데에 뭔가 있는데?"

"허, 눈도 좋으셔라."

치프는 단말기를 조작하여 고리의 한가운데를 확대했다.

"화면이 왜 흐릿하지?"

데스디아의 질문대로 위성의 화면은 흐리멍덩했다. 본래는 지상에서 기어가는 개미조차도 코끼리처럼 보이게 할 만큼 성능이 좋은 물건이었으나 지금은 지름 330미터짜리 금속 고리를 제대로 잡지 못하고 있었다.

왼손으로 머리를 긁적인 치프는 단말기를 이용해 위성의 카메라를 수동으로 조작했다.

"지금은 쓸모가 없어져서 책에서나 볼 수 있는 기술이 하나 있지. 금속표면처리 기술과 전파흡수물질을 이용해서 레이더 반사면적을 줄이는 건데, 그 때문에 카메라가 그 기술이 적용된 비행기의 초점을 못 잡는 경우가 있었어. 카메라에서 초점을 잡기 위해 발산하는 적외선이나 초음파를 걔들이 전부 흡수해 버렸거든."

"스텔스 기술 말이로군."

지구에서 체류하는 동안 지구의 군사기술 및 전략전술, 무기체계를 주로 공부했던 데스디아에게는 친숙한 용어였다.

"맞아. 저 황금색 고리의 표면, 혹은 그 주변에 존재하는 어떤 힘이 초점을 잡기 위한 모든 수단을 방해하고 있는 것 같아. 뭐, 우리야 수동으로 초점을 잡으면 되지만."

데스디아가 원하는 대로 고리의 한가운데를 제대로 잡은 치프는 심각한 표정을 지은 채 눈을 연거푸 떴다가 감았다.

"저게 뭔지 설명할 수 있는 사람?"

치프가 직원들을 돌아보며 물었다. 사장실의 유리벽을 그냥 물끄러미 바라보던 드래곤들도 서로 머리를 부딪칠 만큼 몰려들어 화면에 잡힌 '어떤 것'을 보기 위해 경쟁을 벌였다.

그것은 헐벗은 인간과 비슷한 형태를 하고 있었다. 신장은 약 40미터 정도였지만 중요한 것은 크기가 아니었다.

몸의 표면 전체가 마치 모자이크나 스테인드글라스처럼 수많은 영역으로 나뉜 채 온갖 색을 발산하고 있었다.

게다가 각 영역의 색들은 시시각각 변하여 보는 자들의 눈을 혼란스럽게 만들었다.

"정말 불쾌한 빛이군."

데스디아가 눈을 찡그리다 못해 고개를 돌렸다. 사만다와 젝스, 포프도 마찬가지였고 구경을 하던 드래곤들마저도 중심을 잃고 비틀거렸다.

다만 치프와 셀레스티아, 파울라만은 그 괴물체가 발산하는 빛을 문제없이 지켜봤다.

"가상현실 기계에 집어넣는 환각 패턴이랑 비슷하군. 가장 값싸게 구할 수 있는 세뇌성 마약이지. 가상이긴 해도 머리가 맛이 가는 건 진짜 마약이랑 똑같지만."

치프는 가볍게 콧김을 뿜었다.

"사장님은 괜찮으세요?"

포프가 고개를 푹 숙인 채 물었다.

"군에서 쓰는 환각 패턴에 비하면 저건 밤무대 조명에 불과하거든."

"군에서도 저런 걸 쓰나 봐요?"

"질이 좀 나쁜 아저씨들에게 종종 써. 다들 어린아이처럼 온순하게 바뀌지."

"그렇군요!"

포프는 상쾌하게 이해했으나 사만다는 치프가 방금 한 말이 '유아퇴행'이라는 고문 후유증임을 알고 있었다.

"뭐, 지금은 간접적으로 보는 거라 괜찮지만 일정거리 안에서 직접 저 패턴을 접하면 문제가 생길 거야. 저걸 봐."

치프가 화면을 축소하여 황금색 고리의 주변을 보여주었다.

그 근처를 지나던 동물들이 미친 듯이 날뛰며 서로를 공격하고 있었다. 땅이나 바위에 머리를 연거푸 부딪쳐 스스로 목숨을 끊는 동물도 있었다.

하늘에 있는 동물들도 마찬가지였다. 조류들은 땅으로 곤두박질치거나 지면에서 집단으로 몸을 뒤집은 채 날갯짓을 해댔다.

"엠페라투스가 행성 전체에 광기를 뿌렸을 때랑 비슷한 거 같은데? 안 그래요, 장로님?"

"그렇긴 하네만… 저런 것은 처음 보는군. 다른 분들께 들은 적도 없다네. 엠페라투스에게는 저런 괴물을 불러낼 능력이 없을 텐데?"

그때, 치마를 구겨 쥔 채 침묵하고 있던 셀레스티아가 입을 열었다.

"저 고리의 가운데에 위치한 인간형의 존재는 '칼린'입니다, 장로님."

"칼린이라고요?"

모두가 셀레스티아에게 시선을 돌렸다.

"지구식으로 말하자면 키퍼(Keeper), 즉 문지기라고 할 수 있겠지요. 그리고 키퍼와 함께 움직이고 있는 저 황금색의 고리는 공간에 균열을 일으키는 일종의 기계장치입니다."

치프는 균열이라는 말을 듣자마자 단말기를 조작하여 황금색 고리 주변의 중력과 자기력을 측정했다.

실제로 고리 내부에 구멍이라도 뚫린 듯 아무것도 잡히지 않았다.

"저 훌라후프처럼 생긴 물체가 빅시티로 향한다 이거지?"

"맞아, 치프. 빅시티를 지키려면 저 균열의 수레바퀴… 브리치(Breach)에서 쏟아지는 광기를 막아야만 해."

"흠."

치프는 한숨을 쉬며 팔짱을 꼈다.

"내 기억에 엠페라투스가 일으킨 빛은 두 개였는데 말이지."

"나머지 하나는 아마 빅시티의 남동쪽에 있을 거야."

치프는 셀레스티아의 말을 듣자마자 바로 단말기를 조작했다.

그녀의 말대로 빅시티의 남동쪽에 황금색의 고리, 즉 브리치와 브리치를 제어하는 키퍼가 천천히 이동하고 있었다.

치프는 헛웃음을 터뜨렸다.

"이거 사냥의 영역에서 점점 벗어나는 일이 계속되는데, 어쩌지? 회사 자금을 전부 들고 다른 행성으로 도망갈까?"

그가 데스디아를 보며 물었다. 데스디아는 한숨을 터뜨렸다.

"진심은 아니겠지?"

"당연히 아니지."

치프는 의자에 거꾸로 앉은 뒤 등받이에 가슴을 기대었다.

"빅시티의 민간인들이 인질이 된 상황이잖아? 진행 속도로 봐서는 진짜 열흘 안에 빅시티에 도착할 거야. 열흘 내에 400만 명의 사람을 대피시키거나 저것들을 없애야 돼."

"그리고 그 400만 명의 머릿속에는 엠페라투스가 일으킨 파괴의 기억이 남아 있지. 섣불리 대피시키면 저것들이 도착하기 전에 사람들이 미쳐서 폭동이 일어날 수도 있어."

데스디아가 말을 보탰다.

치프는 유리벽 밖을 돌아봤다. 마침 그와 루할트의 시선이 우연찮게 마주쳤다.

"안 도와줄 거지?"

"외부인들의 일이다. 우리는 외부인들이 전멸한 뒤에 움직여도 충분하지."

"그럼 너희가 우리를 돕게 하려면 어떻게 해야 될까?"

치프가 장난기 없는 목소리로 묻자 루할트의 눈매가 더욱 진지해졌다.

"네가 나와 일대일로 결투를 하여 승리한다면 나와 나의 기사단은 관습에 따라 네놈을 도울 것이다."

"고작 그거면 돼? 너무 간단하잖아?"

치프가 웃으며 의자에서 일어났다. 루할트도 치프 쪽으로 걸어가며 목을 뻗었다.

"간단하다고? 그래, 나와 네놈은 관계를 확실히 정리할 필요가 있지. 서로 쌓인 게 좀 많지 않나?"

루할트의 말에 치프는 웃음을 흘리며 동의했다.

"어쩔 수 없잖아? 누가 위에 있는지 확실히 가려야 속이 시원한 게 남자거든."

둘이 유리벽을 사이에 둔 채 서로를 노려봤다.

"난 처음부터 네놈이 마음에 안 들었다, 지구인."

"내 팔다리를 날려 버린 분이 누구시더라?"

몸집의 크기와 형태로 봤을 때 치프가 이길 확률은 없어 보였다. 그러나 치프는 자신감에 차 있었고 루할트 역시 그를 가볍게 보지는 않았다.

"좋아, 일단 우리끼리 어떻게 해볼게. 시간이 좀 빡빡하지만 다행히도 우리에겐 꽤 많은 돈이 있거든."

치프가 어깨를 으쓱이며 말하자 루할트는 어이없어 했다.

"돈 따위로 정체조차 모르는 괴물을 상대하겠다고?"

“돈 쓰는 법을 모르는 녀석에겐 이상하게 들리겠지.”

“건방진 놈.”

한 차례 으르렁거린 루할트는 사장실 안에 있는 자신의 여동생, 젝스를 봤다. 치프 역시 젝스 쪽을 돌아봤다.

“넌 어떻게 할래?”

치프가 묻자 의자에 앉아 있던 젝스는 쓰고 있는 모자를 깊게 누르며 루할트의 시선을 피했다.

“난 왕녀 전하와 전하의 친구들을 돕기로 맹세했어.”

“너무 무리하지 마.”

치프가 젝스의 모자 위를 손바닥으로 두드렸다.

“난 네 오라버니가 정말 싫지만 그렇다고 너한테 위험한 일을 시킬 만큼 미워하진 않아.”

알케온과 가이우스는 치프의 말을 들은 루할트의 표정이 굉장히 멋쩍어지는 것을 놓치지 않았다.

“확실히 말하는데, 이 일은 굉장히 위험해. 오라버니랑 함께 있어.”

“다시 겁쟁이가 될 수는 없어!”

젝스가 두 주먹을 무릎 위에 댄 채 소리쳤다.

치프는 젝스가 포프의 추락 사건을 마음에 두고 있다는 사실을 알고 있었다.

그는 젝스 앞에 쭈그리고 앉아 그녀와 시선을 맞췄다.

“난 누군가를 열흘 만에 전투의 달인으로 만드는 마법 따윈 몰라. 마음의 상처를 지워주는 법은 더 모르지."

"……."

"하지만 견학까진 허락할게. 여자애한테 이상한 거 가르치는 건 싫지만 말이야."

젝스는 고개를 끄덕거렸다.

치프는 이어서 루할트를 다시 봤다.

"농담이 통할 분위기가 아닌 건 알겠지? 수컷 금지 어쩌고 하면서 또 시비 걸면 하인케스 무역통상이 7월 14일에 주식시장에서 무슨 일을 저질렀는지 세상에 다 까발릴 거야."

"7월 14일?"

루할트가 고개를 갸웃거리다가 뭔가를 기억해 내고는 동물적으로 몸을 들썩이며 분노했다.

"작년 7월 14일? 네놈이 그걸 어떻게 알았단 말이냐! 당장 대답해라!"

"됐으니 까불지 말고 집에 가."

"으윽……!"

이빨을 으드득 갈아대며 화를 내던 루할트는 결국 기사단들의 만류에 의해 어쩔 수 없이 하늘로 날아올랐다.

가이우스는 셀레스티아에게 고개를 깊게 숙인 후 자신들의 부하들과 함께 자신의 영지로 출발했다.

반면 알케온은 부하들만을 보내고 자신은 회사에 남았다. 치프와 셀레스티아 등이 있는 곳을 물끄러미 바라보던 알케온은 인간의 모습으로 변한 후 회사 식당 쪽으로 걸어갔다.

치프는 알케온의 그 모습을 한참 동안 지켜봤다.

"저 아저씨는 속을 모르겠네."

중얼거린 치프는 자신의 자리인 사장석에 앉았다.

"장로님은 어떻게 하실 거예요?"

그가 묻자 파울라가 밝게 웃었다.

"왕녀 전하를 지킬 것이네. 이 회사에 취직하면 되려나?"

그 자신감 넘치는 모습을 잠시 바라본 치프는 한숨을 쉬며 물었다.

"헌터 면허는 가지고 계신가요?"

"없네만?"

"그러면 알케온처럼 관리직을 맡으셔야 해요. 식사, 청소, 장비 관리 등등 말이죠. 사냥 현장에는 참여하실 수 없어요."

"그런 걸 따질 상황은 아니지 않은가?"

"그렇긴 하죠."

치프가 씩 웃었다.

"그럼 당분간 쓰실 방을 안내해 드리죠. 데스디아, 부탁 좀 할게."

"내가?"

미지의 적이 잡힌 위성화면을 지켜보던 데스디아가 깜짝 놀랐다.

치프와 한참을 마주 본 그녀는 이윽고 고개를 끄덕거렸다.

"그래, 내가 안내해 드리지. 다른 아이들도 따라오렴."

사만다와 젝스, 포프는 어리둥절한 얼굴로 서로를 바라보다가 셀레스티아의 비장한 모습을 보고는 얼른 데스디아의 뒤를 따라 자리를 피했다.

셀레스티아와 단둘이 된 치프는 그녀를 바라보며 말했다.

"나한테 할 말 있지 않아?"

"A—1730에 대한 것?"

그녀의 말에 치프의 눈이 살짝 가늘어졌다.

"그건 됐고, 지금 나타난 적에 대해서 말이야."

"정말 됐어? 그냥 넘어가도 되는 거야?"

그녀가 재차 묻자 치프는 한숨을 쉬었다.

"나에 대한 얘기는 네가 하고 싶을 때 해도 돼. 끽해야 도구처럼 이용당하다가 죽기밖에 더 하겠어?"

셀레스티아는 말을 왜 그런 식으로 하느냐는 얼굴로 치프를 바라보다가 딱히 틀린 말도 아니었기에 표정을 풀고 시선을 돌렸다.

"들어봐, 셀레스티아. 지금 나타난 놈들은 열흘이 아니라 일주일 내로 막아내야 해. 만약 이대로 9일 동안 방치하면 저놈들은 빅시티의 영역 안으로 확실히 들어갈 거야. 시민들은 공포에 빠져서 난동을 부릴 거고 그렇게 되면 불법이든 편법이든 동원하기가 어려워져."

셀레스티아는 너무나 침착한 치프의 모습에 역으로 두려움을 느꼈다.

"치프는 무섭지 않아?"

"난 지금 마약에 취해서 나한테 총질을 해대는 어린애들을 처음 봤을 때보다 고민을 덜 하고 있어. 이번 일은 내 의지로 할 수 있으니까 말이야."

치프와 셀레스티아 사이에 긴 침묵이 흘렀다.

결국 치프가 먼저 말을 꺼냈다.

"난 괜찮아. 그러니 적에 대해서 얘기해 줘."

"알았어. 하지만 지금부터 내가 하는 얘기는 아무에게도 말하지 말아줘."

"여부가 있겠습니까?"

치프가 빙긋 웃었다.

그로부터 10여 분 동안, 치프는 운캄타르가 진짜로 대응하려 했던 적의 정체에 대해 비교적 자세히 들을 수 있었다.

그럼에도 불구하고 치프는 셀레스티아의 이야기를 이해하기가 힘들었다. 그녀가 해준 이야기는 그만큼 완전치 않았다.

"결론은 운캄타르와 엠페라투스가 마무리하지 못한 일을 해야 한다는 거지?"

"정확히는 그 일을 이끌어갈 존재가 필요했어. 날개 달린 자들만으로는 해결할 수 없는 일이거든."

"그저 그런 미친놈들과 싸우는 게 아니었군. 운캄타르와 엠페라투스가 미처 물리치지 못했던 신들의 잔재라고?"

치프는 사장실 천장을 보며 한숨을 터뜨렸다.

"그게 아니라면 엠페라투스가 신들의 힘을 사용한 이유를 설명할 수가 없어."

"이유라……."

말을 흐리며 고민하던 치프는 조금 긍정적인 방향으로 생각해 보기로 했다.

"우리가 키퍼와 브리치라는 문제를 해결할 수 있는지 알아보려는 게 아닐까?"

"엠페라투스가?"

"응."

치프가 자리에서 일어났다. 그는 가볍게 기지개를 켜며 말했다.

"엠페라투스가 상황을 재구성하기 전에 나한테 말한 게 있어. 자신에게 맞설 힘을 키울 기회를 주겠다고 했지."

"그렇다면 엠페라투스는 역시……?"

셀레스티아의 표정이 밝아졌다. 하지만 치프는 고개를 저었다.

"역시라니? 너무 긍정적으로 생각하진 마. 녀석은 우리에게 400만의 목숨이 걸린 숙제를 던져 줬다고. 결국 모든 상황이 충족되면 녀석이 직접 나서서 재미를 보려고 하겠지. 잘 익은 과일을 따 먹듯이 말이야. 놈은 그런 녀석이야."

"음……."

"오늘은 아무 생각 말고 그냥 쉬어. 난 여기저기 연락 좀 하다가 들어갈게."

"응, 무리하지 마."

셀레스티아가 사장실을 나선 뒤, 치프는 진짜 적을 상대하기 위해 동포들의 미움조차 각오하며 시간을 보내온 셀레스티아에 대해 잠깐 생각해 봤다.

'왜 나한테만 그 사실을 얘기한 거지? 장로와 영주들에게 정확한 상황을 얘기해 주면 무슨 큰일이라도 일어나나?'

하지만 치프는 섣불리 그녀의 방식을 탓하지 않았다. 뭔가 이유가 있기에 답답해 보이는 길을 일부러 걷고 있다는 느낌이 들어서였다.

"언젠간 알게 되겠지."

중얼거린 치프는 단말기를 들어 지구에 있는 톰에게 연락을 했다.

"저예요, 아저씨. 갑자기 말씀드려서 죄송한데요, 혹시 괜찮은 '컨설턴트'를 좀 소개받을 수 있을까요? 아뇨, 부동산이나 기업 관련 말고 꽤… 불법적인 방향으로 말이죠."

단말기를 귀에 댄 치프의 표정이 점점 더 좋아졌다.

11
각자의 사정

엠페라투스와의 격전이 있었던 다음 날 새벽.

정확히 4시 30분 무렵에 기숙사를 나온 데스디아는 평소와 달리 펑퍼짐한 핑크색 운동복을 따뜻하게 입고 있었다.

그 옷은 그녀가 지구에서 쇼핑을 하던 중에 충동적으로 구입한 것인데, 운동복으로서의 기능은 형편없었지만 데스디아 자신은 그 옷을 개인적으로 참 좋아했다.

그녀와 같은 방을 쓰고 있는 젝스는 그 운동복 상의 한가운데에 큼직이 디자인된 하얀색 하트 모양을 보고 기쁨의 비명을 지를 뻔했으나, 다행히도 베개에 얼굴을 묻어 감정을 자제한 덕에 데스디아는 여전히 그 옷을 부담 없이 입고 있었다.

마음을 정리할 겸 오래간만에 일출을 보고 싶었던 그녀였다. 그런데 마침 비슷한 목적으로 회사 본관의 옥상 위에 서 있는 사람이 있었다.

치프였다.

'저곳이 전망은 더 좋겠군.'

회사 주변을 두른 장벽 때문에 제대로 된 일출을 보기 힘들 것이라 생각한 그녀는 회사 본관 건물을 맨손으로 기어올랐다.

기숙사 입구에서 회사 본관까지의 거리가 200미터 정도였고 본관은 8층 규모였으나 데스디아가 그 거리와 높이를 소화하는 데 걸린 시간은 불과 2분 남짓이었다.

"일찍 일어났군, 치프."

데스디아의 목소리를 들은 치프가 그녀 쪽으로 방향을 돌렸다.

평소 입고 다니는 흰색 셔츠 대신 검은색의 군용 야전상의를 입은 치프는 데스디아의 핑크색 운동복을 보고 움찔했으나 들키지 않게 표정을 감추며 어깨를 으쓱했다.

"아예 잠을 안 잤지. 살펴볼 자료가 너무 많았거든."

"자료?"

"오늘 오전 11시에 빅시티에서 누군가를 만나기로 했어. 레투가도 함께 갈 거야."

"보안국장까지? 그 정도로 중요한 자인가?"

"앞으로도 계속 필요할 거 같아. 컨설턴트로서의 경력이 꽤 괜찮거든."

"컨설턴트라……."

데스디아는 그의 말이 잘 이해가 가지 않았지만 그냥 불만 없이 믿기로 했다.

"아, 데스디아."

"음?"

"오른손을 좀 보여줄래?"

데스디아는 별말 없이 치프에게 오른손을 내밀었다. 그녀의 손을 자세히 살핀 치프는 진지한 표정으로 그녀를 봤다.

"역시 지구 쪽 무기에 대한 훈련을 좀 했네?"

나름대로 비밀리에 지구의 무기를 다루는 훈련을 수행했던 데스디아는 그 사실이 너무 간단히 밝혀지자 허망하게 웃었다.

"손만 봐도 알 수 있나?"

"어이, 난 평생을 군에서 보낸 아저씨라고. 굳은살의 모양만 봐도 권총을 즐겨 쓰는지, 소총을 즐겨 쓰는지 파악할 수 있지."

치프는 밝게 웃었다.

"실은 네가 톰 아저씨의 회사에서 파프니르를 처음 잡았을 때부터 알아봤지. 사격 자세를 보니 해군 특수전 연구개발단 출신의 교관에게 배운 것 같더군. 딱 그쪽 친구들 자세였거든."

"그래, 주로 저격이었어. 대물저격소총을 즐겨 썼고 훈련도 그걸로 했지. 지구에서 떠날 때는 교관에게 선물로 줬지만 말이야."

데스디아는 솔직히 대답했다.

"사용했던 총이 CheyT408R이지? APFSDS(날개안정분리 철갑탄)까지 사용 가능하게 개조된 모델이고 말이야."

치프가 총의 모델번호와 개조 사양까지 맞추자 데스디아의 놀라움은 더 깊어졌다.

"총의 모델은 그렇다 쳐도 개조 사양은 어떻게 맞췄지?"

"APFSDS를 제대로 쓰려면 총에 무게추 같은 것을 달아서 일부러 무겁게 해야 하는데, 그 때문에 총을 잡는 자세가 약간 특이해지지. 네 자세가 그랬어."

"흠… 여태까지 말하지 않다가 지금에 와서야 말하는 이유가 뭐지?"

데스디아는 어제 엠페라투스와의 전투 이후로 존재감을 확실히 드러내고 있는 치프에게 의문을 가졌다.

치프는 대답 대신 동쪽을 봤다.

"아, 드디어 해가 뜨네."

데스디아는 그의 말 덕분에 일출 순간을 놓치지 않을 수 있었다.

그녀는 그라니트의 지평선에서 해가 솟아오르는 모습을 복잡한 심정으로 지켜봤다.

알타이르인 중에서도 왕족인 그녀의 외모는 긴 귀와 큰 신장을 제외하고는 인간과 딱히 다르지 않았다. 얼굴선이 지나칠 만큼 아름답기에 오히려 마네킹처럼 보이는 면도 있었다.

하지만 회사 내에서 그녀를 예쁘다고 생각하는 사람은 셀레스티아 정도였다. 다른 사람들은 그녀의 무겁고 진중한 분위기 때문에 아름답다기보다는 멋있다고만 생각할 뿐이었다.

그녀가 다시 치프를 봤다.

"일출은 지나갔어. 대답이나 해."

그녀의 재촉을 들은 치프는 뒷목을 긁었다.

"오늘 만날 컨설턴트가 그쪽 업계에서도 꽤 위험한 축에 속하는 사람이거든. 상당한 의심쟁이지."

"그래서?"

"아마 분명히 약속 장소를 중심으로 저격수를 배치했을 거야."

"어제 연락이 됐는데 오늘 저격수가 배치된다고? 그것도 보안 국장과 함께 만나는 자리에?"

"걔네들 입장에선 그렇게 어려운 게 아니거든. 저격 장소를 물색해서 자리를 잡고 준비를 마치는 건 반나절이면 충분해. 이미 우리와 함께 이 행성에서 일출을 봤을지도 모르지."

거기까지 이야기를 들은 데스디아는 치프가 무엇을 요구하려 하는지 대강 알 수 있었다.

"나보고 그 저격수들을 처리하라는 건가?"

"말하자면 그런데… 강요하는 건 아니야."

치프가 다시 데스디아를 봤다.

"우리는 복수를 하려고 여기까지 같이 왔잖아? 사냥도 조금 할 겸. 그런데 일이 점점 허무맹랑해지고 있어. 신화니 뭐니 하면서 말이지. 난 화가 나서라도 끝장을 볼 생각이지만… 넌 어때?"

"나?"

"우리가 지옥까지 같이 갈 정도의 사이는 아니잖아?"

치프는 자신이 하고 싶은 말을 빙빙 돌리지 않고 직접 꽂아 버렸다. 그것은 앞으로 일어날 모든 일에 데스디아 역시 목숨을 걸어야 한다는 의미이기도 했다.

데스디아는 그의 말을 오해할 정도로 어리석지 않았다.

"난 당신을 지구에서 다시 만났을 때 확실히 각오를 마쳤어. 끝이 어떻게 될지 모르는 우리의 복수극은 그때부터 시작된 거야."

"……."

"당신 혼자 핏물에서 허우적거릴 일은 없을 거야."

치프는 그녀의 그 말에 고마움과 미안함이 섞인 표정을 지었다.

"그럼 저격수 얘기를 다시 해보지, 치프. 지금 나에겐 상대 저격수를 해치울 만한 무기가 없어. 건하운드로 인간을 상대할 수는 없잖아?"

데스디아가 걱정하자 치프는 고개를 흔들었다.

"사만다가 지구에서 가져온 장비들 가운데에는 너에게 줄 선물도 있어. 같이 가자. 보여줄게."

치프는 데스디아와 함께 회사의 무기고로 향했다.

창고 관리를 맡은 로봇이 치프의 지시에 따라 가져온 것은 커다란 소총 보관용 가방이었다.

데스디아는 설마 하는 얼굴로 가방을 열었다.

가방 안에는 무광 카키색의 CheyT408R 저격소총이 깨끗이 손질된 채로 신선한 금속과 기름의 냄새를 풍기고 있었다.

"내가 지구에서 썼던 그 총이잖아? 개머리판의 흠집만 봐도 알 수 있어. 대체 어떻게 구했지?"

"네가 헌터 면허증을 딴 다음 날에 개인적으로 좀 알아봤거든. 마침 같은 총을 현장에서 주로 썼던 해군 특수전 연구개발단 요원 중에서 최근 2년 사이에 적잖은 돈을 은행계좌에 입금받은 사람이 딱 한 명 있더라고. 그 사람이 바로 네 교관이었지."

데스디아는 어이가 없었다. 손으로 얼굴을 반쯤 가린 채 정신을 가다듬은 그녀는 가늘게 뜬 눈으로 치프를 봤다.

"나에 대해서 어디까지 알아봤지?"

"기숙사와 샤워실에 카메라 같은 건 설치하지 않았으니 안심해."

데스디아는 어제 루할트가 7월 14일이라는 치프의 말 한마디에 체면이고 뭐고 전부 내던지며 분노한 것을 떠올렸다.

'정말 무서운 남자였군.'

치프를 그냥 경험이 풍부한 전사라고만 생각했던 데스디아는 태어나서 처음으로 남성에게 경외심을 가졌다.

"아무튼 지구에서 널 가르쳐 준 교관은 정말 괜찮은 친구였어. 총의 상태만 봐도 알 수 있을 거야. 용수철 하나까지 깨끗하게 손질해 놨더라고."

"음, 과연."

데스디아는 손으로 총의 표면을 살며시 쓸었다.

"새것보다 더 좋아."

그녀는 인형을 선물받은 어린아이처럼 웃었다.

치프의 얘기가 계속됐다.

"그 친구가 혹시나 돈을 요구할까 걱정했는데, 네가 다시 쓸 거라고 얘기하니까 정말 기뻐하면서 총을 내주더군. 총을 들고 과녁을 노리는 네 모습에 신앙심마저 느꼈다고 말을 하더라니까?"

"그 교관이 좀 그랬지."

데스디아가 멋쩍게 웃었다.

"나중에 전화라도 해줘. 그 친구의 애들도 널 보고 싶어 하더라고."

거기서 데스디아는 약간 다른 방향으로 의문을 가져봤다.

"설마 교관을 찾아갈 때 뭔가 위험한 물건을 가져가진 않았겠지?"

"선수끼리는 장난 못 쳐. 해군 특수전 연구개발단은 내가 있던 UNSMC와 마찬가지로 티어1의 정예야."

치프가 진지하게 설명을 했으나 데스디아는 못 믿겠다는 표정으로 그를 봤다.

"어이, 진짜라니까?"

"흠, 교관과 그의 가족들이 무사하다면 된 거겠지."

데스디아가 한숨을 쉬었다.

"탄약도 잔뜩 가져왔으니 조금 있다가 훈련장에서 총을 점검해 봐. 오전 9시까지는 끝내야 돼."

치프가 주의를 주었다.

"그럼 오늘 아침 식사는 간편식으로 때워야겠군."

가방을 닫은 데스디아는 창고관리 로봇의 뒤편에 달린 카트에 총이 든 가방을 넣은 뒤 탄약상자도 함께 담았다.

치프는 수십 킬로그램이 넘는 탄약상자를 허리조차 움직이지 않고 들어 올리는 데스디아의 완력에 새삼 놀랐다.

시간이 흘러 오전 9시가 조금 넘었을 무렵, 사만다가 운전하는 장갑차가 치프와 데스디아를 태운 채 회사의 정문으로 이동했다.

치프는 장갑차 뒤쪽의 보병 대기석에서 시가를 피우는 데스디아를 슬그머니 노려봤다.

"차내 흡연은 좀 아니지 않아?"

"환풍기 성능이 좋네."

데스디아는 그런 식으로 치프의 말을 무시했다.

리모컨으로 회사의 정문을 연 사만다는 깜짝 놀라 브레이크를 밟았다.

단말기를 보느라 정신이 없었던 치프는 당황하여 사만다를 봤다.

"왜?"

"아저씨, 앞에 저거……."

"응?"

치프는 정문 바로 앞에 주차되어 있는 작은 차를 목격했다.

그 차량 안에는 담요로 몸을 둘둘 말은 채 잠을 자고 있는 여성이 있었다.

"기자잖아?"

"기자요?"

"차 옆구리에 붙어 있는 스티커 보이지?"

치프는 나뭇가지를 물고 있는 새의 모습을 단순화시킨 파란색의 스티커를 가리켰다.

"저건 우주기자연맹 마크야."

"기자가 왜 우리 회사 앞에서 저러고 있을까요?"

사만다가 난감한 표정으로 질문했다.

"글쎄? 물어보지 뭐."

치프는 조수석의 사물함에서 구급상자를 꺼내 들고는 차에서 내렸다. 사만다와 데스디아는 그가 왜 기자를 만난다면서 구급상자를 들고 내리는지 궁금했다.

기자가 탄 승용차의 운전석 문을 소리가 나지 않게 당겨본 치프는 문이 단단히 잠겨 있자 코웃음을 치며 구급상자를 열었다.

거기서 그가 꺼낸 것은 단추 모양의 제세동기 두 개였다. 1회용으로 설계된 그 제세동기들을 문에 붙인 치프는 작은 버섯 모양의 타이머를 돌리고는 뒤로 물러났다.

치프는 권총을 들고 경계하며 다가온 사만다를 돌아봤다.

“내가 톰 아저씨의 차를 저걸로 털어버린 적이 있었지.”

“예? 해군청장 의전차량 말씀이신가요?”

“그래, 그 시커멓고 커다란 차 말이야.”

이윽고, 제세동기에서 터진 전기가 차량의 문 안쪽에 있는 ‘특정 부위’를 때렸다.

치프는 다시 기자의 차로 걸어가면서 만족스럽게 고개를 끄덕거렸다.

“화성 식민지의 꼬마들한테 배웠지. 걔들이 이런 식으로 수송 트럭의 문을 따고는 군용 식량과 구급약을 깔끔히 털어 갔어. 나랑 내 팀원들은 그걸 보고 기절할 뻔했지.”

치프는 다시 승용차의 문을 당겼다. 아까와 달리 문이 기계음을 내면서 부드럽게 열렸다.

“짜잔.”

치프가 입으로 낸 효과음을 들은 사만다는 실없이 웃으며 권총을 거뒀다.

치프는 아직도 잠들어 있는 여기자를 담요째로 끌어내린 뒤 무릎으로 그녀의 등을 눌렀다. 차의 문을 딸 때와는 달리 상당히 거칠었다.

기겁하여 깨어낸 기자는 몸을 움직이려 했으나 담요가 오히려 밧줄처럼 그녀를 묶었고 치프의 제압도 적절했기에 그녀는 머리만 현란하게 흔들 뿐 꼼짝도 하지 못했다.

"자, 잠깐만요! 돈은 전부 드릴 테니 카메라만은 건들지 마세요!"

"진정해, 아가씨. 왜 여기에 주차해서 쉬고 있었는지만 얘기해 주면 풀어줄게."

"아, 혹시 이 용역회사의 직원이신가요? 파울라가 어제 저를 이곳에 놔두더니 기다리라고 말하고는 오지 않았어요!"

"파울라? 파울라 장로 말인가?"

"맞아요! 그녀는 제 친구예요!"

치프는 그녀의 차 내부를 흘끔 봤다. 파울라와 함께 그라니트 행성 곳곳에서 찍은 사진들이 자동차 안쪽을 장식하고 있었다.

"흠, 이거 실례했네요."

말투를 바꾼 치프는 그녀의 등에서 무릎을 떼고는 두 손으로 그녀를 일으켜 주었다.

"기자님 맞죠?"

"예, 다큐멘터리 기자예요! 프리랜서죠!"

방금 전에 위협을 당했음에도 불구하고 지나치게 긍정적으로 대답하는 그녀의 모습에서 치프는 낯익은 느낌을 받았다.

"혹시 오파로아 행성 출신이에요?"

"맞아요! 아하하하!"

"……."

포프가 떠올라 버린 치프는 피곤한 표정으로 뒷목을 만졌다.

"사만다, 파울라 장로한테 단말기가 있었던가?"

"갖고 계시지 않았던 것으로 기억합니다."

"그럼 젝스한테 전화해서 그분 좀 이쪽으로 불러달라고 해줘. 가급적 빨리."

"알겠습니다."

사만다가 자신의 단말기를 꺼내 젝스에게 연락을 했다.

조금 뒤, 드래곤의 모습을 한 파울라가 급히 숙소 쪽에서 솟구쳐 오른 후 회사 입구를 향해 날아왔다.

인간의 모습으로 변해 착지한 파울라는 담요에 둘둘 말려 있는 그녀, 진 플레커를 향해 달려왔다.

"진!"

"하하, 파울라!"

그렇지 않아도 키가 작은 진을 애완견 안듯 껴안은 파울라는 미안함이 진하게 드러난 얼굴로 치프를 봤다.

"사과하겠소, 치프. 내가 내 친구를 까맣게 잊고 있었다오."

"괜찮으니 그분이랑 함께 회사 안에 계세요. 제가 지금 약속 시간이 다 돼서 빨리 가봐야 하거든요."

"알겠소. 부디 좋은 결과가 있길 빌겠소."

"고마워요."

장갑차에 다시 타기 직전, 치프는 파울라의 도움을 받아 담요를 풀고 있는 진을 향해 목소리를 높여 말했다.

"아, 그리고 기자님 차 말인데요, 지금 시동이 안 걸릴 거예요."

"예? 무슨 말씀이신가요?"

치프가 차 문을 어떻게 열었는지 전혀 모르는 진은 차 안에 벗어두었던 커다란 안경을 쓰다 말고 고개를 갸웃거렸다.

"밤새 번개라도 한 번 맞은 것 같더라고요. 회사 안에 정비로봇이 있으니 부담 갖지 마시고 마음껏 쓰세요."

"감사합니다!"

진은 팔을 힘차게 흔들었다.

보병 대기석에서 아직도 시가를 피우고 있던 데스디아는 다시 단말기를 만지작거리는 치프를 보며 쓴웃음을 지었다.

"눈 하나 깜짝 안 하고 거짓말을 하는군."

"아저씨라서 말이지."

능글맞은 대답을 들은 데스디아는 치프를 한참 동안 조용히 지켜봤다.

"내가 신경과민이라 그런 건지 모르겠는데, 이 행성에서 엠페라투스 다음으로 무서운 존재를 꼽자면 당신이라는 생각이 드는군."

"응? 왜?"

"혹시 다른 사람을 믿어본 적이 있긴 있어?"

데스디아의 그 말에 치프의 표정이 조금 진지해졌다. 장갑차를 운전하고 있는 사만다도 심각하게 관심을 기울였다.

"내가 회사 자금을 누구한테 맡겼더라?"

"농담으로 넘기지 마."

"흠."

치프는 보고 있던 단말기를 자신의 무릎 위에 덮어놓은 뒤 장갑차 창밖으로 그라니트 행성의 푸른 하늘을 봤다.

"인간적으로, 평범한 상황에서, 예를 들어 사만다가 땅에 떨어져 있는 남의 지갑을 멋대로 꿀꺽할 아이가 아니라는 사실 정도는 믿지. 그런데 일에 있어서만큼은 아니야."

치프는 잠깐 말을 쉰 후 다시 이야기했다.

"이 세상에 확률이라는 것이 존재하는 이상 난 책임자로서 항상 계산을 하고 대비를 해야만 해. 아쉽게도 그 모든 대비의 기초는 동료에 대한 불신이지. 하지만 팀 전체를 위한 일이니까 결과만은 믿어도 돼."

치프가 그런 사람이라는 것을 원래 알고 있었던 사만다는 다시 운전에 집중했다.

다시 단말기를 든 치프는 문득 고개를 데스디아 쪽으로 돌렸다.

"근데 왜 그런 생각을 한 거야? 엠페라투스 다음으로 무서운 존재라는 건 좀 아니잖아?"

"어제 당신이 루할트를 말 한마디로 갖고 놀았을 때 정말 놀랐거든."

"말? 아, 7월 14일?"

"맞아. 난 당신이 그렇게 뭔가를 준비하고 있을 줄은 몰랐어. 오늘도 그렇지. 당신이 내 사격 자세를 한 번 본 것만으로 내가 무슨 총을 썼고 어떤 교관에게 배웠으며 내 총을 다시 확보하여 준비해 놨을 거라고는 생각도 못했거든."

"그래? 그냥 크리스마스 선물 같은 건데 말이지."

"후후."

데스디아는 웃으면서 시가의 연기를 다시 즐겼다.

치프는 다시 오늘 만날 컨설턴트의 정보를 점검했다.

하지만 사만다는 조금 달랐다.

'팀장님이 아저씨를 계속 당신이라고 부르네?'

사만다는 이상하게 그것이 마음에 걸렸다.

*　　　*　　　*

야외 테라스가 화려한 카페에서 레투가와 만난 치프는 피로로 얼굴이 핼쑥해진 친구의 모습을 보고 씁쓸한 표정을 지었다.

"난리도 아니었지?"

치프가 묻자 레투가는 고개를 절레절레 흔들었다.

"빅시티 거주자 대부분이 보라색 드래곤에 의한 대파괴와 살육이라는 백일몽을 꿨고, 자신이 죽는 것도 경험했다면서 폭동 비슷한 짓을 벌이기도 했지. 엠페라투스를 찾아 죽여달라고 말일세. 게다가 헌터들은 잔뜩 겁을 먹었다네. 오늘 자네가 날 불러주지 않았다면 난 아직도 보안국 건물에 갇혀서 온갖 민원과 싸웠을 것이네."

"부인은 괜찮고?"

"우리 집은 빅시티 거주구역 중에서도 외진 곳에 있다네. 그녀는 지진이 일어나는 꿈을 꾼 것 같다는 말만 하더군."

"그나마 다행이네."

"아, 그렇지. 하지만 어제 있었던 모든 일이 실제였다는 게 더 두렵다네. 정말 그 엠페라투스와 싸울 생각인가?"

"실은 고향으로 돌아갈까 생각 중이었어. 하지만 안색이 나빠질 정도로 열심히 일을 하는 내 친구 때문에 어쩔 수가 없네."

"그럼 내가 일을 그만두면 되겠군."

서로 농담을 주고받은 둘은 실실 웃었다.

두런두런 이야기를 나누는 둘을 향해서 누군가가 다가왔다.

머리 전체를 기계 느낌의 검은색의 헬멧으로 단단히 감춘 회색 코트의 남자였다.

약간 마른 체형의 그 남자는 도시 어딘가에 있을 데스디아보다 키가 컸다.

"보안국장님과 그라니트 용역의 사장님이시오?"

그 남자가 전자음이 섞인 목소리로 묻자 치프와 레투가가 동시에 그를 돌아봤다.

"죠 라이트스톤 씨?"

치프가 그의 이름을 말했다.

"라이트스톤이라 부르셔도 되오. 만나서 반갑소."

"저야말로 반갑네요."

치프와 라이트스톤이 악수를 나눴다. 라이트스톤은 머리만 헬멧으로 감춘 게 아니었다. 손에도 금속제 장갑을 끼고 있었다.

가장 조용하면서도 개방된 자리에 앉은 셋은 일단 명함부터 교환했다.

"개척 행성으로 지정된 곳의 보안국장님이라면 행성 최고 권력자나 다름없는데, 어째서 이 자리에 나오셨소?"

라이트스톤이 레투가에게 물었다.

"일종의 보증인이라고 생각해 주시오."

레투가가 대답했다.

"호오, 과연."

라이트스톤의 앉은 자세가 조금 편해졌다.

"자랑은 아니지만 난 오로지 무기와 관련된 일만 하고 있소. 인신매매나 밀렵, 마약, 생체 부품 생산 같은 지저분한 일은 하지 않는다오."

"그쪽이 돈은 더 쉽게 벌리지 않나요?"

치프의 말에 라이트스톤은 고개를 저었다.

"쉽게 번 돈은 쉽게 날아가는 법이오. 난 뒤숭숭한 건 싫어한다오. 그래서 공포영화도 싫어하오."

"마음에 드는군요."

치프가 밝게 웃었다.

"흠. 그럼 원하는 것을 얘기해 보시오, 사장."

"혹시 약 1년 전에 지구에서 전략무기 몇 가지를 구입하지 않으셨나요?"

"모르는 얘기로구려."

라이트스톤이 어깨를 으쓱했다.

"우주연합에서는 전략전술무기에 대한 밀거래를 금지하고 있소. 법을 어길 수는 없지 않소? 그리고 개인이 행성을 상대로 장사를 한다는 것은 터무니없는 일이 아니오?"

그가 원론적인 말을 하자 치프가 씩 웃었다.

"오라셀 행성의 위성궤도에 뭔가 있던데……."

그와 동시에 테이블에 붉은색의 점 두 개가 꽂혔다. 그 빛은 서서히 움직이더니 치프와 레투가의 목에서 각각 멈췄다.

빛은 그 두 개만이 아니었다. 둘의 심장과 머리에도 새로운 빛들이 위치를 잡았다.

"그 빛이 무엇을 의미하는지는 잘 알 것이오."

라이트스톤이 무거운 목소리로 말했다.

"물론 알죠. 지구에서 꽤 오래전에 군용으로 사용한 레이저 포인터잖아요? 이건 박물관에도 없는 물건인데 말이죠."

"확실히 고대의 유물이긴 하지만 경고를 하는 데 쓰기에는 아주 좋더구려."

"아, 확실히 좋죠."

라이트스톤은 치프와 레투가를 조준한 빛들이 하나씩 지워지는 것을 목격했다.

"위치가 너무 훤히 드러나거든요."

몸이 굳어버린 라이트스톤은 자신의 단말기를 꺼내 미리 준비한 저격수들의 상태를 확인한 뒤 다시 단말기를 거두었다.

"내가 고객님을 좀 얕본 모양이오. 실례를 용서하시오."

"이제 제대로 된 이야기를 좀 해보죠."

치프가 강조했다.

"그럽시다."

라이트스톤이 그에 응했다.

한편, 근처 고층 건물 옥상에 저격소총을 잡고 위치했던 데스디아는 다 써버린 탄창을 빼고 옆에 놔둔 예비 탄창을 총에 끼웠다.

"또 없나?"

그녀의 질문을 받은 사만다는 두툼한 스코프로 저격수가 배치될 만한 지역을 다시 살폈다. 이번 저격에서 실제로 저격수들의 위치를 파악하여 목표를 지정한 사람은 데스디아가 아니라 사만다였다.

"세 명이 더 있었지만 건물 안으로 도망쳤습니다."

사만다가 담담히 보고했다.

"위치를 바꾼 건가?"

"총을 놓고 갔네요."

"미묘하군."

"30초도 안 돼서 여섯 명이 제거됐으니 그럴 만도 하겠지요."

제거됐다는 사만다의 말에 데스디아가 코웃음을 쳤다.

"난 놈들의 총만 부쉈어."

"총의 파편에 피해를 입은 저격수들이 굴러다니고 있네요. 구급차를 불러줄까요?"

"저들의 고용주가 알아서 하겠지. 경계를 계속해 줘."

사만다는 20분 전에 데스디아 옆에 위치를 잡은 이후 탐색용 스코프를 눈에서 뗀 적이 없었다. 그녀는 그만큼 이러한 일에 익숙한 사람이었다.

"사만다."

"말씀하십시오, 팀장님."

데스디아는 사만다와 마찬가지로 대화 상대 대신 조준경을 보면서 말했다.

"네가 있어서 참 다행이구나."

"그렇습니까?"

"네가 아니라 젝스나 포프가 내 곁에 있었다면 난 정말 불안했을 거야."

"둘 다 언젠가는 익숙해지겠죠. 실제로 열심히 배우고 있지 않습니까?"

사만다가 그녀들을 변호하자 데스디아의 입술이 밋밋한 곡선을 그렸다.

"뭔가 오해를 하는구나."

"예?"

"난 그 애들의 노력과 재능, 그리고 미래를 무시하는 게 아니란다. 난 젝스와 포프가 나를 따라 뛰어다니는 모습만 봐도 가슴이 벅차서 어쩔 줄을 모르지."

항상 무덤덤하게 아이들을 지켜봤던 데스디아가 그런 말을 하자 사만다는 내심 정말 놀랐다.

"포프가 달리기를 하다가 토하는 걸 봤을 때는 겁이 나서 눈물이 나올 뻔했지. 그 애를 안고 의무실로 뛰었는데, 아무런 장애물도 없고 언덕지지도 않은 그 길이 그렇게 험하게 느껴질 수가 없었단다."

사만다는 달리다가 토해 버린 포프를 의무실로 처음 데려간 사람이 데스디아라는 것을 기억하고 있었다.

데스디아는 포프를 데려가던 그때도 표정이나 호흡, 자세가 흐트러지지 않았다. 그 모습에서 사만다는 그녀를 정말 비정할 정도로 침착한 사람일 것이라 생각했다.

하지만 지금은 여태까지 자신이 큰 오해를 한 걸지도 모른다는 생각이 들었다.

데스디아의 이야기가 계속됐다.

"욕심으로 사람을 성장시켜선 안 된다는 것을 고향에서 경험했고, 또 다시는 그러지 않겠다고 다짐했었는데 포프에게 잘못을 반복해 버린 거야. 역시 난 남을 가르치는 재주가 없어."

데스디아는 총의 자루를 한 차례 고쳐 쥐었다. 그만큼 감정이 동요하고 있다는 뜻이었다.

"그리고 지금도 그 아이들을 걱정하고 있지. 특히 포프는… 하아."

데스디아가 한숨을 쉬었다.

"난 치프가 그 아이를 회사에서 내보내지 않을까 걱정이야. 만약 그렇게 되면 포프는 정말 갈 곳이 없어지겠지. 한 시간도 뛰지를 못하는 체력에, 실전 경험도 없는 미성년자를 쓸 업체는 없을 거야. 이상한 목적으로 고용돼서 희롱당하지 않으면 다행이겠지."

사만다는 그 말을 가만히 들었다.

기가 차서였다.

데스디아는 그것도 모른 채 계속해서 말했다.

"상황이 그렇잖아? 엠페라투스는 그렇다 치더라도 갑자기 키퍼니, 브리치니… 모를 것들이 번쩍 나타나 버렸지. 치프는 그것들을 없앨 생각이고 말이야. 이제 9일 안에 끝내야 하는 사건에 포프가 끼어들 자리는 없어."

"팀장님, 지금 팀장님께선 아저씨를 모욕하셨습니다."

"응?"

사만다의 직언에 데스디아는 흠칫하여 조준경 대신 사만다를 보고 말았다.

사만다는 스코프로 주변을 계속 보고 있었다. 하지만 그녀의 하얀 눈썹 사이에는 깊은 주름이 져 있었다.

"이 행성에서 처음으로 팀장님을 도우려 했던 사람이 포프라는 것을 잊으셨습니까?"

공항에서 알케온의 부하와 싸울 때 포프가 난입했던 모습이 데스디아의 기억에 새롭게 떠올랐다.

"포프는 팀장님이 펄펄 뛰는 드래곤과 대치하고 있을 때 건 하운드를 쏘며 뛰어나왔습니다. 경험과 경력, 그리고 자신의 무기를 뽐내던 헌터들은 당시 공항 안에서 벌벌 떨고 있었지요. 그들은 팀장님께서 드래곤을 막바지로 몰아붙였을 때가 돼서야 무기를 들고 기어 나왔습니다."

데스디아는 포프가 당시에 몰라도 너무 몰라서 그런 게 아니냐고 반문하려 했다.

당시 데스디아가 포프의 무기 특성을 재빨리 알아보고 걷어차지 않았다면 포프는 드래곤의 꼬리에 찍혀 죽었거나 큰 부상을 입었을 것이다.

그러나 사만다가 최대한 억누른 채 내는 목소리는 그러한 '이치'가 박힐 만큼 녹록치가 않았다.

"아저씨께서 그냥 불쌍하다는 이유로 사람을 고용할 만큼 가벼운 분으로 보이십니까? 목숨을 걸어야 하는 현장에 무려 미성년자를 들여보내실 만큼 무책임한 분이라 생각하셨습니까? 총을 쥔 아이들의 모습을 아저씨가 얼마나 싫어하시는지 어제 들으셨지 않습니까? 팀장님께서 알고 계시는 아저씨와 제가 알고 있는 아저씨는 대체 얼마나 다른 사람입니까?"

사만다의 왼팔 끝이 부르르 떨렸다.

"아저씨께서는 포프에게서 포프만이 가진 무엇인가를 발견하신 겁니다. 부서진 건물 더미에 갇힌 채 죽어가던 저를 구하실 때처럼, 이용할 가치가 아니라 발견할 가치를 찾으신 거란 말입니다."

사만다는 그러한 말들을 놀라울 정도로 침착하게 내놓았다. 하지만 그렇게 말을 하는 것 자체가 평소 표정만으로 많은 것을 대신하는 그녀의 모습과는 전혀 달랐다.

그렇기에 데스디아의 눈에는 고요하게 타오르는 사만다의 감정이 눈에 아플 정도로 똑똑히 보였다.

"그래… 지구에서 나를 발견한 것도 그였지."

"예?"

사만다는 하마터면 스코프에서 눈을 뗄 뻔했다.

"내가 너무 내 생각만 했구나. 나의 부족함을 진심으로 사과하마. 마음으로 부딪쳐 온 사람을 이토록 간단한 사과로 위로하려 하다니, 나는 정말 남을 대하는 자세가 틀려먹었구나."

데스디아는 다시 조준경의 안쪽을 봤다.

"너는 나에게 있어서도 소중한 행운이었던 거야. 미안할 정도로 기쁘구나, 사만다."

"아, 아닙니다. 팀장님."

사만다는 마음을 가라앉히고 저격수가 배치될 위험성이 있는 모든 공간을 다시 살폈다.

"치프는 언제부터 좋아했니?"

데스디아가 물었다.

결국 사만다도 스코프에서 눈을 떼고 말았다.

"매, 매우 부적절한 상황에서 질문하시는 것 같습니다, 팀장님."

"흐응."

데스디아는 콧소리를 내면서 방아쇠를 당겼다. 사만다가 스코프에서 눈을 떼자마자 놓친 저격수가 무릎보호대를 잃고는 그 충격에 고꾸라지고 말았다.

총에 붙은 소음기 때문에 상황 확인이 더 늦어버린 사만다는 급히 스코프에 눈을 대고 데스디아가 보고 있는 장소를 확인했다.

사만다는 충격에 꺾인 무릎을 붙든 채 데굴데굴 구르는 저격수를 보고는 긴장된 침을 꿀꺽 삼켰다.

"레이더 경보 수신기를 장비한 자군요."

사만다가 들고 있는 스코프는 '그냥 굉장히 좋은' 민간용이기 때문에 목표 추적용으로 발산하는 모든 수단을 감출 수가 없었다.

데스디아가 방금 쓰러뜨린 자는 스코프에서 발산하는 신호를 역으로 감지해 주는 장치를 어깨에 장비하고 있었다.

그런 그가 데스디아의 탄환을 피하지 못한 것은 데스디아가 자신의 조준경에 달린 전원을 내리고 쐈기 때문이었다.

그건 그냥 눈을 감고 쏴서 맞춘 것이나 다름없는 일이었다.

"꽤 성실한 살인자들이야. 저 정도 장비쯤은 갖고 있어도 이상하지 않겠지. 계속 살피렴."

"예, 팀장님."

방금 전 데스디아가 한 말 때문에 화가 났던 사만다였지만 데스디아의 실력만큼은 절대로 무시하지 않았다.

알타이르 왕족 전사가 총을 든다면 정말 무서울 거라는 말을 군 관계자들에게 들어왔던 사만다는 그 무서움의 편린에 척추가 얼어붙는 느낌을 받았다.

"만약 상대가 알타이르 왕족 출신의 저격수였다면 전 벌써 죽었겠군요."

"글쎄? 알타이르 사람들은 합금과 화약, 합성 기름 냄새를 견디지 못해서 앞으로도 이 바닥에 안 보일 거야. 합성수지조차도 촉감이 안 좋다는 이유로 못 쓰거든. 그래서 지구의 옷도 쉽게 입지 못하지. 나만 해도 익숙해지는 데 1년이 걸렸단다."

"그래서 면이나 실크로 된 속옷만 갖고 계셨군요?"

"음? 흠."

여성들끼리라고 해도 불쾌감을 느낄 수 있는 질문이었지만 데스디아는 작은 소리 몇 번을 내는 것으로 그냥 넘어가 주었다.

"아무튼… 치프는 언제부터 좋아했지?"

"부적절하다고 말씀드렸습니다."

"의외로 고집이 있구나."

데스디아는 그때부터 기계적으로 총을 쐈다.

다섯 발의 탄을 날린 뒤 예비용 탄창 하나를 더 사용했다. 연속사격으로 인해 과열된 소음기가 위험한 냄새를 풍겼다.

사만다는 스코프로 착탄 위치를 쫓느라 바빴다.

일곱 명의 저격수가 총을 잃었고 네 대의 저격용 드론이 실체를 드러내며 사람이 없는 건물 옥상에 추락했다.

데스디아는 마무리를 위해 탄창을 다시 갈아 끼웠다. 그러나 분위기를 제대로 파악한 나머지 저격수 세 명이 두 손을 들며 은신처에서 모습을 드러냈다.

데스디아는 네 발을 더 쏴서 그들이 내려놓은 총을 모두 부수고 마지막까지 숨어 있던 저격수의 신발 밑창을 날렸다. 발목이 돌아가고 발가락까지 부러진 저격수가 땅을 구르며 은신처에서 나왔다.

"이제 적절한 상황이 됐군."

자신이 여태껏 실력 검증을 받았다는 사실을 뒤늦게 깨달은 사만다는 스코프를 내리고 전원을 껐다.

"집요하십니다."

"내가 좀 그래."

총을 놓은 데스디아는 해변에서 쉬는 여성처럼 사만다를 보며 옆으로 누웠다.

"그래, 언제부터 치프를 좋아했어?"

"아저씨를 좋아한 적은 없습니다. 나이 차도 제법 나지 않습니까?"

"응? 나와 치프가 함께 있을 때는 항상 신경을 곤두세웠잖아?"

"그건 아직 팀장님에 대해서 모르기 때문입니다."

"그렇구나."

데스디아는 팔을 세워 턱을 괴었다.

"나도 그에 대해서 모르는 건 마찬가지야. 만나서 말을 나눠 본 지 얼마 되지도 않았잖니?"

"그렇습니다만……."

"그래, 알았어. 너무 곤란해 보이니 나도 더 이상 물어보지 않을게. 하지만 오늘 제대로 대답하지 않은 것에 대해 나중에 후회하게 될지도 모른단다, 사만다."

"……."

사만다가 침묵하는 한편으로, 다시 단말기를 통해 저격수들과 드론의 상태를 확인하던 라이트스톤은 미련 없이 화면을 껐다.

"당신이 배치한 경호원이 기계인지 악마인지 모르겠지만 도중에 화가 좀 난 느낌이구려. 남은 인원과 드론들을 몰아서 처리한 덕분에 공항까지 내 손으로 차를 운전해야 할 것 같소."

드론이 추락하는 소리밖에 듣지 못한 치프와 레투가는 곁눈질로 서로를 잠깐 마주 봤다.

"하던 얘기 계속해도 될까요?"

"이젠 내가 위협받는 상황이니 편하게 갑시다. 원하는 제품이나 이야기하시오."

"말로 하긴 좀 그렇고……."

치프는 자신의 단말기를 꺼내 자신이 원하는 물건들을 보여주었다.

라이트스톤이 고개를 옆으로 기울였다.

"지구에서는 쑥밭이라는 표현을 쓰던데… 이 행성을 그 특정 식물의 재배지로 만들 생각이오?"

"이런 게 필요한 상황이거든요."

"흠."

라이트스톤이 팔짱을 꼈다.

"보안국장님의 의견을 듣고 싶소. 이런 물건이 위성궤도에 배치되어도 상관없겠소?"

"개인 소유의 위성시설은 내가 승인만 해주면 법적으로 문제는 없소. 다만 앞으로 법이 바뀔 가능성은 있소. 개인이든 기업이든 이런 물건을 소유하여 배치한 전례가 없으니 말이오."

"지구엔 있어."

치프가 말을 던지자 레투가와 라이트스톤이 같은 마음으로 치프를 한참 동안 지켜봤다.

"뭔가 신선한 정경유착의 사례구려. 전략병기를 이런 식으로 개인이 소유하다니… 후후. 설마 내가 모험적으로 장사를 하게 될 줄은 몰랐소."

어이가 없어 헬멧 밖으로 웃음소리를 낸 라이트스톤이 팔짱을 풀었다.

"첫 번째 상품은 그렇다 치고… 두 번째 상품을 운용할 인력이 있긴 있소?"

"그건 우리 회사 스폰서가 알아서 해줄 거예요."

치프는 깍지 낀 두 손을 뒷목에 대며 등을 등받이에 기대었다.

"스폰서라… 하지만 각종 유지비를 생각하면 앞의 물건보다 더 심각할 텐데 말이오?"

"그것도 스폰서 몫이죠. 그리고 인력은 평상시에 비워둘 거예요."

"알겠소."

라이트스톤의 헬멧에서 웃음소리가 다시 났다.

"내가 고객의 걱정을 한 적은 이번이 처음이구려. 어제까지만 해도 입금 받으면 끝이었는데 말이오. 아무래도 개인 상대로 이런 규모의 장사를 해본 적이 없어서 그런 것 같소."

"첫 경험의 충격은 그게 뭐가 됐든 나이를 가리지 않죠."

치프의 말에 라이트스톤이 다시 웃음을 흘렸다.

"세 번째 물건은 의외로 평범한데… 다룰 사람은 있소?"

"운전수도 세트로 보내주면 좋죠. 내가 고용할게요."

"흠."

라이트스톤은 다시 단말기를 들고 명단을 확인했다.

"실력은 내가 확보한 운전수 리스트 중에서… 약물 중독자, 반사회성 성격장애자, 신체개조 집착증 환자, 아동 성범죄자에 이어 다섯 번째지만 자전거부터 전함까지 모두 다룰 수 있는 재주꾼이 있소. 드워프… 아니, 듀베리아 행성 출신인데, 괜찮겠소?"

"앞에 네 명이 너무 화려해서 오히려 마음에 드네요."

그러자 레투가가 치프의 어깨를 확 잡았다.

"아닐세."

"응?"

"그 듀베리아 행성 출신의 재주꾼이 내가 아는 그 남자라면 자네 회사에서 살인이 날 것이네."

"살인?"

치프가 황급히 라이트스톤을 돌아봤다.

라이트스톤은 생각해 보니 그런 것 같다는 식으로 어깨를 으쓱했다.

"흠, 무기를 다룰 수 있는 여직원이 당신 회사에 있다면 그녀가 그를 충동적으로 살해할 수도 있겠구려."

"……."

현재 등록된 직원 전원이 무기를 다룰 수 있는 여성이기에 치프는 깊은 고민에 빠졌다.

"그… 혹시 여자들한테 직접 손을 대는 친구인가요?"

"그렇진 않소. 그건 내가 보장하리다. 다만 언동 때문에 고소 고발을 당한 적은 아주 많소."

치프는 자신을 말린 레투가를 돌아봤다.

"진짜야?"

"아, 확실히 그렇다네. 결혼도 제대로 했고 고향에는 부인과 함께 두 명의 딸아이가 있지."

"반년 전에 한 명을 더 봤소. 물론 딸이었소."

"……."

라이트스톤이 지적하자 치프와 레투가가 동시에 그를 봤다.

"이혼할 기색은 전혀 없나요?"

"듀베리아에서는 남녀 모두가 음란한 농담을 하는 것이 일반적이오."

"……."

한참을 고민한 치프는 결국 고개를 끄덕거렸다.

"한 열흘 정도만 잠시 쓰는 걸로 하죠. 숙식은 이쪽에서 전부 제공할게요."

"좋소. 필요한 것은 더 없소? 개인적으로 함선의 재고와 유지비 때문에 고민이오만."

"음……."

치프는 다시 고민에 빠졌다.

"우주연합 군부의 정규군함도 있나요?"

"있긴 있소. 하지만 추천하진 않소."

"왜요?"

"우주연합 군부에서 요구하여 건조하는 군함은 지구의 군함에 비해 화력만 좋을 뿐이고 종합적인 성능에서는 뒤떨어진다오. 지구의 군함은 내구력이 좋고 전자전 능력도 확실하며 대기권 내의 전투 능력이 특히 탁월하오. 항성계를 벗어날 일이 없다면 지구의 군함을 추천하겠소."

"그럼 상품 목록을 볼 수 있나요?"

"보내 드리리다."

라이트스톤은 자신의 단말기 화면을 치프 쪽으로 쓸었다. 작은 문서 모양의 빛이 그의 단말기에서 빠져나와 치프의 단말기로 들어갔다.

전달된 상품 목록을 본 치프는 헛웃음을 터뜨렸다.

"우주순양함 요크타운은 작년에 스크랩 처리된 줄 알았는데요?"

"세상일이라는 것이 다 그렇지 않소?"

"목록에 있는 함선 전부가 톰 아저씨께서 군을 그만두신 이후에 퇴역된 놈들이군요! 이런 미친!"

거친 말을 하긴 했어도 치프는 함선 리스트에서 탐욕 어린 시선을 떼지 못했다. 레투가의 눈에는 치프가 마치 자동차 카탈로그를 구경하는 수집가처럼 보였다.

"음… 아, 함선은 나중에 얘기하죠. 지금 정신이 나갈 뻔했어요. 이번에는 필요한 물건만 살게요."

"그러시오. 그렇다면 종합적인 가격은 이렇소."

라이트스톤은 어마어마한 숫자가 찍힌 자신의 단말기 화면을 치프에게 보여주었다.

인상을 쓴 치프는 뒷머리를 긁으며 고민했다.

"우리 회사 재무담당이랑 말씀해 보시겠어요?"

"그럽시다."

치프가 단말기를 귀에 댔다.

"아, 데스디아. 잠깐 내려오겠어? 네가 직접 봐야 할 것 같은데? 아니, 숫자를 몰라서 그런 게 아니라 너한테 욕먹기 싫어서 말이야."

그리고 약 1분 정도의 시간이 흘렀다.

건물 어딘가에서 뛰어내린 데스디아는 착지 순간에 엉망으로 깨진 보도블록들을 보고는 레투가에게 눈을 돌렸다.

레투가는 괜찮다는 미소로 그녀를 안심시켰다.

라이트스톤은 검은색 망토에 같은 색 터번을 두른 그 알타이르 여성을 한참 동안 바라봤다.

"내 기억이 확실하다면 알타이르의 워치프였던 데스디아리아 헤이파 알타이르 브라토레 님인 것 같소만?"

"처음 뵙겠소, 상인이여."

데스디아가 가볍게 목례를 했다.

그는 데스디아에게서 풍겨오는 화약 냄새를 믿을 수가 없었다. 알타이르 행성인이 지구의 화약 무기를 썼다는 사실 자체가 상식 밖의 일이었기 때문이다.

하지만 그는 자신이 고용하거나 몰래 가져온 저격수와 드론들이 그렇게 빨리 의미를 잃은 것에 대한 궁금증을 단번에 해소할 수가 있었다.

라이트스톤이 자리에서 일어나 그녀에게 정중히 몸을 굽혔다.

"우리 고객님이 좋은 친구를 뒀다는 카터 사장의 말씀을 이제 이해했소. 만나서 감격했소, 데스디아리아 헤이파 알타이르 브라토레 님. 설마 오늘 알타이르의 워치프와 직접 대면하는 영광을 누릴 줄은 몰랐소."

"지금은 용역 회사의 직원입니다. 흥정이나 하지요."

"알겠소."

둘이 인사를 나누는 것을 본 치프는 자리에서 일어났다. 치프가 앉았던 의자에 다리를 꼬며 앉은 데스디아는 회사에서 가져온 시가에 불을 붙이려 했다.

"이곳은 금연구역이오, 미스 브라토레."

레투가가 엄격히 지적했다.

아쉬운 표정으로 시가를 거둔 데스디아는 라이트스톤이 보여준 가격을 지그시 바라봤다.

"배송 및 설치비가 엄청나게 책정되어 있군요, 상인이여."

"실은 그게 가장 어렵다오, 미스 브라토레."

"그만 가지, 치프."

데스디아가 벌떡 일어났다.

"왜 그러시나요?"

가장 당황한 사람은 치프였다.

"TV를 사도 배송 및 설치는 무료야. TV는 자주 틀기라도 하지, 저 무기들은 몇 번 쓸 일도 없잖아?"

"아니, 진짜 어려운 일이라니까? 위성궤도에 올린 물건의 각도를 1도만 틀어도 돈이 얼마나 깨지는지 알기나 해?"

"내가 요구하는 것은 서비스야."

"서비스? 이봐, 저 사람은 우리 회사에 네가 좋아하는 주말 드라마 채널이 몇 번인지 알려주려고 여기 온 유선방송 기사 아저씨가 아니야!"

치프의 지적에 데스디아의 안색이 확 변했다.

"주말 드라마에 대한 건 어떻게 알았지?"

"네가 오늘 아침에 입은 운동복! 그건 작년에 끝난 '욕망과 사랑' 두 번째 시즌의 여주인공이 입은 거잖아!"

"아……."

데스디아는 어째서 자신이 그 핑크색 운동복을 충동적으로, 그것도 자신의 신장에 맞춰달라고 특별 주문을 했는지 그제야 스스로 깨달았다.

문제의 드라마, '욕망과 사랑'은 지구에서 우울하게 지내던 그녀를 위로해 주던 극소수의 문화 상품 중 하나였다.

데스디아가 한 방 먹은 한편, 레투가와 라이트스톤, 그리고 통신기를 통해 그 이야기를 들은 사만다는 마치 경주를 하듯 각자의 단말기로 욕망과 사랑을 검색했다.

"감탄했소, 미스 브라토레."

가장 먼저 결과물을 얻은 라이트스톤은 자리에서 일어나며 두 팔을 벌렸다.

"알타이르 워치프의 기호품은 우주의 신비 중에 하나라오. 그 신비로움 중에 하나를 알게 된 기념으로 배송과 설치 모두를 무료로 해주겠소."

"…감사하지요."

데스디아는 오른손으로 얼굴을 가린 채 대답했다.

설마 이런 식으로 서비스를 받게 될 줄은 몰랐던 치프는 조금 즐겁긴 했으나 자신도 모르게 데스디아의 약점을 헤집은 것 같았기에 마음이 편치 않았다.

"허, 핑크……."

레투가가 자신도 모르게 내뱉은 그 감탄은 분위기를 더욱 무겁게 만들었다.

*　　　*　　　*

치프와 데스디아, 사만다는 그 외에 자잘한 일을 해결한 뒤 점심 식사를 마치고 회사로 돌아가는 길에 올랐다.

치프가 장갑차의 운전을 맡겠다고 하여 보조석에 앉은 사만다는 아직도 얼굴에서 손을 떼지 못하고 있는 데스디아의 모습을 걱정스럽게 바라봤다.

"팀장님, 괜찮으십니까?"

운전으로 데스디아의 시선을 피하려 했던 치프는 귀를 활짝 열고 데스디아의 대답을 기다렸다.

"음, 뭐… 괜찮단다."

하지만 분위기는 여전했다. 출발할 때 대놓고 시가를 즐기던 그녀의 모습이 다시 떠오르지 않을 정도였다.

그 모습을 두고 볼 수 없었던 사만다가 결국 참지 못하고 그녀를 설득하려 했다.

"너무 부담 갖지 마십시오, 팀장님. 전 아직도 인형 같은 것들을 모은답니다!"

"…그러니? 좋겠네."

폭풍과 같은 어색함이 둘 사이에 휘몰아쳤다.

치프는 한숨을 쉬었고 데스디아의 표정은 더욱 어두워졌다.

"입장이 다르잖아, 입장이."

치프가 오른손으로 사만다의 머리를 혼내듯 눌렀다.

"넌 어렸을 때부터 취미에 떳떳했지만 200살 넘게 살아온 저 언니는 방금 전에 치부를 들켜 버렸잖아? 뭐, 내 실수였지만."

"죄, 죄송합니다. 아저씨."

사만다는 억지로 데스디아를 설득하려 한 것을 후회했다.

"아, 됐어. 됐으니 그 얘기는 그만하자고."

데스디아는 쓰고 있던 터번을 손으로 붙잡아 내린 후 머리를 흔들었다.

평상시의 표정에 가까워진 그녀는 환기장치의 버튼을 눌렀다. 시가를 피우기 위해서였다.

"속을 풀기 위해 태우는 시가는 몸에 나쁜데 말이지."

그녀가 중얼거렸다.

불을 붙인 시가를 흠뻑 빨아들인 데스디아는 흡기구를 향해 연기를 불었다.

"원래 담배를 좋아하셨나요?"

사만다가 물었다.

"필터 담배와 시가는 다르단다."

"……."

평생 담배를 입에 대본 적이 없었던 사만다는 뭐라 말을 할 수가 없었다.

"포프 이야기나 좀 해볼까?"

"응? 뭐, 그러든가."

치프는 마침 회사에 돌아가자마자 포프의 문제를 해결할 참이었다.

"당신은 그 아이에게서 대체 뭘 발견한 거지?"

데스디아는 사만다에게서 들었던 이야기를 기초로 하여 질문을 던졌다.

"음… 뭐랄까? 좀 이상했지. 그래, 이상하다는 말로밖에는 표현을 못하겠네."

치프가 연거푸 고개를 끄덕이며 말했다.

"이상했다고?"

"알케온의 부하와 싸울 때, 기억해? 너랑 그 드래곤 모두 신경이 날카로운 상황이었지. 분위기상 곁에 바늘이 떨어져도 그 소리를 들을 수 있었을 거야."

"그랬지."

데스디아가 고개를 끄덕여 그의 말을 인정했다.

"그런데 포프가 무슨 자기 방에 들어가듯이 너희들 사이에 끼어든 거야. 게다가 너와 드래곤 모두 그 상황을 이상하게 생각하지 않았어. 내 눈에는 꼭 축구장에 난입해서 스트리킹하는 것처럼 보였는데 말이지."

"……."

"만약 포프가 그때 드래곤이 아니라 널 쐈다면 어떻게 됐을까?"

치프는 정말 궁금하여 그러한 질문을 던졌다.

당시에도, 그리고 이후에 포프를 다시 만났을 때도 그와 같은 발상을 해본 적이 없었던 데스디아는 눈을 부릅떴다.

"피하지 못했겠지."

데스디아는 정직하게 말했다.

"그래, 그래서 고용했어. 사실 고용하고 난 뒤에도 기분이 좀 그랬는데, 포프가 가이우스에게 건하운드를 갈기는 걸 보고 확신했지."

"어째서?"

"가이우스쯤 되는 드래곤이 어째서 포프의 건하운드가 금속 입자를 빨아들여 포대를 구성하는 그 긴 시간을 눈치채지 못했을까? 우리도 그렇고 말이야."

"느낀 자가 없었지. 아무도."

데스디아는 가이우스의 경우를 듣고서야 그의 말에 확실히 공감했다.

"그러고 보니 젝스도 그때 비슷한 말을 했습니다."

사만다가 끼어들었다.

"가이우스가 도착하는 것은 느꼈는데 포프가 건하운드를 쏘는 것은 막지 못했다고 말입니다. 저야 눈으로 봤지만 말이지요. 확실히 이상했습니다."

"음, 그래서 확실히 키워보기로 마음먹었지. 대체 왜 그런 이상한 일이 계속 일어났는지 궁금하기도 했고, 또 포프의 입장도 어떻게든 확실히 하고 싶었고."

치프의 말을 들은 데스디아의 눈매가 차츰 안정을 찾았다.

'이용할 가치가 있어서… 라고는 말하지는 않는군.'

데스디아는 앞서 사만다를 만나자마자 그녀의 재능을 파악했을 때 묘한 것을 느꼈다.

사만다는 집중적으로 훈련을 받은 알타이르 왕족 이상의 시력을 갖고 있었다. 데스디아를 놀라게 한 것은 그 시력이 훈련으로 얻은 것이 아니라 타고난 재능이었다는 것이다.

그녀의 시력은 움직이는 물체에 대해서 과민할 정도의 반응을 보였다. 그 때문에 일반적인 인간의 시력에 맞춰진 전자식 조준장치는 사만다에게 맞지 않았다.

그것이 제대로 조준을 했는 데도 불구하고 움직이는 물체를 명중시키지 못하는 사만다의 비밀이었다.

더불어, 어린 시절의 사만다가 무너지는 건물 더미에 깔렸는데도 가벼운 찰과상만 입었을 뿐 멀쩡할 수 있었던 것은 그냥 운이 좋아서가 아니라 스스로가 가진 놀라운 시력과 민첩성 덕분이었다.

데스디아는 자신이 알아본 그 재능을 치프가 알아보지 못했을 리가 없다고 생각했다.

실제로 치프는 사만다를 구출한 현장에서 '행운'이라는 말로 자신이 알아차린 사만다의 재능을 덮어버렸다.

그는 그러한 재능을 가진 고아들이 군대에 확보되면 어떠한 일을 당하는지 누구보다 잘 알고 있었다.

'어린애들이 이용당하는 걸 너무 많이 봐온 남자니까.'

데스디아는 안심하고 그에게 모든 것을 맡기기로 마음먹었다.

"그럼 앞으로는?"

그녀가 물었다.

"음."

치프는 귀를 살짝 덮을 정도로 기른 자신의 검은색 머리카락을 만졌다.

"죽음을 각오시켜야겠지. 일단 집안 문제부터 해결해 주면서 말이야."

치프의 대답에 사만다는 예상했다는 듯 시선을 장갑차의 창밖으로 돌렸다.

데스디아는 그 각오를 누구에게 시킨다는 것인지 짐작했기에 입에 물고 있던 시가를 손으로 옮기며 밝게 웃었다.

"그렇다면 오늘 하루는 회사 통장의 잔고를 못 본 척해줘야겠군."

"하하."

치프가 반갑게 웃음을 터뜨렸다.

*　　　*　　　*

사장실에서 치프와 단둘이 마주 앉은 포프는 평소와는 다른 그의 분위기 때문에 상당한 압박감을 느끼고 있었다.

"사장님, 빅시티에 다녀오신 일은 어떠셨나요?"

"운이 좋았지. 뜬금없이 주말 드라마 덕을 봤거든."

탄산음료를 마시던 치프가 농담하듯 대답했다.

"예?"

"어른들의 일이라는 게 좀 그래. 생각지도 못한 방향으로 흘러가는 경우가 많지. 그래서 경우의 수라는 것을 항상 만들어 놔야 하고 말이야. 아이들처럼 좌우를 살피지 않고 일직선으로 달려 나갈 수가 없어."

"왠지 서글프네요."

"흠, 근데 정작 어른들은 그렇게 생각하지 않아. 앞만 보며 달린 아이들의 결과물이 자기 자신들이라는 걸 알거든. 단지 추억하고 후회할 뿐이지. 너도 몇 년 지나면 그렇게 될 거야."

그렇게 말하는 순간 치프의 머릿속에 떠오른 사람이 있었다. 아침에 회사 앞에서 발견된 프리랜서 기자, 진 플레커였다.

"아니, 오파로아 행성 사람들은 안 그럴지도 모르겠군."

"예?"

"아, 혼잣말이야. 아무튼 포프."

"예, 사장님."

치프는 작은 테이블 건너편에 앉은 포프를 보며 물었다.

"왜 이 행성에 왔지? 아빠가 가라고 해서 그런 거야?"

"맞아요. 저도 같은 마음이었고요."

포프가 배시시 웃었다. 치프는 어이가 없었지만 일단 화를 참았다.

"건하운드를 들고 사냥을 하는 일이 위험한 일이라는 걸 모르진 않았을 텐데?"

"아뇨, 그건 알고 있어요."

"그래?"

"엄마가 헌터였거든요."

그 말을 들은 치프는 방금 전에 화를 내지 않아서 다행이라고 생각했다.

"헌터 일을 하셨다고?"

"예. 4년 전에 돌아가셨지만요."

"아… 유감이군."

생각지도 못한 얘기가 나오자 치프는 상당히 당혹스러웠다.

원래는 딸을 무책임하게 헌터로 만든 아버지를 꾸짖고 그쪽의 대출금 문제를 자신의 손으로 마무리 지은 뒤 포프를 완전히 말을 생각이었다.

그런데 포프의 사연이 조금 밝혀지면서 치프의 그 정의감 넘치는 계획은 괜한 참견으로 변하기 직전에 몰렸다.

'지금이라도 데스디아를 부를까? 아니, 데스디아도 나처럼 고민할 거 같은데?'

어른이 고민에 빠져 있는 동안 포프는 마시고 있던 딸기맛 우유의 종이팩을 손으로 만지작거리며 자신의 얘기를 꺼냈다.

"엄마께서 돌아가신 이후에 아빠도 기운을 잃으셨어요. 저랑 동생들도 마찬가지였죠. 엄마가 영원히 돌아오지 못한다는 사실을 믿을 수가 없었거든요. 나중에 외할머니께서 우리 집에 오시지 않았다면 우리 모두 영양실조로 쓰러졌을 거예요."

"그렇구나. 외할머니께서 정말 강한 분이신가 보네?"

치프는 탄산음료의 단맛으로 마음을 진정시켰다.

포프가 활짝 웃었다.

"3년 전에 돌아가셨어요. 심장이 안 좋으셔서……."

'빌어먹을!'

지뢰를 연달아 밟아버린 치프는 스스로를 탓하며 왼손으로 얼굴을 감쌌다.

"동생들은?"

"막내는 원래 많이 아팠고 둘째는 급히 들어간 직업학교에서 실습을 하다가 왼손을 잃었죠. 2년 전에요."

"……."

포프가 치프를 흘끔 봤다.

"아픈 질문만 하시네요, 사장님."

"미안."

치프는 얼굴에서 손을 떼지 못했다.

"둘째의 손은 재구축 치료기가 있는 곳에서 나을 수 있다고 들었어요. 막내의 병도 마찬가지지만 말이죠. 하지만 아시다시피 비용이 어마어마하죠."

"응… 그렇지."

치프는 힘없이 그녀의 말에 어울렸다.

"그래서 제가 헌터가 되기로 했어요. 엄마의 뒤를 이어서 말이죠. 아빠가 대출을 받으셔서 저에게 건하운드를 사주셨어요. 그리고 이곳에 온 거예요. 여기서 재구축 치료를 받으면 집 한 채 값밖에 안 드니까요."

"그렇구나."

포프의 추억에 오염되어 버린 치프의 정신이 서서히 맑아졌다.

"여기에 오기 전에 특별한 훈련을 받은 적은 있어?"

"아뇨. 운동에 대한 취미도 없었어요."

대답한 포프는 빨대로 우유를 쪼르륵 마셨다.

"정말 무작정 건하운드만 들고 여기에 온 거야?"

"예. 저는 엄마를 닮아서 훌륭한 헌터가 될 거라고 아빠가 말씀하셨어요."

포프는 여전히 밝은 얼굴이었다.

치프는 오파로아 사람이 그러한 얼굴로 울 수 있다는 사실을 다음 순간 알게 되었다.

"사장님. 저 말인데요… 헌터가 될 자격이 없는 거죠? 여기서 일하기엔 부족한 거죠? 아, 알고 있어요. 제가 젝스보다도 준비가 안 된 애라는 건 젝스를 처음 봤을 때부터 느꼈어요. 그래서 저를 회사에서 내보내려고 하시는 거죠? 이, 이해해요. 사장님 입장에선 당연하겠죠."

"……."

"그래도 어떻게 안 될까요?"

포프의 작은 몸이 바들바들 떨렸다. 워낙 마르고 골격도 빈약한 데다가 헤어스타일까지 더벅머리라서 가끔 남자애처럼 보이기도 하는 그 소녀는 그저 표정만 좋았을 뿐, 그라니트 행성에 도착한 이후부터 지금까지 두려움에 빠져 있었다.

'뭐가 지나치게 긍정적인 행성인이야? 그냥 다른 사람 상대로 표정 관리가 안 되는 거잖아?'

치프가 한숨을 쉬었다.

"아직은 실전에 널 투입할 생각은 없어. 물론 해고할 생각도 없지만."

"정말이요?"

포프가 자리에서 벌떡 일어났다.

"하지만 전 아직 사장님께 해고당하지 않을 만한 모습을 보여 드린 적이 없는데……."

"괜찮아. 나도 너한테 보여준 게 없어. 하지만 이제부터 보여줄 거야."

치프는 그냥 자신의 성격대로 말을 한 것뿐이었다.

하지만 포프는 왠지 감동을 받아 입을 반쯤 벌렸다. 소녀의 그런 변화를 알아차리지 못한 치프는 이야기를 계속 쏟아냈다.

"처음부터 네가 뭔가 할 거라고는 생각지도 않았지. 징병제를 통해 끌어모은 병사들도 6주에서 8주 정도의 훈련을 받아야 좀 군인다워지는데, 넌 회사에 들어온 지 며칠 되지도 않았잖아? 총기 분해는 할 줄 알아?"

"……."

"아무튼 일이 일인 만큼 이 행성에 계속 있을 생각이라면 넌 죽음에 대한 각오를 할 필요가 있어."

치프는 도움을 주기 위해 각오에 대한 이야기를 했지만 그것은 뜻하지 않게도 포프의 머리를 향해 방아쇠를 당기는 꼴이 되었다.

"저, 9일 뒤에는 또 죽겠죠? 이번에는 살아나지 못할 거고요."

죽음이 얼마나 허무한지 직접 경험한 그녀는 '죽을 각오'라는 말에 민감하게 반응했다. 그녀의 탄식을 들은 치프는 자신의 실수를 깨달았다.

"진정해, 포프. 내가 말한 각오라는 건……."

"다시 죽고 싶지 않단 말이에요!"

포프는 그대로 사장실을 뛰쳐나갔다.

"그래, 어린애들. 최강의 적이지."

중얼거린 치프는 문이 닫혀 있는 회의실 쪽을 돌아봤다.

"나오시지? 아까부터 대놓고 거기 계시던데?"

회의실의 문을 열고 나온 사람은 주황색 머리의 미소년, 아니, 인간 형태의 알케온이었다.

"좋은 상황에서 설득을 해야 들어 먹힐 게 아닌가? 사장이여."

알케온은 치프 앞에 팔짱을 끼고 섰다.

"키퍼와 브리치의 일이 무사히 해결된다 하더라도 이 행성에 뿌리박힌 엠페라투스에 대한 공포까지 해결되는 건 아니지. 언제 지옥이 될지 모르는 이 행성에 발을 붙인 채 무조건 괜찮다, 잘 배우면 된다는 말로 저 아이를 설득시키는 게 가능하다고 생각하나?"

치프는 미지근해진 탄산음료의 캔을 따고 그것을 한 모금 마셨다.

"아저씨야말로 이상한 얘기를 하네? 알케온 아저씨의 입장에서는 포프가 그냥 집으로 휙 가버리는 게 낫지 않나? 이 행성의 모든 이방인과 함께 말이야."

"지금은 이방인들에 대한 고민 따위를 할 여유가 없거든."

"오."

알케온의 현실적인 대답에 치프는 속이 시원하여 자신도 모르게 탄성을 터뜨렸다.

알케온은 시선을 옆으로 돌렸다.

"왕녀 전하는 그렇다 쳐도 왜 엠페라투스까지 네놈에게 관심을 보이는 걸까? 난 네놈이 나에게 무엇을 보여줄지 매우 궁금한 입장이야."

알케온은 그 말을 하자마자 쓴 것을 씹은 표정으로 고개를 흔들었다.

"아니, 제발 뭔가 보여주기를 희망하고 있지. 난 우리 날개 달린 자들에게 별다른 방법이 없다는 것을 어제 알았거든."

"……."

"포기가 빠른 것처럼 보일지 모르지만 내가 느낀 엠페라투스의 힘은 그만큼 압도적이었지. 신들을 학살하고 그들의 옥좌를 무의미하게 만들었다는 운캄타르 성왕 폐하와 엠페라투스의 전설은 허구가 아니었어."

알케온은 포프가 나갔던 사장실 입구를 향해 걸어갔다.

"네가 내 상상력을 뛰어넘을 수 있다면 나와 내 기사단은 너에게 협조할 것이다. 나 혼자서라도 너와 끝까지 함께 갈 것을 맹세하지."

알케온은 그 말을 남기고 밖으로 나가려 했다.

"그 협조 말인데, 지금 미리 당겨서 쓸 수 있을까?"

"뭣이?"

치프의 그 뻔뻔한 요청에 격분한 알케온은 파랗게 빛나는 눈으로 그를 돌아봤다.

"협조만 해주면 내가 이틀 뒤에 키퍼와 브리치를 한 세트 박살 낼 수 있을 거야. 기사단까지는 필요 없고, 알케온 아저씨 혼자만 도와줘도 돼."

"대체 무슨 말인가?"

"브리치의 방어능력과 방어체계를 정확히 알아볼 필요가 있거든. 눈짐작으로 대충 때려 맞춰보긴 했지만 혹시 모르니까."

"나보고 정찰을 하라는 건가?"

"그래, 맞아. 원래는 파울라 장로님께 부탁하려 했는데 아저씨가 도와준다고 하면 내가 좀 편해지지."

알케온은 그를 그다지 돕고 싶지 않았으나 그렇다고 거절할 명분도 지금은 딱히 없었기에 치프를 향하여 제대로 돌아섰다.

"…그냥 둘러보고 오면 되나?"

"나도 같이 가야지. 정확히 계산해야 빅시티에 피해를 입히지 않을 테니까."

"거기까지 피해를 줄 수도 있단 말인가? 사장 말대로 이틀 뒤에 부순다 해도 거의 일주일 거리가 남았을 텐데?"

"오늘 구입한 물건은 그런 물건이야. 최대 파괴력을 내면 빅시티만이 아니라 이 행성이 심각하게 오염될 수도 있어. 흙먼지의 행성이 될 거라고."

알케온은 치프가 대체 무슨 수를 준비했기에 그 정도의 위력을 얘기하는지 궁금했다.

"흠, 그럼 조건이 있다."

"뭔데?"

"더 이상 내 이름 뒤에 아저씨라는 호칭을 붙이지 마라."

"그럼 어떻게 부를까?"

"그냥 알케온이면 돼."

"좋아, 그럼 지금 당장 가보자고."

치프는 음료수 캔을 흔들며 알케온과 함께 사장실을 나섰다.

"그런데 왜 하필 인간의 모습을 그렇게 잡은 거야? 키 작은 소년은 좀 아니잖아?"

치프가 함께 엘리베이터를 탄 알케온에게 물었다.

알케온은 팔짱을 낀 채로 그를 봤다.

"취향이다."

"에……."

치프는 거북한 표정으로 알케온을 봤다.

엘리베이터에서 내리자마자 본관 입구에 쪼그려 앉아 있는 포프를 발견한 치프는 떨어진 공을 잡아 올리듯 그녀를 잡아 휙 들어 올렸다.

"으악! 사장님!"

겨드랑이 밑을 잡힌 채 번쩍 들려 버린 포프는 발을 버둥거릴 정도로 당황했다.

"기분 전환할 겸 이 아저씨랑 비행기 좀 탈까? 괜찮겠어, 알케온?"

"견학은 여러모로 좋은 것이지."

"견학? 견학이라뇨? 전 아무것도 듣지 못했어요!"

포프를 내려 땅에 세워준 치프는 손으로 그 소녀의 더벅머리를 거칠게 만져 주었다.

"널 두렵게 만드는 녀석들의 맨얼굴을 보러 가자고. 그러면 오늘부터 잠을 푹 잘 수 있을 거야."

"……."

포프는 자신감이 쏙 빠진 표정으로 치프와 알케온을 따라갔다.

파울라, 그리고 진과 함께 회사를 돌아다니던 셀레스티아는 알케온이 모는 수송기가 굉음을 일으키며 상승하는 모습을 보고 걸음을 멈췄다.

"파울라 장로님."

"예, 왕녀 전하."

진과 셀레스티아를 보호하듯 뒤에 서 있던 파울라가 머리를 숙이며 셀레스티아의 곁으로 왔다.

"장로님은 어째서 치프를 우두머리라고 판단하셨나요?"

"그렇게 느껴졌다는 말씀 외에는 어떻게 답변을 드릴 수가 없습니다, 전하."

"인간을 상대로 그러한 느낌을 받으셨다는 것이 이상하다거나 불쾌하진 않으신가요?"

고개를 다시 든 파울라는 걱정에 잠긴 셀레스티아의 얼굴을 자신의 큼지막한 두 손으로 감싸며 건강하게 웃었다.

"걱정하시는 모습은 예나 지금이나 여전하시군요. 성왕 폐하께서도 걱정이 많은 분이셨지요."

"아바마마께서도 그러셨나요?"

"물론이지요, 전하. 고민하지 않는 지도자는 없답니다. 오히려 탐욕에 젖은 자일 수록 더 많은 고민을 한답니다. 나쁜 짓도 성실히 하지 않으면 실패하니 말이지요."

셀레스티아의 얼굴에서 손을 뗀 파울라는 그녀의 옷매무새를 섬세하게 다듬어주었다.

"전임 장로가 저에게 가장 강조한 부분이 바로 성왕 폐하의 좋은 말동무가 되어야 한다는 것이었습니다. 폐하께선 이 땅의 날개 달린 자들을 항상 걱정하셨지요."

파울라는 셀레스티아가 신은 샌들의 흙도 손으로 정성껏 털어주었다.

모자와 큼지막한 안경을 쓴 기자, 진 플레커는 존재감을 지운 채 그들의 모습을 캠코더에 담았다.

"과거에는 그냥 흘려들었습니다만 성왕 폐하께서는 엠페라투스에 대한 이야기를 한 달에 한 번 정도는 하셨습니다. 잠드시기 일주일 전부터는 매일같이 하셨지요."

"어떠한 말씀이셨습니까?"

"주로 결정과 관련된 조언을 그에게 받고 싶어 하셨지요. 과거, 엠페라투스는 이해할 수 없는 추진력과 정직함으로 날개 달린 자들을 휘어잡았다고 하셨습니다. 성왕 폐하께서도 그와 친구가 되고 싶었다고 말씀하셨지요. 저는 성왕 폐하께서 왜 그렇게 그를 그리워하셨는지 감히 이해가 가지 않았습니다. 제가 겪은 엠페라투스는 그저 공포였는데 말입니다."

손 전체에 강력한 진동을 일으켜 흙과 먼지들을 털어버린 파울라는 따끈하게 습기까지 올라온 손을 자신의 허리, 정확히는 뚜렷하게 두드러진 장골 위에 얹었다.

"하지만 치프를 보자마자 성왕 폐하의 말씀이 이해되었습니다, 전하. 설명할 수 없는… 그저 느낄 수밖에 없는 매력이라고 하면 되겠군요. 그것이야말로 타고난 우두머리가 아닐까요?"

"그렇다면 저의 결정도 잘못되지 않은 것이겠군요!"

그러자 파울라는 고개를 아주 천천히 가로저었다.

"타고난 우두머리라고 해서 결과까지 보장하지는 않습니다, 전하. 저는 분명 치프가 우두머리라는 것을 느꼈지만 그의 계획이 성공할지에 대해서는 다른 자들과 마찬가지로 의문을 갖고 있지요."

"……."

"타고난 우두머리에도 종류가 있습니다. 그중에서 다른 이로 하여금 미래를 꿈꾸게 하는 자와 모든 이의 몸과 마음을 실제로 감싸주고 채워주는 자는 명확히 대치됩니다. 엠페라투스와 성왕 폐하처럼 말입니다."

뒤이어 파울라는 팔짱을 단단히 꼈다.

"자신이 선택한 우두머리가 누가 됐든 그를 따르는 자들이 원하는 것은 아쉽게도 단 하나입니다. 바로 자신들을 충족시켜줄 '결과'지요. 하지만 우리 날개 달린 자들에게는 그 결과에 대한 절실함이 오랫동안 결여되어 있었습니다."

"……."

"이 행성에 터전을 잡은 우리는 뜻하지 않은 사고 외에는 오랫동안 위협을 느낀 적이 없었습니다. 바라는 것도 없기에 실망도 하지 않았지요. 그래서 날개 달린 자들은 성왕 폐하를 아주 당연한 존재로 여겼습니다. 자신들의 둥지에 두는 장식품 정도로 친근하게 말이지요."

지구의 왕정시대였다면 방금 파울라가 평한 운캄타르의 입장, 즉 장식품이라는 말은 굉장한 반역이었다.

진이 태어난 오파로아 행성도 피바람이 일던 왕정시대가 존재했었다. 대학에서 역사를 전공한 덕분에 진은 파울라가 목숨을 내놓은 채 왕실을 하찮게 여기고 있다는 느낌을 받았다.

하지만 셀레스티아는 오히려 머쓱한 표정으로 파울라의 말을 인정했다.

"저도 그렇지요."

"아니요, 왕녀 전하는 이 땅의 날개 달린 자들에게 사랑받고 계십니다. 이 파울라는 그중에서도 가장 큰 축복을 받은 존재입니다."

그녀는 셀레스티아를 껴안아주었다. 셀레스티아는 파울라의 든든하면서도 따끈한 품을 만끽했다.

"날개와 비늘, 꼬리를 가진 몸일 때도 파울라 장로님의 품은 그 어떤 둥지보다 아늑했지요."

"제가 없으면 어쩌려고 그러십니까, 전하?"

진은 캠코더를 잠시 거둔 후 단말기로 뭔가를 적으며 생각했다.

'외적은 물론 의식주에 대한 걱정조차 없는 왕국에서는 충성심마저도 필요가 없었다는 말이로군. 종교에 가까운 건가? 아니면 우리가 생각하는 충성심과는 개념이 다를지도? 그렇다면 파울라 장로님이 가지신 왕녀에 대한 마음은 뭐지?'

그녀가 기자로의 일에 몰두한 한편, 파울라는 자신의 품에서 벗어난 셀레스티아를 보며 하려던 이야기를 계속했다.

"치프가 만약 성공한다면 날개 달린 자들은 그를 통해 이방인들에 대한 미지의 낯설음과 거부감, 그리고 공포를 극복하고 스스로 일어날 수 있겠지요. 저는 그래서 그의 계획이 성공하기를 진심으로 빌고 있습니다. 치프는 왕녀 전하의 계획이기도 하니까요."

"역시 파울라 장로님은 저를 이해해 주시는군요."

"그것이 운캄타르 성왕 폐하께서 내려주신 제 운명이자 사명입니다, 전하."

둘은 다시 앞으로 걸어갔다. 캠코더를 다시 손에 쥔 진이 그녀들의 뒤를 따라갔다.

12
환상종

회사에서 사용하는 수송기는 길이만 30미터에 달하는 틸트 모터 방식의 수직이착륙 항공기였다.

지구에서 '슈퍼 오스프리'라고 불리는 그 물건은 원래 군용이고 무장도 착실하며 격납실을 조금만 만지면 주력 전차를 수용한 채 단독으로 대기권까지 이탈할 수 있는 괴물이었다.

그러한 물건이 그라니트 행성에 들어오기 위해서는 무장을 완전히 제거해야 하지만 '들어올 때만' 비무장 상태면 문제가 없기에 치프는 편법적으로 무기를 재장착하여 사용하고 있었다.

수송기의 조종석과 조수석에 나란히 앉은 알케온과 치프는 각자 상당히 분주했다.

알케온은 당연히 조종을 맡았고 치프는 수송기에 달려 있는 전술 데이터 기록 장치를 몇 번이나 점검하고 있었다.

"전술 데이터는 잘 훈련된 군인들을 위한 거라고 루할트에게 들었는데, 우리 회사 직원 가운데에 '잘 훈련된 군인들'이 있었던가?"

알케온이 묻자 치프가 손을 멈추고는 씩 웃으며 그를 돌아봤다.

"우리 회사?"

"음?"

"벌써 소속감을 느끼신단 말이지? 이야, 기분 좋은데?"

알케온은 '아뿔싸' 하는 표정으로 눈을 질끈 감았다.

"소문내진 않을게. 하하."

"크흠."

알케온은 부탁을 가볍게 섞어 헛기침을 했다. 치프는 잠깐 들떴던 표정을 가라앉히며 점검을 계속했다.

"사만다가 잘 훈련된 군인이지. 나도 그렇고. 설마 모르고 질문한 건 아니겠지?"

"난 군인들이라고 했다. 단 두 명의 전직 군인에게 '들'을 붙이기는 조금 민망하지 않나?"

"음… 뭐, 나중에도 써먹을 수 있으니까 지금 확실히 기록해 놓는 게 좋지. 키퍼와 브리치가 이번에만 내려온다는 보장도 없잖아?"

치프의 대답에 알케온은 이해한다는 듯 눈썹을 들었다가 내렸다.

"빅시티 위에 있는 위성들이 키퍼와 브리치를 제대로 못 잡고 있더라고. 어젯밤에 위치 추적을 실행해 놓고 오늘 아침에 보니까 깔끔하게 놓쳤더군. 지름 330미터에 두께가 17미터나 되는 커다란 금속 덩어리를 포착하지 못한 거야. 초점을 수동으로 잡아야 했을 때 예상은 했지만 말이야."

그 때문에 알케온도 시력을 확장한 상태로 조종간을 잡고 있었다.

"금속 덩어리라는 얘기가 나와서 하는 말인데, 과연 부서지긴 할 것 같나? 미지의 기술로 만들어진 금속이라면 그… 핵폭탄이라는 것에도 안 부서질 것 같은데?"

알케온이 묻자 치프가 피식 웃었다.

"핵폭탄? 혹시 터지는 거 봤어?"

"자료는 조금……."

"실제로 보면 끝내줘. 난 그 끔찍한 유물의 마지막 한 발이 내 앞에서 터질 줄은 몰랐지. 다른 것들은 깔끔하게 폐기돼서 공식적으로 지구에 존재하는 건 없어. 하지만 만약의 사태에 대비해서 국제적으로 비밀리에 관리되는 탄두는 약 200발 정도 되지. 전부 23세기에 개발된 것들이라 핵폭탄이라고 하기도 좀 그래."

"그거라도 컨설턴트를 통해서도 빼내기 어려운가?"

"이봐, 그거 한 발이면 이 행성은 정말 지옥이 된다고. 엠페라투스도 지저분하다고 투덜거리며 떠날걸? 관심 끊어."

루할트에게 지구의 전략무기에 대해서 대충 듣기만 했던 알케온은 그 말을 듣고 놀랐다.

"그렇게 무서운 무기였단 말인가?"

"정 궁금하면 루할트한테 물어봐. 난 입에 담기도 싫으니까."

"그럼 다시 묻지. 브리치를 부술 수 있나?"

알케온이 가장 알고 싶은 부분이었다.

"일단 두께 17미터의 무거운 금속 덩어리야. 하늘에 떠 있기 위해서 왜곡시키고 있는 중력을 계산했을 때 속이 아주 꽉 차 있는 것 같아. 하지만 얼마나 단단한지는 알 수 없어. 때려본 적도 없으니까."

치프는 알케온이 그쯤은 알고 있을 거라 생각했지만 확실하게 하기 위해 일단 설명을 한 후 답변을 이어나갔다.

"저 고리는 각종 전파를 흡수하는 성질을 갖고 있고 고리 내부에는 미지의 공간왜곡 현상이 발생하고 있어. 셀레스티아의 말로는 키퍼가 그 왜곡을 이용해서 파수꾼들을 불러낸다는군."

"파수꾼?"

"그냥 파수꾼이래. 잘은 몰라."

"…전하께서는 상당히 구체적으로 알고 계시는 것 같은데, 내 생각이 맞나?"

"다른 사람들한테는 얘기하지 말라고 했어."

"……."

알케온은 속이 뒤집혔지만 일단 참았다.

"아무튼, 알케온 씨라면 그런 쇳덩어리를 부술 수 있겠어?"

"어렵겠지. 난 너희들이 고온 플라즈마라고 부르는 현상을 일으킬 수 있지만 두께가 17미터나 되는 쇳덩어리를 자를 수 있을 만큼 강력한 압력까지는 만들어낼 수 없어."

"가장 뜨겁게 달군 플라즈마를 앞으로 훅 불어서 물건을 자를 만한 여력은 없다 이거지?"

"이해가 빠르군. 열을 무기로서 이용하기 위해서는 강한 압력의 도움도 받아야 하지. 가장 좋은 것은 내가 그 고리에 밀착하는 건데, 난 아직 죽기 싫군."

"걱정하지 마. 그런 부탁은 안 할 테니까. 우리가 저거 깨지는 꼴을 구경이나 할 수 있을라나?"

"……."

알케온은 치프가 동원하려 하는 수단이 대체 뭔지 궁금했지만 생체파장을 읽어 기억을 더듬는 수단은 셀레스티아에 의해 치프의 몸이 변화되면서 통하지 않게 된 관계로 그냥 한숨만 푹푹 쉴 수밖에 없었다.

바삐 움직이던 치프의 손가락이 조금 뒤에 멈췄다.

"됐어, 점검 및 테스트 완료. 목표 지점까지 얼마나 남았지?"

"예상 좌표를 향해 계속 가면서 눈으로 확인하는 수밖에 없기 때문에 제대로 된 대답은 못 해주겠군."

"영주 정도면 감지할 수 있잖아? 아닌가?"

"흠."

알케온은 자신도 안타깝다는 표정을 지으며 코웃음을 쳤다.

"민망하다는 말밖에는 못하겠군."

"뭐, 미지의 상황이니까 어쩔 수 없지."

"그보다… 괜찮겠나?"

알케온은 조종석 뒤쪽에 위치한 격납실을 흘끔 봤다. 그 안에는 포프가 혼자 대기하고 있었다.

"포프 말이다."

"대비는 해야지."

치프는 조종석 시트 안에 미리 준비된 편광필터 고글 두 개를 꺼내고는 자리에서 일어났다.

"포프한테 갔다 올 테니 이상한 게 보이면 얘기해."

"그러지."

치프는 건하운드용으로 압축된 고철 블록 여섯 개가 매달려 있는 공간을 지난 뒤 다용도 격납실로 갔다.

외벽 쪽에 등을 대는 식으로 마련된 격납실의 좌석에는 포프 혼자 안전벨트를 단단히 맨 채 덜덜 떨고 있었다.

무서워서 그런 것도 있지만 실은 너무 추워서였다. 반바지와 반팔 차림의 포프에게 공기조절장치를 끈 격납실은 극한의 공간이었다.

"이런, 생각을 못 했네."

치프는 격납실의 옷장에서 주황색의 다용도 작업복을 꺼내 포프에게 주었다.

"입은 뒤에 버튼을 누르면 사이즈가 자동으로 맞춰질 거야. 일회용이라서 그냥 신발 신고 입어도 돼."

"베, 벨트 풀고 입어야겠죠?"

"당연하지요."

어찌어찌 벨트를 풀고 포대 자루처럼 생긴 작업복 안으로 들어간 포프는 치프의 안내에 따라 손목에 달린 사이즈 조절 버튼을 눌렀다.

목을 시작으로 작업복 전체가 움직이기 편한 만큼의 여유를 두고 그녀의 몸에 맞춰졌다.

"뭔가 그럴싸하네요, 사장님. 감촉이 좋은데요?"

"각종 악조건에서도 작업을 하거나 생존할 수 있도록 고안된 물건이지. 지구에서 가장 추운 곳과 더운 곳에서 최대 72시간 동안 쾌적함을 보장해 주는 좋은 물건이야. 일회용인데도 성능에 맞게 비싸지."

비싸다는 말에 포프의 몸이 굳어졌다.

"어, 얼만데요?"

"네 월급의 3개월분?"

"……."

"옷 갈아입을 틈도 안 주고 데려온 내 잘못이니 걱정하지 마."

치프는 그녀의 작업복 허리에 달린 안전용 고리를 잡아당졌다.

"다른 위험이 있어서 비행 중에 이걸 설치하진 않을 테니 지금 잘 봐둬."

치프는 그 고리를 격납실의 벽을 따라 설치된 철봉에 걸어 잠근 후 자신이 직접 잡아당겨 테스트를 마친 뒤 포프에게 그것을 풀어보라고 손짓했다.

고리의 잠금쇠를 누르기만 하면 되는 간단한 일이었기에 포프는 자신이 해내고 나서도 민망해했다.

"그런데 다른 위험이라는 게 뭔가요? 고리랑 줄은 정말 튼튼해 보이는데요?"

"고리를 걸어버린 채로 비행하다가 비상 상황이 발생하면 그 튼튼한 줄이 네 목이나 팔다리, 혹은 손가락에 감길 수도 있어. 그냥 긁히는 정도로 끝나진 않을 거야. 운이 없으면 네 몸무게의 수십 배나 되는 압력이 줄에 걸릴 테니까."

"……."

포프는 얼른 자리에 앉아 안전벨트를 맸다. 치프는 그녀의 무릎에 아까 들고 나온 고글을 놓아주었다.

"그 안경이 키퍼가 발산하는 빛으로부터 널 보호해 줄 거야. 빛의 변화를 극도로 완화시켜 주거든. 눈앞에서 섬광수류탄이 터져도 멀쩡하게 돌아다닐 수 있어."

치프도 자신의 고글을 이마에 걸쳤다.

때마침 격납실의 스피커에서 소리가 들렸다.

—사장. 목표를 포착했다. 약 27킬로미터 전방. 지시를 부탁한다.

알케온의 요청에 치프는 목에 초커처럼 두른 통신기를 눌렀다.

"놈의 주변은 어때? 특별한 게 보여?"

—내 시력으로는 포착이 한계다.

"그럼 가까이 접근하면 되잖아?"

—위험할 텐데?

"그래서 출발하기 전에 협조해 달라고 말한 거야. 당신 능력이라면 이 수송기를 방어할 수 있잖아?"

—아… 이해했다. 접근하도록 하지.

통신기에서 손을 뗀 치프는 격납실의 개인 관물함을 살폈다.

"사만다가 어딘가에 놔뒀다고 했는데… 아, 여기 있겠군."

치프는 비밀번호를 입력해야만 열리는 관물함의 숫자 버튼을 툭툭 눌렀다.

"사만다와… 내가… 처음 만난 날. 오케이."

중얼거리며 비밀번호를 맞추고 관물함을 연 치프는 그 안에 보관된 검은색의 건하운드 제어장치를 꺼냈다.

더불어 그것을 등에 걸 수 있도록 해주는 군용 전투조끼도 함께 꺼내 입었다.

조끼의 등판에는 사각형의 양철 쟁반처럼 생긴 자석식 거치대가 있었다.

거치대의 내부에는 건하운드뿐만 아니라 각종 총기류를 부착하여 휴대할 수 있도록 도와주는 자석이 심어져 있었다.

건하운드를 거치대에 부착한 치프는 뭔가 확인하듯 관물함의 안쪽을 뒤적거렸다.

포프는 치프의 어깨너머로 관물함을 구경했다.

그 안에는 자동소총과 탄약, 수류탄, 권총이 있었다. 그 외에 팔다리 보호대와 각종 파우치(Pouch) 같은 군용품들도 잘 정리되어 있었다.

포프는 고향에서 네트워크에 올라오는 무기 관련 자료들을 꼬박꼬박 찾아보는 취미가 있었다.

처음에는 어머니의 일, 즉 헌터라는 직업 자체가 궁금해서 시작한 것이지만 지구가 우주연합에 가입한 이후에는 그들의 군용 장비에 대한 환상까지 품게 되었다.

물론 치프의 관물함 안에 있는 모든 장비는 지구와 우주연합 양쪽의 법규를 아주 명확하게 위반하고 있는 물건들이었다.

하지만 무기류에 대한 동경심에 눈이 먼 포프에게는 그냥 보물처럼 보였다.

그런 포프에게도 낯선 물건이 있었는데, 바로 치프의 등에 외로이 매달린 검은색의 건하운드 제어장치였다.

"그건 처음 보는 모델이네요?"

"응? 건하운드?"

"예. 어느 회사 제품인가요?"

"UNSMC병기공장이야. 민간에는 절대 공급되지 않지. 11년 전에 지급된 물건이지만 아직 괜찮아."

자동소총을 건하운드 옆에 거치한 치프는 포프의 관물함 쪽으로 걸어갔다.

"네 건하운드도 여기 있네? 어제 회사로 돌아왔을 때 안 챙겼어?"

"아… 죄송합니다."

"음, 아냐. 오히려 잘됐네."

치프는 관물함에서 포프의 건하운드 제어장치를 꺼내 그녀에게 가져다주었다.

"전원만 켜놓고 포대 프린팅은 하지 마. 혹시라도 추락하게 되면 건하운드의 보호막이 널 지켜줄 거야."

"보호막에 그런 기능도 있나요?"

"사용자에게 닥치는 모든 물리적 재해를 왜곡시키는 장치라서 추락에도 효과가 있지."

"그럼 무적이겠네요?"

포프가 신이 나서 묻자 치프는 아랫입술을 앞으로 내밀며 웃었다.

"생화학무기나 발밑에서 터진 대인지뢰, 방사능, 광학병기 및 적당히 던진 숟가락은 못 막아."

포프는 치프가 줄줄이 읊은 그 리스트에 숟가락이 왜 들어가는지 궁금했다.

치프가 숟가락을 예로 든 이유는 날아드는 비행물체에 대한 보호막 센서의 작동 조건이 '사용자에게 치명상을 입힐 만한 형태를 가진 물체'에 국한되기 때문이었다.

실제로 치프는 그 취약점을 이용하여 토성 식민지 군벌의 우두머리를 혼자 잡아냈다.

방법은 보호막 센서가 위험물체로 인식하지 못하는 '평범한 물체'인 숟가락을 우두머리의 눈에 던져서 보호막은 물론 그의 시각에 연동되어 작동하는 곤충 크기의 살인 드론 수백 대를 한 번에 무력화시킨 것이다.

우두머리는 격투 끝에 체포됐고, 비싼 살인 드론과 보호막만 믿고 있다가 허무하게 잡힌 우두머리는 그때 받은 충격으로 인해 숟가락을 쳐다보지도 못하는 몸이 되고 말았다.

"백병전 상황에서도 쓸모가 없고 보호막의 유지 시간도 짧지. 그래도 없는 것보다는 훨씬 나으니까 잘 갖고 있도록 해."

"예, 사장님."

포프의 머리를 두드려 준 치프는 다시 알케온이 있는 조종실로 갔다.

"상황은 어때?"

"눈에 보이는 그대로다."

수송기를 브리치로부터 2킬로미터 거리까지 접근시킨 알케온은 눈짓을 보냈다.

아무런 소음도 내지 않고 공기를 가르며 비행하는 거대한 금속 고리, 브리치는 그라니트의 하늘에서 이해 불가의 장엄함과 불쾌감을 동시에 뿌리고 있었다.

'왠지 낯익은데?'

브리치의 형태에서 뭔가를 느낀 치프는 낮은 한숨 소리를 냈다.

"직접 보니 정말 크긴 하지만… 만만해 보이기도 하는군. 꼭 옆으로 누운 회전 관람차 같잖아?"

치프는 브리치의 낯익음을 해결하기 위해 일단 떠오르는 것들을 마구 내뱉으며 생각을 정리해 보려 했다.

한없이 진지할 것 같던 알케온의 표정이 치프의 그 말을 듣고 조금 변했다.

"그… 인간들의 놀이공원에 있다는 관람차 말인가?"

"그래, 빙빙 도는 거."

"그냥 둥글다고 해서 그런 걸 떠올리는 네놈의 머리를 이해할 수가 없군."

알케온이 쓴웃음을 터뜨렸다.

"저건 아무리 봐도 도넛이 아닌가?"

"……."

알케온의 진지한 지적에 치프가 오히려 당황했다. 그의 표정을 본 알케온은 급히 헛기침을 했다.

"흠, 됐으니 저 고리… 아니, 브리치의 아래쪽 주변을 봐라."

치프는 조종실에 준비된 망원경으로 지상을 관찰했다.

"서커스 퍼레이드인가?"

온갖 종류의 대형 동물과 곤충 수만 마리가 무리를 지은 채 브리치를 따라 이동하고 있었다.

브리치의 한가운데에 자리 잡은 키퍼는 그들에게 꾸준히 빛을 쬐어주고 있었다.

키퍼는 몸 전체가 스테인드글라스처럼 형형색색으로 나뉘어 있었다. 그 몸에서 나오는 빛은 알케온과 치프가 탄 수송기 쪽으로도 향했으나 둘 다 특별한 영향을 받지는 않았다.

"일반 드래곤들이 저걸 보면 어떻게 될 것 같아?"

"영주 이상의 존재들은 형태와 관계없이 저항할 수 있을 것 같지만 일반적인 존재들은 날개를 버린 모습을 갖추고 있어야 저항이 가능할 것 같군."

"날개를 버린 모습?"

"인간의 모습 말이다. 예를 들어 루할트의 여동생, 젝스는 일반적인 존재이지만 지금의 형태를 유지하는 한 오염될 일이 없을 것이야."

"흠, 인간의 모습을 한 드래곤은 머릿속에 뇌가 없는 것 같던데, 그것 때문인가? 심장도 없다던데?"

조종간을 잡은 알케온의 두 손이 꿈틀했다.

"…제법 자세히 조사했군."

"내가 조사한 건 아니야. 데스디아가 나에게 말해준 거지. 내 예상에는 드래곤들이 형태를 바꿀 때 그 본체는 다른 곳으로 이동되는 것 같은데, 맞나?"

알케온은 아무 말도 하지 않았다.

"뭐, 지금 급한 건 그게 아니지. 알았으니 일이나 하자고."

치프는 조수석에 앉아 전술 데이터 기록 장치를 켰다.

"1.5킬로미터 거리까지 접근한 뒤 미사일을 쏴봐."

"그렇게 단거리에서? 미사일 사정거리가 20킬로미터인데?"

"저게 멀쩡히 조준이 됐으면 당연히 멀리서 쏘자고 했겠지. 다른 무기들도 시험해 봐야 하니 얼른 한바탕 쏟아붓고 데이터만 얻어낸 뒤 바로 튀자고."

알케온의 예쁘장한 얼굴이 걱정으로 흐려졌다.

"수송기에 탑재된 무인전투기를 쓰면 안 되나?"

"원래는 그러려고 했는데 지금 이 수송기에 설치된 전자전 대응 장치도 거의 한계상황이라 그럴 수는 없어."

치프는 조종석 계기판 중에 하나를 가리켰다. 그의 말대로 각종 수단에 대한 대응 수준을 나타내는 그래프가 붉은색에 닿기 직전이었다.

"드래곤들의 전자전 능력을 상정해서 설치한 대응 장치인데, 이 정도면 무인전투기 정도는 밖에 내놓자마자 종이비행기처럼 떨어지거나 적으로 돌변할지도 몰라."

"어쩔 수 없군."

협조한다고 말은 했지만 큰 모험까지는 하기 싫었던 알케온은 결국 치프의 요구대로 브리치와의 거리를 좀 더 좁혔다.

"위치에 도달했다. 직선거리로 1,498미터."

"대전차 미사일 두 발을 30초 간격으로 발사. 레이저로 직접 조준하도록 해."

"시행하지."

위에서 보면 꼭 가오리처럼 생긴 수송기의 양쪽 날개 하단에서 미사일 한 발이 뚝 떨어지다가 브리치를 향해 고속으로 돌진했다.

미사일이 브리치에 꽂혀 폭발하자 폭발 장소로부터 금속 파편이 우수수 떨어졌다.

폭발 장소는 깊게 파였고 주변에는 금이 가 있었다. 금속이 깨졌다기보다는 콘크리트 방어벽이 터진 느낌이었고 폭발 장소의 파편들도 콘크리트 파편처럼 부슬부슬 흘러내렸다.

브리치가 생각 이상의 피해를 입은 모습을 본 치프와 알케온은 서로를 잠시 쳐다봤다.

"지금 해치울 수 있을지도?"

알케온이 조금 들뜬 목소리로 말하자 치프는 웃으면서 고개를 흔들었다.

"그럴지도? 하하, 진정해. 예정대로 한 발 더 날려봐."

"그러지."

알케온은 조종간에 위치한 발사 버튼을 엄지로 눌렀다.

또 한 발의 미사일이 이윽고 첫 번째 미사일이 폭발한 장소에서 터졌다. 알케온의 조종 실력과 레이저 조준 능력은 그만큼 훌륭했다.

브리치는 좀 더 깊이 파였고 알케온은 자신의 능력으로 어찌할 수 있을지도 모른다는 생각을 품었다.

그러나 치프는 그의 어깨를 두드려 진정을 시켰다.

"다음, 5클래스 레일건! 3회 사격!"

치프가 말한 5클래스 레일건이란, 최대 5메가줄(MJ)의 운동에너지를 가진 탄환을 날릴 수 있는 레일건이란 뜻이다. 그것은 지구에서 21세기에 사용되던 주력 전차의 포탄과 맞먹는 위력이었다.

수송기의 하단에 위치한 레일건이 음속의 7배로 텅스텐 합금 탄환을 날렸다.

사격 한 방에 브리치의 파손은 더욱 심해졌다. 치프는 브리치의 파손 수준과 전술 데이터 기록 장치에 업데이트되는 자료들을 바삐 살폈다.

"3회 사격 완료!"

"기관포 7초 사격!"

이번에는 수송기의 전방에 위치한 6연장 개틀링 건이 불을 뿜었다. 파괴력은 미사일이나 레일건에 비하면 보잘것없었지만 그래도 브리치의 표면을 엉망으로 만들기에는 충분했다.

"저 정도면 내가 하강하여 밟기만 해도 큰일이 일어날 것 같은데, 어떻게 생각하나?"

"당신 체중이 2만 톤 정도였지?"

"아마도?"

그러나 그들의 즐거운 고민은 얼마 못 가 식어버리고 말았다.

브리치의 가운데에 위치한 키퍼가 두 팔을 들며 빛을 내자 브리치의 중앙, 정확히는 키퍼의 아래쪽에 먹구름 같은 것이 일어났다.

치프는 그와 동일한 현상을 우주에서 목격한 일이 있었다.

"저거 게이트의 한가운데에서 일어나는 현상이랑 똑같은 거 아냐?"

치프가 묻자 알케온이 인상을 썼다.

"내가 그런 것까지 관심을 가질 입장이라 생각하는가?"

화를 내려 했던 알케온은 그 순간 그 먹구름에서 쏟아지는 황금색의 입자들을 보고 입을 다물었다.

그 입자들이 브리치의 파손 지역에 몰려가서는 엉망이 된 표면을 순식간에 복구시켰다.

문제는 거기서 끝나지 않았다.

먹구름으로부터 이질적인 생명체 하나가 튀어나온 것이다.

네 개의 튼튼한 다리에 날카로운 부리가 달린 머리, 조류가 아니라 지상의 맹수가 떠오르는 묵직한 몸체, 그리고 드래곤들에게 뒤지지 않는 한 쌍의 거대한 날개를 가진 금속질의 생명체였다.

"내 눈을 믿을 수 없군. 그리핀이라니……?"

알케온이 공허하게 중얼거렸다.

"그리핀? 아는 친구야?"

"한때 우리 날개 달린 자들과 같은 하늘을 날았던 고대의 생명체다. 나와 내 친구들이 어렸을 때 성왕 폐하께서 그들의 모습을 보여주신 일이 있지. 그런데 지금 그 그리핀이 내 눈앞에 실제로 나타나다니……!"

키퍼가 손바닥에서 나오는 빛으로 치프 일행이 탄 수송기를 비추었다. 그러자 먹구름 속에서 나온 생물, 그리핀은 마치 명령에 따르듯 수송기를 향해 날아왔다.

"저기… 같은 하늘을 날았다면 드래곤들이랑 친한 사이겠지?"

알케온은 대답하기 전에 수송기의 방향을 돌린 후 출력을 최대로 높였다.

"하늘의 패권을 다툰 사이지!"

"아하!"

치프는 곧장 자신의 몸에 안전벨트를 둘렀다.

후방 카메라를 이용해 그리핀의 상태를 보려 했던 그는 수송기 옆에 바짝 붙는 그리핀을 스치듯이 목격했다.

수송기는 단독으로 대기권을 이탈할 수 있는 성능을 갖고 있었으나 그를 위해서는 5분 이상의 충전이 필요하기에 지금은 일반 엔진으로만 비행하고 있었다.

치프가 당황하여 그쪽으로 고개를 돌렸을 때, 그리핀의 움직임을 감각적으로 쫓고 있던 알케온이 미리 방향을 돌려놓은 기관포로 그리핀을 공격했다.

머리가 떨어져 나갈 정도의 타격을 입은 그리핀은 날갯짓을 멈추며 땅으로 떨어졌다.

"패권을 다툰 사이치고는 쉽게 죽는데?"

"이제부터 시작이다!"

치프는 브리치로부터 몇 마리의 그리핀이 튀어나오는 것을 봤다. 더불어 지금까지 나온 것과는 비교할 수 없을 만큼 거대한 그리핀이 브리치의 먹구름 속에서 나오는 것도 목격했다.

마지막에 나온 거대한 그리핀은 작은 것들에 비해 모양이 뚜렷했다. 작은 것들은 은색 찰흙으로 대충 빚은 것처럼 성의 없는 모양새였으나 거대 그리핀은 달랐다.

예술가가 조각칼로 다듬은 것처럼 맹금류로서의 모양새가 뚜렷했고 사자에 가까운 몸뚱이는 근육의 굴곡이 뚜렷한 황갈색의 모피로 무장되어 있었다.

대형 그리핀이 검은색 깃털에 감싸인 날개를 완전히 펼치자 날개 끝자락의 깃털들이 하얗게 발광하면서 그리핀의 거대한 몸이 하늘로 솟구치도록 도와주었다.

"지금 나타난 큰 놈이 암컷이다! 둥지의 파수꾼이라고 하지! 왕녀 전하께서 말씀하신 파수꾼의 뜻을 이제 알 것 같군!"

알케온이 소리치며 수송기의 속도를 더 높였다.

"혹시 그리핀 말고 또 튀어나올 놈이 있을까?"

"그건 돌아가서 장로님께 여쭤라!"

작은 것들과 함께 수송기를 향해 날던 암컷이 부리를 크게 벌렸다. 부리와 부리 사이에서 푸른색이 방전이 일어났다.

이윽고 그리핀의 부리와 수송기 사이에서 번갯불이 한 차례 튀었다. 수송기를 때린 번갯불이 온갖 방향으로 튀면서 여력을 과시했다.

하지만 수송기는 멀쩡했다. 동체 지름과 맞먹을 정도로 두꺼운 번개가 튀었음에도 불구하고 아무런 이상도 없었다.

수송기의 뒤편에는 그물과도 같은 화염이 이글거리고 있었다. 그것이 그리핀의 번개를 막아낸 알케온의 힘이었다.

작은 그리핀은 물론 대형 그리핀까지 수송기와의 거리를 한순간에 좁혔다.

격납실에 있는 포프는 창밖에 보이는 그리핀들의 편대비행을 보면서 치프가 주고 간 자신의 건하운드를 바짝 감싸 안았다.

알케온은 수송기를 조금씩 조여오는 그리핀들을 보다가 결국 결단을 내렸다.

"이 수송기의 속도로는 답이 안 나올 것 같군! 불꽃의 길을 사용하겠다, 사장!"

"그건 또 뭔데?"

"영주들에게 허락된 이동 능력이다!"

알케온의 두 눈이 조종실을 환히 밝힐 만큼 강렬하게 빛났다.

"루할트나 가이우스가 쓰는 것에 비하면 큰 약점이 있으니

사장은 격납실로 가서 포프를 보호하고 싸울 준비를 해라!"

"혹시 쟤들도 데려가는 거야?"

"저놈들이 내 힘에 휘말린다고 표현해 주면 좋겠군! 다른 그리핀 그룹이 브리치에서 나오는 게 감지됐으니 이 상태로는 안 돼! 내가 수송기 밖에 나가서 대응한다고 해도 안전을 보장할 수 없다!"

"좋아, 10초 있다가 사용해!"

벨트를 풀고 조수석에서 일어난 치프는 격납실을 향해 뛰었다.

자신의 건하운드를 풀고 포프 옆에 앉은 치프는 안전벨트를 휘릭 둘러 잠근 후 포프의 머리를 오른손으로 감쌌다.

"괜찮을 거야."

포프는 자신을 안심시키는 치프를 겁에 질린 채 바라봤다.

"위험한 상황인 거죠? 그런 거죠?"

"위험이 없는 모험 따윈 없지."

"그냥 기분 전환이라고 말씀하시지 않으셨나요?"

"매운 음식을 먹는다고 생각해 봐."

치프는 왼손에 건하운드를 잡는 것도 잊지 않았다.

정확히 10초 후, 수송기 앞쪽에서 발생한 불꽃의 소용돌이가 수송기와 그리핀들을 집어삼켰다.

수송기를 감싼 화염이 사라지자마자 치프의 눈에 들어온 것은 회사의 훈련장이었다.

뒤집힌 채로 회사 상공에 나타나 버린 수송기는 그대로 땅에 추락할 수 있는 상황이었으나 알케온의 플라즈마 불꽃이 물고기를 건지듯 기체를 휘감은 후 제대로 된 위치로 돌려주었다.

—훈련장에 착륙한다!

스피커에서 알케온의 목소리가 터졌다.

수송기에서 착륙용 바퀴가 나오는 것을 진동으로 느낀 치프는 안전벨트를 풀고는 왼손에 쥔 건하운드의 전원을 켰다.

"포프도 준비해."

"예?"

"난 뒤에도 눈이 달린 남자가 아니거든. 좀 도와줘야겠어."

"으윽……!"

우는 소리를 겨우 참은 포프는 안전벨트를 풀고는 덜덜 떨리는 다리를 어찌어찌 움직이며 일어났다.

치프는 목에 두른 통신기를 눌렀다.

"음성 및 보안암호 확인. 감마, 델타, 시에라, 시에라, 둘, 일곱, 하나. 회사 전체에 위험 경고 발령."

그의 목소리를 인식한 회사의 보안장치가 지시대로 경보를 울렸다.

사만다, 젝스와 함께 식당에서 차를 마시고 있던 데스디아는 회사 상공에 제각각 흩어진 그리핀들을 확인하자마자 곧바로 일어났다.

"무기고로 뛰어! 어서!"

식당에서 뛰어나온 셋은 마침 드래곤의 모습을 갖추는 중인 파울라를 목격했다.

"신경 쓰지 말고 달려! 생각보다 수가 많아!"

데스디아의 재촉에 사만다와 젝스는 무기고로 뛰는 것만 생각하기로 했다.

완전히 모습을 갖춘 파울라는 오른손에 셀레스티아와 진을 앉힌 뒤 회사 본관을 향해 움직였다.

"진을 부탁드립니다, 전하."

"건투를 빕니다, 장로님."

그녀들을 내려준 파울라는 곧바로 날개를 펼치며 하늘로 날아올랐다.

파울라가 입에 화염을 머금는 순간 대형 그리핀이 급강하하여 뒷발로 파울라의 등을 내려찍었다.

숨결 공격을 중단한 파울라는 날개의 깃털에서 흰색의 빛을 뿜으며 대적하려 하는 대형 그리핀을 노려봤다.

'알파 그리핀까지?'

옛 터전에서 운캄타르, 엠페라투스를 비롯한 동포들과 함께 그리핀들을 절멸시켰던 파울라는 눈앞에서 날갯짓을 하는 동물의 모습이 악몽의 일부처럼 보였다.

'설마, 우리가 환상의 저편으로 내쫓았던 모든 짐승이 이 땅에 다시 나타난단 말인가?'

긴 울음소리를 낸 알파 그리핀이 두 날개를 앞으로 모았다.

날개에서 방출된 하얀색의 충격파가 파울라를 정면으로 때렸다.

파울라의 몸을 통과하지 못하고 좌우로 갈라진 충격파 덩어리가 회사로부터 멀리 떨어진 초원에 충돌했다. 폭발한 충격파가 흙더미를 100미터 이상의 높이로 날려 버렸다.

땅에 박힌 충격파가 파울라의 몸에 충돌하여 위력이 절감된 상태였음을 따졌을 때 제대로 된 충격파의 위력은 그 이상임이 분명했다.

맨몸으로 알파 그리핀의 충격파를 받아냈음에도 불구하고 아무런 부상도 입지 않은 파울라는 자신의 내구성을 과시하듯 알파 그리핀을 향해 포효했다.

'암컷이라 다행이군. 수컷이었다면 정말 아팠겠어.'

포효하면서도 생각을 계속한 파울라는 알파 그리핀이 작은 그리핀, 이른바 오메가 그리핀들에게 신경을 쓰거나 직접 지휘하지 못하도록 하기 위해 시간을 끌기로 했다.

바로 끝장낼 수는 있었지만 그랬다가는 회사 곳곳에 흩어진 오메가 그리핀들이 난동을 부려서 상황이 더 나빠질 수도 있었기 때문이다.

파울라의 계산대로 오메가 그리핀들은 세 마리, 혹은 네 마리 단위로 모인 채 허둥대고 있었다.

한편, 포프와 함께 수송기에서 내린 치프는 알케온까지 조종석의 문을 열고 내리려 하자 손을 들어 제지했다.

"여긴 우리에게 맡기고 수송기를 격납고로 옮겨!"

"그리핀들과 싸우겠다는 건가?"

"일곱 마리 정도니까 괜찮을 거야! 소재나 두 개 떨어뜨리고 어서 가!"

"간이 배 밖으로 나왔군!"

성질을 내며 다시 조종석에 오른 알케온은 수송기를 이륙시키면서 소재 격납고를 열었다.

격납고에서 분리된 정육면체 형태의 고철 블록 두 개가 치프와 포프의 옆에 떨어졌다.

"포프, 프린팅."

지시를 내린 치프는 망설임 없이 건하운드 포대의 프린팅을 개시했다. 약간 허둥거린 포프는 그보다 조금 늦게 프린팅에 들어갔다.

두 개의 건하운드가 프린팅한 포대는 그 형태가 달랐다.

치프의 것은 21세기에 쓰던 대포 옆에 중형 기관포 두 개를 억지로 이어 붙인 것처럼 생긴 복합식이었다.

금속 커버가 매끈하게 씌워진 포프의 건하운드 포대나 데스디아의 파프니르 포대와는 다른, 그야말로 원시적인 기계의 형태였다.

"6시를 맡아, 포프."

"예? 지금 오후 3신데요?"

시간 얘기를 한 것이 아니었던 치프는 기계 같던 표정을 풀고 웃음을 터뜨렸다.

"방향 얘기야. 아날로그시계의 숫자판을 생각하면 돼. 나중에 자세히 가르쳐 줄 테니 내 뒤쪽 방향을 맡아. 다른 방향은 절대 보지 말고. 시야에 그리핀이 들어오면 맞추지 않아도 좋으니 그냥 쫓아낸다는 생각으로 쏘기만 해."

"아, 알겠습니다!"

치프의 머리 위에 떠 있는 포대가 그가 가진 제어장치의 방향을 따라 충성스럽게 움직였다.

그 대포처럼 생긴 레일건이 불꽃을 뿜는 순간 하늘을 배회하던 오메가 그리핀 중 하나가 머리를 잃고 추락했다.

동족이 당한 것을 인식한 오메가 그리핀들은 치프를 적으로 인식하고 사방에서 달려들었다.

"내 움직임에 맞춰, 포프!"

치프가 외치면서 방향을 바꾸자 포프는 땀을 뻘뻘 흘리면서 움직였다.

"내 등에 기대도 좋아! 아군으로 등록된 건하운드 포대는 서로 접촉할 일이 없으니 안심해도 돼!"

"예, 사장님!"

포프는 치프의 등에 자신의 등을 붙였다.

그녀는 몸을 붙이자마자 깜짝 놀랐다. 성인 남자의 육체와 힘이 그토록 묵직하고 강인할 줄은 몰랐기 때문이었다.

그에 정신이 팔려 치프의 뒤를 노리고 날아오는 그리핀을 놓칠 뻔했던 포프는 황급히 사격을 하여 그리핀을 쫓아냈다.

치프가 쏘는 레일건의 폭음이 두 차례, 기관포 소리가 한 차례 포프의 귀에 연달아 들렸다. 뒤이어 묵직한 추락 소리가 세 차례 이어졌다.

치프의 뒤쪽을 노리는 그리핀들을 쫓아내느라 무슨 상황인지 몰랐던 포프는 자신의 사장이 방향을 바꾼 뒤에야 비로소 추락 소리의 원인이 무엇인지 알 수 있었다.

머리가 정확히 날아간 그리핀 세 마리가 훈련장 위에 널브러져 있었다. 그 단면은 끔찍했지만 포프는 그걸 실감하지 못할 만큼 정신이 없는 상태였다.

레일건의 폭음이 다시 세 차례 들렸다. 동시에 포프는 한 마리의 그리핀이 빙 돌아 들어와 자신을 향해 급강하하는 것을 발견했다.

포프는 사격으로 그리핀을 쫓아내려 했다. 그러나 그 그리핀은 다른 것들과 달리 피하지 않고 오히려 날개를 접으며 속도를 올렸다.

포프는 상하좌우로 흔들리며 돌진해 오는 그리핀을 어떻게든 맞추기 위해 사격을 계속했다.

그러나 찰칵, 하는 소리와 함께 포대로부터 탄이 더 이상 나가지 않았다.

'어?'

탄창의 탄이 떨어진 것이다.

포대는 예비용 탄창을 갈아 끼우는 과정에 들어갔으나 포프는 본능적으로 탄의 재장전 시간과 그리핀의 도착 시간이 맞아떨어지지 않는다는 것을 깨달았다.

몸과 마음이 굳어진 채 움직이지 못하던 포프는 그리핀의 머리에 뭔가가 광선처럼 꽂히는 것을 봤다.

옆으로 튕겨 나간 그리핀은 훈련장에 추락했다. 비틀거리며 일어나는 그리핀의 머리에는 화살 하나가 묵직하게 꽂혀 있었다.

그리핀은 뒤이어 쏟아진 치프의 사격에 온몸이 박살이 나면서 땅 위에 흩어졌다.

주변에 날아다니던 오메가 그리핀들을 모두 처리한 치프는 무기고 쪽을 향해 팔을 흔들었다.

오래간만에 들었던 활을 내리며 안도의 한숨을 내쉰 데스디아는 사만다가 가져온 자신의 건하운드, 파프니르를 손에 쥐었다.

데스디아가 그리핀을 화살로 떨구는 것을 옆에서 똑똑히 구경한 젝스는 놓아버린 넋을 수습하지 못하고 있었다.

'뭐라고 칭찬을 해드려야 기뻐하실까?'

젝스는 그리핀이고 뭐고 잠시 잊은 채 고민했다.

"정말 이야기 속에서 나온 듯한 활 솜씨군요."

사만다가 털털하게 웃으며 얘기하자 데스디아도 마주 웃었다.

"급하게 날린 건데 다행이었지."

젝스는 자신이 하려 했던 일을 새치기해 간 사만다를 박탈감에 빠진 눈으로 노려봤다.

데스디아는 알케온이 추가로 무기고 앞에 떨어뜨리고 간 고철 블록 두 개를 확인했다.

"파울라 장로가 벌어주고 있는 시간을 낭비해선 안 돼. 내가 남은 짐승들을 처리할 테니 너희는 내 옆을 지켜주렴."

지시를 한 데스디아는 파프니르의 포대를 프린팅했다.

파프니르의 포대는 멀리서 대충 보면 공중에 떠 있는 고급 만년필처럼 보일 정도로 디자인이 매끈했다. 하단에 폴딩나이프 방식으로 붙은 대형 칼날이 조금 억지스러울 뿐이었다.

사만다와 젝스도 각자의 블레이드하운드를 프린팅했다.

장갑 방호벽이 시야를 가리지 않도록 펌웨어를 고친 사만다의 대검식 블레이드하운드, 듀란달과 아직 이름을 정하지 못한 젝스의 단검식 블레이드하운드 한 쌍이 데스디아의 좌우를 지키듯 배치되었다.

하늘에 있는 오메가 그리핀은 다섯 마리 정도였고 데스디아의 실력이라면 그들이 공격을 시도하기도 전에 일을 마칠 수 있었다.

그러나 그녀가 자신의 곁에 사만다와 젝스를 두면서 주의하는 이유는 그리핀의 신체 구조 때문이었다.

'저 녀석들의 날개가 장식물이 아니라는 사실은 지금 날아다니고 있으니 알겠지만 몸이 문제로군. 절대로 비행만을 위한 육체 구조가 아니야. 저 정도의 몸집이면 분명 지상에서도 강력하겠지.'

그리핀과의 접촉은 오늘이 처음이었으나 데스디아는 고향에서 사냥을 즐기며 동물들을 관찰했던 경험을 토대로 그리핀의 능력을 대강이나마 계측해 보고 있었다.

'파울라 장로가 붙들고 있는 저 큰 녀석은 아예 규격이 다른 것 같지만… 그렇다고 해서 드래곤들보다 강하진 않은 것 같군. 공격 수단은 몰라도 방어 수단은 가죽 껍질과 근육뿐이야.'

데스디아는 건하운드 제어장치로 그리핀들 가운데 하나를 조준했다.

'지능은 훨씬 낮겠지. 다들 저 큰 녀석의 지휘를 기다리는 눈치군. 치프와 포프에게 다른 놈들이 달려든 건 본능적인 방어 행위나 보복 행위에 불과했겠지.'

그녀는 자신의 왼쪽, 즉 젝스가 있는 방향을 잠깐 봤다가 다시 제어장치의 조준기를 봤다.

'아닐지도?'

그녀는 방아쇠를 당겼다.

머리는 물론 척추까지 몸에서 빠져나올 정도로 타격을 받은 그리핀은 힘없이 추락했다.

다른 네 마리의 그리핀이 일제히 데스디아 쪽으로 움직였다.

더불어 화염의 길에 휘말린 후 이곳에 도착한 이후부터 여태까지 회사 건물 사이에 몸을 숨기고 있던 그리핀 한 마리가 땅을 달려 데스디아에게 달려들었다.

데스디아와 마찬가지로 그리핀의 움직임을 눈치채고 있던 젝스는 반사적으로 움직였다.

그녀는 단검 형태의 제어장치를 재빨리 움직여 그리핀의 앞다리 하나를 끊고 뒷덜미에 칼날을 박았다.

그럼에도 불구하고 그리핀이 움직이려 하자 젝스는 그리핀의 목을 완전히 잘라냈다.

데스디아나 젝스처럼 그리핀의 기척을 감지하지 못한 사만다는 젝스의 대응 방법만을 볼 수 있었다.

'크라브 마가?'

사만다는 젝스의 그 동작이 크라브 마가라는 군용 무술에 기초한다는 것을 한눈에 알아봤다.

사만다가 아직 어렸을 적, 치프가 여자들이나 해볼 법한 호신술이라면서 둘러대고 그녀에게 가르쳐 준 것이 바로 크라브 마가였다.

그녀는 군에 입대하여 훈련을 받을 때까지 그것이 군용 무술이며 또한 살인 기술이라는 사실조차 알지 못했다. 그랬기에 크라브 마가에 대한 모든 것을 선명하게 기억하고 있었다.

'아저씨께서 가르치신 건가?'

그녀가 생각에 빠진 동안, 데스디아가 한숨을 쉬며 제어장치를 아래로 내렸다.

"집중하지 않고 있구나, 사만다."

"아!"

그녀는 얼른 자신이 맡은 방향을 봤으나 이미 그리핀들은 모조리 머리를 잃고 떨어진 상황이었다.

남은 것은 파울라와 대치 중인 알파 그리핀뿐이었다.

"젝스."

데스디아가 자신을 부르자 젝스는 눈을 반짝거리며 그녀를 봤다.

"예, 데스디아 님!"

"지금 당장 파울라 장로와 대화를 하고 싶구나. 어떻게 하면 좋을까?"

"이 소녀의 머리에 손을 대시면 됩니다!"

젝스가 즉시 자신의 검은색 야구 모자를 벗고 자신의 투박한 쇼트 컷 머리카락을 드러냈다.

"흠."

데스디아는 사만다에게 왼손을 내밀었다.

"벗겨주렴, 사만다."

그녀의 성격에 어떤 문제가 있어서 설명도 없이 그러한 부탁을 한 것은 아니었다. 제어장치를 든 오른손을 유지해야 하기에 어쩔 수 없이 벌어진 상황이었다.

눈치가 빠른 사만다는 아무런 불쾌감 없이 자신의 블레이드하운드를 바로 거두고 데스디아의 왼손 장갑을 벗겨주었다.

'장갑도 나한테 부탁하셨으면 될 텐데…….'

젝스는 효율의 문제 때문에라도 아쉬워했다.

하지만 그 마음은 데스디아의 손이 그녀의 머리카락 사이에 파고드는 순간 곧바로 풀어지고 말았다.

"파울라 장로님과의 교감을 시작하겠습니다. 머리 위에 뭔가 신경 쓰이는 것이 느껴지시면 그 느낌을 향해 생각을 전달하십시오, 데스디아 님."

데스디아는 젝스의 말을 이해하기 힘들었으나 정말 머리 위에, 정확히는 머리보다 한 뼘 정도 위쪽에 뭔가 있는 것처럼 느낌이 오자 자못 놀랐다.

[파울라 장로, 제 목소리가 들리십니까? 데스디아 브라토레입니다.]

[브라토레 팀장? 아, 그 아이를 통해서 나에게 말을 거는 것이구려.]

파울라는 데스디아와의 교감을 하는 와중에도 알파 그리핀과 치열한 격투를 벌였다.

[말씀하시오. 간단하게.]

[작은 짐승들은 모두 처리했습니다. 이제 그 큰 짐승만 처리하면 됩니다. 제가 돕겠습니다.]

[나를 도울 필요는 없소. 알파 그리핀을 제압하는 것은 간단한 일이오.]

[물론 당신의 힘을 무시하는 것은 아닙니다, 장로님. 지금은 날개 달린 자들과 이방인들이 함께 뭔가를 이뤄냈다는 상징이 필요하지 않겠습니까?]

데스디아와 어제 처음 만난 파울라는 그녀에 대해서 잘 알지 못했다. 그녀의 정령 교감 능력이 실로 강력하다는 것만 전해 들었을 뿐이었다.

셀레스티아가 데스디아를 소개할 때 빗질을 정말 잘하는 친구라고만 말한 것도 파울라로 하여금 데스디아를 얕잡아 보게 한 원인이었다.

하지만 데스디아의 제안을 들은 파울라는 그녀에게 상당한 흥미를 느꼈다.

[괜찮은 의견이구려. 좋소, 그럼 알파 그리핀의 움직임을 잠시 봉쇄해 주시오. 하지만 꽤 단단한 녀석이니 무리할 필요는……]

파울라는 알파 그리핀에게 있어서 가장 단단한 신체 부위인 부리가 한 방에 부서지는 것을 보고 움찔했다.

부서진 것은 부리만이 아니었다.

데스디아가 쏜 탄환에 부리부터 뒤통수까지 관통을 당한 알파 그리핀은 즉사만 하지 않았을 뿐, 치명적인 신경 손상으로 인해 중심을 잡지 못하고 허우적거렸다.

[조금 더 도와드릴까요?]

[있다가 나와 차나 한잔합시다, 브라토레 팀장.]

[기쁘게 기다리겠습니다.]

데스디아는 씩 웃으며 젝스의 머리에서 손을 떼었다. 건하운드의 전원을 내리는 것도 잊지 않았다.

숨결 공격으로 알파 그리핀을 뼈까지 불태울까 생각했던 파울라는 아까 데스디아가 말한 '상징'을 생각해서 마무리 방식을 바꾸기로 했다.

공중에서 급강하하여 뒷발로 알파 그리핀의 허리를 내려찍은 파울라는 등뼈가 부서진 알파 그리핀의 가슴에 손을 박아 넣었다.

그러고는 심장을 끊어 뽑아낸 뒤 그것을 치켜들었다.

우렁차게 포효하는 파울라의 모습을 격납고 입구에서 지켜보던 알케온은 드래곤의 형태를 갖추기 위해 잠시 뽑았던 머리핀들을 다시 끼웠다.

"장로님의 힘이라면 훨씬 간단하게 처리하셨을 텐데, 왜 저리도 번거롭게 힘을 쓰신단 말인가?"

알케온이 의아하여 중얼거렸다.

그 말을 듣기라도 한 듯, 파울라는 알파 그리핀의 심장을 움켜쥔 채 알케온을 돌아봤다.

"유성을 바라보며 하늘을 나는 불꽃의 날개여, 지금 바로 주변의 영주들을 소집하게! 그들에게 우리의 승리를 고하고 적의 정체를 알리는 것일세!"

알케온은 그 말을 통해서 파울라가 왜 알파 그리핀의 시체를 비교적 멀쩡하게 남겼는지 알 수 있었다.

'선전 효과는 확실하겠군.'

알케온은 소란이 잦아든 하늘을 향해 손을 뻗었다.

그의 손바닥에서 터진 불꽃이 공중에 멈추고는 알케온의 의지를 실은 채 몇 갈래로 나뉘어 날아갔다.

훈련장에서 결과 보고를 기다리던 치프는 알케온의 불꽃을 보고 숨을 돌렸다.

"이제 끝난 건가?"

그는 목에 낀 통신기를 눌렀다.

"누구 응답 가능한 사람 있나? 상황이 궁금한데?"

—아저씨, 사만다입니다. 모든 상황이 무사히 종료되었습니다.

"오, 그래? 다친 사람은 없고?"

—없습니다. 아, 포프를 데려가셨다고 들었습니다만.

"옆에 있어. 그쪽으로 갈 테니 경보를 해제해 줘. 통신 종료."

—알겠습니다. 통신 종료.

건하운드의 전원을 끈 치프는 그것을 등의 거치대에 매단 뒤 기지개를 켰다.

"아, 오랜만에 긴장했군. 나도 내일 시간이 되면 사격 훈련을 좀 해야겠네. 감각이 영……."

어깨를 만지며 중얼거린 그는 포프를 돌아봤다.

그 소녀는 아직도 건하운드의 포대를 유지시킨 채 덜덜 떨고 있었다.

"안 힘들어? 아무리 최신식 건하운드라고 해도 너에겐 무거울 텐데?"

치프가 묻자 포프는 금방이라도 울 것 같은 표정으로 그를 봤다.

"모, 몸이 꼼짝도 안 해요. 화장실도 가고 싶고요. 어쩌죠?"

"어쩌긴 뭘."

직접 가서 포프의 건하운드 전원을 내려준 치프는 그녀를 향해 손을 흔들며 회사 본관 쪽으로 걸어갔다.

"난 먼저 갈 테니까 진정되면 어디든 가서 쉬어. 기숙사로 가서 잘 거면 데스디아나 사만다에게 얘기하고."

"사장님, 제발 같이 좀 가요!"

하지만 치프는 뒤도 안 돌아보고 계속 걸어갔다.

포프는 사방에 널린 그리핀들의 시체가 지금이라도 당장 움직일 것 같아 무서웠으나 떨리는 팔다리는 쉽게 진정되지 않았다.

결국 포프는 그녀를 걱정하여 달려온 젝스에게 업힌 채로 훈련장을 빠져나갔다.

"다친 곳은 없어?"

"응."

포프는 젝스의 어깨에 비비듯 고개를 끄덕거렸다.

"와줘서 고마워, 젝스. 하마터면 저기서 계속 있을 뻔했어."

"아냐."

젝스는 포프가 추락하는 것을 막지 못했다는 죄책감에 여전히 괴로워하고 있었다.

"내가 밉지 않아?"

젝스가 묻자 포프는 약간 놀랐다.

"밉다니?"

"어제 네가 수송기에서 떨어지는 걸 내가 막을 수 있었거든. 그런데 난 너무 당황해서 아무것도 하지 못했지. 두 번째 기회가 왔을 때도 사장이 소리치지 않았으면 또 너를 놓쳤을지도 몰라."

"아……."

당시 수송기 안에서 자신을 바라보던 젝스의 표정이 떠오른 포프는 화가 나기는커녕 오히려 젝스에게 미안함을 느꼈다.

"난 괜찮아."

"아냐. 난 친구가 죽는다는 게 그렇게 무서운 일인 줄은 몰랐어. 죄책감에 울어본 건 처음이었던 것 같아."

젝스가 냉정하고 다부진 아이라고만 생각했던 포프는 젝스의 어깨에 걸친 팔에 조금 힘을 넣어봤다.

"나는 젝스가 날 친구라고 생각하는지도 몰랐어."

"같은 장소에서 먹고 자는 사이면 이미 친구잖아?"

"응."

포프는 젝스의 뒷머리에 자신의 앞머리를 바짝 댔다.

"화장실 가고 싶어."

"…그래."

희미하게 웃은 젝스는 기숙사를 향해 걸음을 재촉했다.

13
상냥하지 않은 신화

사만다에게 현장 보존 및 그리핀들의 시체 보관을 부탁한 데스디아는 포프의 상태까지 확인한 뒤 치프가 있는 사장실로 올라갔다.

그녀는 소파 위에 담요까지 덮고 누워 있는 치프의 모습을 보고 조금 어이가 없었다.

'그러고 보니 밤을 샜다고 했지.'

그녀는 어쩔까 하다가 그의 머리맡에 의자를 가져다 놓은 후 다리를 꼬고 앉았다.

"일어나 있지?"

"아니, 정말 잘까 생각 중이야. 졸려 죽겠어."

치프는 담요 속에서 몸을 돌려 데스디아 쪽으로 누운 방향을 바꿨다.

"사만다를 잘 부려먹는군."

"침착하고 훌륭한 아이야. 당신이 사만다를 소중히 여긴 이유를 오늘 알게 되었지."

"서로 얘기 좀 했나 봐?"

"그래, 당신이 포프와 얘기한 것처럼 말이야. 포프의 표정이 많이 좋아졌더군. 우리에 대한 경계심이 누그러졌어."

"네가 했어도 비슷했을 거야."

"설마? 난 당신 같은 어른이 아니야."

데스디아는 머리에 감은 터번을 천천히 풀었다.

"우리 가문은 왕족 중에서도 상위권에 속하지. 덕분에 난 부족한 것 없이 자랄 수 있었어. 장래희망은 무려 화가였지."

"그림에 소질이 좀 있었나 봐?"

"그쪽 소질이 없어서 워치프가 된 거야."

담요로 얼굴을 반쯤 가리고 하품을 하던 치프는 그 말을 듣자마자 기침을 하듯 웃었다.

"뭔가 재밌는데?"

"그렇게 성의 없이 워치프 일을 했기에 미련 없이 때려치우고 여기에 올 수 있었지. 어쨌든… 난 역시나 다른 이들과 눈높이를 맞출 수가 없는 것 같아. 오늘 사만다에게 사과해야 했거든. 포프의 일은 정말 자신 없었고 말이야. 무능함의 극치지."

"뭔가 쫘서 맞추는 것만은 자신 있잖아?"

"그보다 더 가치 있는 일들을 너무 못하거든."

"그건 그냥 상냥한 과욕이야."

"흠."

치프의 지적이 그럴싸하다고 느낀 데스디아는 밖을 봤다.

아직 드래곤의 모습을 유지하고 있는 파울라가 자신이 부른 영주들을 기다리는 모습이 유리벽 밖으로 큼직하게 보였다.

"졸린 건 알겠지만 영주들은 만나보는 게 낫지 않겠어? 당신은 이 회사의 대표야. 그리고 죄악의 씨앗이라는 그들의 핑계를 떳떳하게 극복해야 해."

"만나봤자 결과가 뻔할 텐데?"

치프의 시큰둥한 반응에 데스디아는 한숨을 쉬었다.

"너무 회의적이군."

"그럴 수밖에 없잖아?"

치프는 다시 똑바로 누웠다. 그는 쏟아지는 졸음과 싸우면서 하려던 이야기를 계속했다.

"그놈들 머릿속은 어디까지가 머리뼈인지 분간이 안 될 만큼 굳어 있어. 유연하게 생각하는 법을 거의 모르지. 플랜B 같은 걸 준비하는 개념 자체가 없는 느낌이야."

"플랜B?"

"차선책 말이야. 루할트부터 시작해서 다들 그렇잖아? 영주들이든 기사단이든 지금 상황을 어떻게든 해결할 생각은 안 하고 꾸준히 내 탓만 하고 있다고."

"하지만 파울라 장로는 저 짐승들의 등장을 아주 큰 계기로 생각하고 있어."

"그러면 뭐해? 저 짐승들이 나타난 것도 내 탓으로 깔끔하게 돌릴 텐데?"

"당신은 그들에게 기대조차 안 하고 있었군."

"아, 맞아. 너무 실망했거든."

치프는 팔베개를 해며 사장실의 천장을 봤다. 갈색 목재로 정갈하게 덮인 천장의 모습은 보는 이로 하여금 복잡한 마음을 가라앉힐 수 있도록 도와주었다.

"내 앞에서 잘났다고 몸부림들을 친 주제에 엠페라투스에 대한 대처 방법을 아는 사람은 아무도 없었어. 파울라 장로님도 그랬지. 누군가가 일부러 은폐한 게 아니라면 저놈들은 정말 바보일 거야. 발밑에 묻어두고 살기에는 너무 어처구니없는 괴물이잖아?"

일부러 은폐했다는 그의 말이 데스디아의 머릿속 구석에 자리를 잡았다.

'엠페라투스도 어제 그렇게 얘기했지. 대비되지 않았다고 말이야.'

어제 일들을 되짚어보던 데스디아가 무심코 질문했다.

"당신, 나한테 숨기는 게 있지?"

데스디아의 질문은 지레짐작에 가까운 직감에서 나온 것이었다.

그러나 일에 있어서는 절대로 당황하지 않는 치프가 약 1초 정도 늦게 반응했다.

"아… 다시 말하지만 내 통장은 너한테 있어."

치프가 농담으로 시간을 끌려 하자 데스디아의 눈초리가 매서워졌다.

"좋아, 넘어가 주지. 하지만 엉뚱한 생각은 하지 마."

"……."

잠이 깰 뻔했던 치프는 다시 편하게 누웠다.

"아무튼 드래곤들 가운데 처음부터 지금까지 날 진심으로 죽이려 한 놈은 딱 하나밖에 없었어. 나머지는 죽이네 마네 하면서 나타나지도 않았지."

"하나라……. 그게 루할트인가?"

치프는 누운 채로 고개를 저었다.

"루할트는 간이 작아. 게다가 부끄럼쟁이지."

드래곤들이 죄악의 씨앗이라며 소리만 빽빽 질러댈 뿐, 치프를 상대로 직접 분풀이에 나선 자가 아무도 없다는 사실에 실망하기까지 했던 데스디아는 루할트가 아니라는 말을 듣고 상당히 놀랐다.

"그럼 당신을 진심으로 죽이려 한 자가 대체 누구지?"

질문한 데스디아는 거의 눈을 감고 있는 치프의 얼굴을 향해 손을 뻗었다.

그녀의 손에 잡힌 것은 치프의 얼굴이나 머리카락에 묻은 보푸라기가 아니었다. 그의 머리를 향해 제대로 날아온 음료수 캔이었다.

데스디아는 붙잡아낸 음료수 캔을 치프의 이마에 떨구면서 똑바로 섰다.

그녀는 포도주스를 마시며 사장실 안쪽으로 들어오는 알케온을 자신의 은색 눈동자로 뒤쫓았다.

"그렇군요. 알케온 경, 공항에서 만난 드래곤은 당신의 부하였지요."

"그때 난 후회했소, 브라토레 팀장. 부하를 보내지 말고 내가 직접 갔어야 당신이라는 예상 밖의 존재를 무시하고 저 남자를 죽일 수 있었을 테니까 말이오."

"……."

"그리고 지금은 내가 왕녀 전하의 고뇌를 이해할 생각도 않고 그런 짓을 꾸몄다는 사실 자체를 후회하고 있소."

알케온은 손님 접대용 테이블 근처에 놓인 작은 의자에 앉았다.

"날개 달린 자들은 고민 없이 긴 세월을 살아왔소. 게으름을 피우지 않는 한 먹을 것에 대한 걱정과 보금자리에 대한 걱정을 할 필요가 없었고 생명의 위협 역시 느낀 적이 없었다오. 아마 기사단이라는 최소한의 병정놀음마저 하지 않았다면 우리 종족은 나태함에 의해 자멸했을 것이오."

알케온은 아직도 혼자서 영주들을 기다리고 있는 파울라를 돌아봤다.

"실제로 우리는 지금 방법을 찾지 못해 허우적거리고 있소. 루할트와 가이우스를 제외한 다른 영주들은 그저 엄마가 없다는 사소한 이유만으로 양말조차 찾아 신지 못하는 꼬마들처럼 허우적거리고 있을 것이오."

그의 말에 데스디아가 묘한 미소를 지었다.

"비유가 굉장히 인간적이군요."

"인간들의 책을 좀 읽었다오."

알케온은 포도주스가 든 캔을 흔들었다.

데스디아는 결국 잠이 든 치프의 담요를 조금 만져 준 뒤 유리벽을 향해 걸어갔다.

"루할트 경과 가이우스 경이라도 와준다면 다행이겠군요."

"그들과 그들의 기사단은 이미 엠페라투스를 목격했소. 다른 자들에 비하면 조금은 나을 것이오."

"당신은 어떻습니까, 알케온 경? 파울라 장로님과 함께 싸우실 겁니까?"

"여기까지 왔는데 못 본 척할 수도 없지 않소? 하지만 왕실에서 나에게 맡기신 기사단의 참여는 보류할 것이오."

"혼자 짊어지시겠다는 뜻입니까?"

"그렇지 않소. 그들에게도 준비와 시간은 필요하오."

데스디아는 지금 상황이 아이러니하다고 생각했다. 본래 지금 알케온의 자리에 있을 드래곤이 루할트, 혹은 가이우스일 것이라 생각했었던 것이다. 실제로 알케온는 공룡들과 곤충을 빅 시티에 몰아넣어 이방인들을 전멸시키려 한 주범이었다.

그러나 알케온은 자신이 영주들 가운데에서 가장 적극적으로 행동했던 존재라는 것을 과시라도 하듯 사장실에 앉아서 이방인들이 만든 음료를 즐기고 있었다.

알케온은 확실히 영리했고 매사 에너지가 넘쳤다.

하지만 알케온의 예상과 달리 파울라의 부름에 답하여 회사로 온 영주는 오로지 가이우스뿐이었다.

가이우스 역시 루할트가 오지 않았다는 사실을 알고는 상당히 의아해했다.

드래곤의 모습으로 가이우스와 그의 기사단을 맞이한 알케온은 치프가 한창 자고 있는 사장실을 봤다.

'하늘을 지키는 검은색의 모래폭풍날개여, 자네는 처음부터 그럴 생각이었나?'

한숨을 쉰 알케온은 실망과 섭섭함에 고개를 숙인 파울라 쪽을 돌아봤다.

그 장로 드래곤 앞에는 인간의 모습을 한 셀레스티아가 가만히 서 있었다.

셀레스티아의 표정은 놀랍도록 평온했다. 파울라와 달리 현실에 실망하는 기색도 없었다.

그녀의 각오는 치프와 처음 만났던 그 순간부터 지금까지 한

곁같았다.

"모두 도착했습니다, 왕녀 전하."

알케온은 동포들에 대한 분노를 억누른 채 단언하듯 보고했다. 땅을 보고 있던 파울라는 결국 눈을 질끈 감았다.

"…파울라 장로님?"

셀레스티아는 파울라를 돌아봤다. 파울라는 차가울 대로 차가워진 알파 그리핀의 심장을 처량하게 든 채 가만히 있었다.

셀레스티아는 파울라의 발에 몸을 기대었다.

"기운 내십시오, 장로님."

"죄송합니다, 전하."

파울라는 손에 든 심장을 가이우스에게 보여주었다.

"알파 그리핀의 심장일세. 알파 그리핀의 시체는 저기 있고 오메가 그리핀의 시체는 이곳저곳에 떨어져 있다네. 기사단이 저들의 시체에 익숙해질 수 있도록 해주게나."

"지시하신 대로 움직이겠습니다, 장로님."

파울라는 대답한 가이우스에게 알파 그리핀의 심장을 건네주었다.

심장을 통해서 알파 그리핀에 대한 여러 가지 정보를 취득하던 가이우스가 문득 물었다.

"선조들께서 환상의 저편으로 추방시키신 저 짐승들이 브리치로부터 나왔다는 말씀이십니까?"

"친구여, 내가 증명하는 사실일세."

알케온은 더 이상 의심하지 말라는 듯한 목소리로 말했다.

하지만 가이우스는 알케온이 생각하는 것보다 훨씬 침착하게 상황을 판단하고 있었다.

"브리치에서 고대의 환상종들이 오늘 나타난 것은 행운일지도 모릅니다."

"행운이라고 했나?"

파울라가 묻자 가이우스는 고개를 끄덕였다.

"그렇습니다. 그전까지는 대체 뭐가 나올지, 아니, 무슨 일이 일어날지 우리는 전혀 알지 못했습니다. 하지만 환상종은 다르지요. 맞서 싸울 수 있는 존재가 나타나는 문이라는 사실이 확인된 것만 해도 다행입니다."

"확실히 그렇군."

파울라는 고개를 들고 자세를 바로 했다.

"유성을 바라보며 하늘을 나는 불꽃의 날개여, 자네의 의견은 어떠한가?"

그녀가 알케온에게 물었다.

"현재까지는 영주들만이 게이트와 브리치에 대응하여 싸울 수 있다는 사실이 너무 안타까웠습니다. 키퍼가 방위 수단으로써 사방에 뿌리는 빛의 패턴은 날개 달린 자들을 현혹시키기에 충분할 만큼 강력했습니다."

"키퍼가 있는 한 기사단을 쓸 수는 없다는 뜻인가?"

"대처 수단은 이미 정리 단계입니다. 하지만 시간과 돈, 그리고 적당한 장소가 필요합니다."

파울라는 알케온의 대답에 의아해했다.

"자네 마치 인간처럼 얘기하는군. 돈과 장소라니?"

"사장은… 아니, 치프라는 지구인은 빛의 변화 패턴을 완화시키는 고글을 대비책으로 제시했습니다. 기사단원들에게 쓸 고글을 만들려면 크기가 크기인 만큼 상당한 생산비가 요구될 겁니다."

"그러느니 차라리 젝스처럼 인간의 모습이 되어 그들의 무기를 들고 싸우는 게 낫겠군. 그 상태로는 현혹되지 않을 테니까."

"좋은 생각인 것 같습니다, 장로님."

냉소적인 농담을 했던 파울라는 알케온이 진심으로 대응해오자 또 놀랐다.

회사 직원으로서 치프 대신 그 자리에 있는 데스디아는 드래곤들이 인간의 모습일 때 현혹되지 않는다는 파울라의 말을 확실히 기억해 두기로 했다.

"다른 이야깃거리는 없나?"

파울라가 알케온에게 물었다. 그는 뭔가 더 이야기하고 싶다는 표정을 짓고 있었다.

"치프가 브리치의 작동 방식을 보더니 게이트와 비슷하다는 말을 했습니다."

"게이트? 우주 공간에 있는 그것 말인가?"

"그렇습니다. 그리펀들을 처리한 이후 단말기를 통해서 게이트의 작동 영상과 제가 목격한 브리치의 작동 상황을 비교해 보니 자질구레한 점을 제외하면 대체로 일치했습니다."

"희한하군. 어제 엠파라투스도 나에게 게이트에 대한 질문을 했다네. 그는 심술궂게도 제대로 된 해답을 주지 않았지. 내가 태어나기 전에 문제가 됐던 일이라는 말만 했을 뿐일세."

파울라와 알케온, 가이우스는 서로를 번갈아 보면서 고민했지만 답을 내놓을 수 있는 자는 없었다.

"게이트의 진짜 이름은 탈란바토르입니다."

셀레스티아의 한마디에 파울라는 흠칫했고 가이우스는 강한 흥미를 느꼈으며 알케온은 실눈을 했다.

'역시 왕녀 전하께서는 뭔가 알고 계셨어.'

알케온은 그녀가 왜 자신들에게 그러한 이야기들을, 앞으로 닥쳐올 위협에 대한 것들을 미리 말해주지 않았는지 납득이 가지 않았다.

셀레스티아가 계속해서 이야기했다.

"탈란바토르는 사라진 시대의 언어로서, 그 뜻은 신들의 문입니다."

"신들의 문이라고요?"

"그렇습니다, 장로님."

거기서 가이우스의 기억력이 발휘되었다.

"디 테베트, 바스타 엠페라투스. 조그두 칼린 탈란바토르. 이것은 엠페라투스가 키퍼와 브리치를 불러낼 때 사용한 언어입니다, 왕녀 전하. 탈란바토르가 신들의 문이라면 엠페라투스가 당시에 했던 말을 모두 해석해 주십시오."

"거부합니다."

셀레스티아가 고민도 않고 거절하자 가이우스는 상심했다.

그리고 알케온은 분노했다.

"그렇다면 저희가 대체 언제까지 들러리로 있어야 하는 것인지 말씀해 주십시오, 전하!"

알케온은 몸을 바짝 낮추고는 셀레스티아 앞에 머리를 바짝 댔다. 비록 턱을 땅에 대긴 했지만 명확하게 셀레스티아를 내려다보는 형태였기에 파울라의 눈이 강력하게 발광했다.

"무엄하도다!"

파울라가 알케온을 제지하기 위해 움직이려 하자 가이우스가 그녀의 앞을 막아섰다.

"자네들……?"

파울라는 당황했고 가이우스는 눈을 꽉 감은 채 가만히 있었다.

"이 땅은 우리의 땅입니다! 선조님들께서 발견하시고 대대손손 소중히 지켜왔던 우리의 터전입니다! 부디 헤아려 주십시오, 전하! 진실을 이야기해 주십시오!"

그러자 셀레스티아는 자신을 향해 소리친 알케온을 맑고도 엄중한 눈으로 마주 봤다.

"그 진실은 너무나 아름답고 몽환적이기에 여러분에게는 아무런 의미도 없을 것입니다."

며칠 전에 알케온이 자신에게 했던 지적을 그대로 되돌려 준 셀레스티아였다.

하지만 석양 아래에서 빛을 발하는 그녀의 연녹색 눈동자 속에는 일말의 심술도, 빈정거림도 없었다.

자신이 지금 내놓을 수 있는 답은 그것뿐이라는 강조만이 활활 타고 있었다.

너무 마음이 아파 눈을 감아버린 알케온은 곧바로 드래곤의 모습을 버리고 인간의 모습이 되어 셀레스티아 앞에 무릎을 꿇었다.

"그렇다면 전하, 명을 내려주십시오. 부디 이방인들과 협력하여 적을 물리치라고 이 자리에서 명령해 주십시오. 이 부족한 자의 심약한 마음을 더 이상 시험하지 말아주십시오."

활짝 편 채로 바닥에 밀착된 알케온의 두 손이 부들부들 떨렸다.

"명령만 하신다면 날개 달린 자로서의 긍지를 버리고 전하께서 살피시는 이방인들의 애완동물이 되겠습니다."

그 자리에 있던 모든 이는 다음 순간 벌어진 일을 보고도 믿을 수가 없었다.

셀레스티아가 왼손으로 알케온의 멱살을 잡아 올린 것이다.

"그들과 손을 잡는 게 그렇게 어렵습니까? 그들에게 당신을 알릴 생각은 없는 겁니까? 긍지를 버리겠다는 말씀을 어찌 그리 쉽게 하십니까?”

“저를 이해하실 수 없으십니까, 전하? 그렇다면 간단합니다! 명령을 해주십시오, 전하!”

그것은 명령이 아니면 받아들이지 못하겠다는 앙탈이 아니었다. 정말 이방인들과 손을 잡으면 만사가 다 해결되는 것이냐는 질문에 가까웠다.

“제발 저로 하여금 전하를 이해할 수 있게끔 해주십시오! 당신께서 보고 계신 세상의 모습을 저에게도 이해시켜 주십시오, 전하!”

알케온이 어릴 적의 일이었다.

수십만 년 만에 비로소 태어난 제1왕녀, 셀레스티아가 운캄타르와 함께 이 땅의 하늘을 처음 거닐던 날.

친구들과 함께 그 모습을 본 알케온은 의문을 가졌다.

그래서 그는 질문을 하고 싶었다.

언제든 하늘을 날 수 있는 날개 달린 자인데, 그것도 제1왕녀라는 대단한 입장인데 대체 왜 지평선 따위를 보며 이상하게 웃었냐는 질문을 너무나 하고 싶었다.

그래서 그는 근위대에 들어갔고 영주가 되었다. 간단치 않은 길이었기에 그는 어린 시절 품었던 질문을 셀레스티아 앞에서 꺼내지 못했다.

“저는 실로 그러한 존재입니까? 전하의 고통조차 덜어드릴 수 없는 나약한 존재란 말입니까?”

알케온은 주마등처럼 지나가는 과거의 기억 속에 파묻힌 채 소리쳤다.

그는 영주가 되어 영지로 거처를 옮기는 그날 비로소 깨닫고 말았다.

영주로서 해야 할 일을 조목조목 헤아리고 전임 영주에게 인수인계를 받을 생각을 하느라 지친 그는 그저 부하들을 따라 하늘을 날았었다.

그리고 자신이 다스릴 영지의 영공에 진입했을 때였다.

영공 진입을 알리는 부하들의 외침에 문득 시선을 든 그는 자신의 눈에 들어온 지평선을 보고 가슴이 벅찼다.

어렸을 때는 그저 지평선에 불과했던 그 선이 그때부터는 자신이 다스리고 책임져야 할 땅의 경계선으로밖에 보이지 않았던 것이다.

그가 어린 시절에 본 셀레스티아가 왜 그처럼 이상하게 웃었는지 알아버린 알케온은 그때부터 남들에겐 밝힐 수 없는 괴로움에 휩싸였다.

"전하께서 처음으로 성왕 폐하와 함께 하늘을 거니시며 목격하신 지평선은 전하만의 것이 아닙니다! 홀로 짊어지시면 안 됩니다! 우리 모두가 책임을 지고 수호하여 후손들에게 물려줘야만 하는 소중한 고향이란 말입니다!"

하고 싶었던 말을 한바탕 쏟아낸 알케온은 셀레스티아가 자신을 놓아주자 그대로 주저앉았다.

"지금 저는 저희가 옳은 것인지, 전하께서 옳은 것인지 갈피를 잡을 수가 없습니다. 그런 와중에 긍지를 논한다는 것은 사치입니다, 전하."

당장에라도 가이우스를 밀어낼 분위기였던 파울라는 한숨을 쉬며 마음을 가라앉혔다. 가이우스는 턱 끝으로 자신의 친구를 두드려 격려해 주었다.

셀레스티아는 알케온뿐만 아니라 영주 대부분이 이 땅을 얼마나 사랑하는지 알고 있었다. 하지만 그녀는 자신의 아버지, 운캄타르가 예언했던 '대전쟁'에 대한 이야기를 감춘 채 이방인들을 받아들였다.

영주들은 당연히 이방인들에 대한 일로 큰 반발을 일으켰고 셀레스티아의 입지는 작아졌다. 그러나 셀레스티아는 이방인들이 있어야만 대전쟁을 피할 수 있다는 운캄타르의 이야기를 실현시키기 위해 그냥 가만히 있었다.

하지만 사태는 이미 감추는 것으로 해결될 단계를 지나 버린 지 오래였다.

드래곤들의 왕녀는 굳게 마음먹었다.

"그렇군요. 알겠습니다."

셀레스티아가 말했다.

"적들이 노리는 것은 이 터전이 아닙니다. 바로 우리 종족 전체입니다."

축 늘어져 있던 알케온의 몸에 힘이 바짝 들어갔다.

"종족 전체라고 하셨습니까?"

"그렇습니다. 그들의 침략 준비는 아바마마께서 옛 터전을 버리시고 이곳에 오시기 이전부터 진행되고 있었습니다. 하지만 안타깝게도 아바마마께서 그들의 위협을 확실히 확인하신 시점은 저와 여러분 모두가 태어나기 얼마 전이었습니다."

"……."

"결국 아바마마께서 비우실 자리를 채우기 위해 제가 태어났지요. 그리고 아바마마께선 얼마 뒤에 이 행성을 떠나셨습니다."

운캄타르가 휴면에 들었다고만 알고 있던 알케온과 가이우스는 단숨에 안색이 바뀌었다. 반면 파울라는 올 것이 왔다는 표정이 되었다.

"폐하께선 잠드신 게 아니었습니까, 전하?"

알케온이 물었다.

"그렇습니다, 여러분. 지금까지 돌아오지 않으셨지요."

"그럴 수가……!"

알케온과 가이우스는 서로를 쳐다보며 경악했다.

"진정하십시오."

셀레스티아가 좀 더 엄중한 목소리를 냈다.

"적들은 우리에 대해 너무나 잘 알고 있습니다. 그렇기에 그들은 가장 끔찍한 수단을 이용하여 우리를 멸하기로 했습니다."

"그 수단이 엠페라투스입니까, 전하?"

가이우스의 질문에 셀레스티아는 고개를 흔들었다.

"아닙니다. 그들은 우리가 스스로 긍지를 버리고 빈껍데기가 되는 것을 바라고 있습니다. 우리가 한순간에 먼지처럼 소멸되는 것은 원치 않는 것 같더군요. 그만큼 우리 날개 달린 자들에 대한 원한이 깊은 자들입니다."

"……."

"그들의 계획이 성공했을 때, 우리는 아마도 보호구역에 수용되어 이방인들의 문화에 찌들 것이고 우리의 생활을 모르는 후손들이 다시 후손을 볼 무렵에는 날개 달린 자들로서의 모든 것이 사라지겠지요. 동물원이나 박물관에 박제로 전시될 가능성도 있겠네요."

가이우스와 알케온은 분노했으나 옆에서 듣고 있는 데스디아는 단말기를 들고 뭔가를 검색했다.

'어디서 들어본 적이 있는 방식인데……?'

드래곤들의 이야기는 계속되었다.

"그런 자들이 왜 이방인들의 터전인 빅시티를 노린단 말입니까? 키퍼와 브리치가 우리의 영지가 아니라 빅시티를 향해 움직이는 것은 납득이 가지 않습니다, 전하."

알케온이 묻자 셀레스티아는 그제야 표정을 풀고 웃었다.

"그것은 아마 적들도 납득을 못하고 있을 겁니다."

"예?"

"아무튼 들어주십시오, 여러분. 특히 유성을 바라보며 하늘을 나는 불꽃의 날개 경이여."

그녀는 오랜만에 알케온의 본명을 말했다.

"우리의 적들은 이 행성에 우리가 있다는 사실을 처음부터 알고 있었습니다. 방법과 시기의 차이만이 존재할 뿐, 이방인들은 언젠가 이곳에 터전을 잡았겠지요. 그들은 우주연합의 함대를 이용하여 이 행성의 일부를 초토화시킨 뒤 그 빈 공간을 개척의 시작점으로 삼으려 한 적도 있습니다."

자신들이 전혀 알지 못했던 사건이 뜬금없이 나오자 알케온과 가이우스가 더욱 놀랐다.

그 함대를 아무도 모르게 전멸시켰던 존재, 파울라는 침묵을 지켰다.

실제로 가이우스와 알케온은 파울라가 여태까지 행성 곳곳을 떠돌아다니며 그와 같은 일을 했다는 사실을 전혀 모르고 있었다.

"그런데 그들이 직접적인 수단을 사용하기 시작했습니다. 키퍼와 브리치를 통하여 자신들의 애완동물들을 투입하려 하고 있지요."

"환상종을 애완동물로 취급할 정도의 존재라면 대체 적들은 누구란 말입니까?"

"굳이 저에게 들으실 필요가 있을까요?"

셀레스티아의 그 말에 가이우스는 눈을 꽉 감았다.

'그들의 옥좌는 비었을 터인데……!'

알케온도 마른침을 삼켰다.

"그들은… 신들은 운캄타르 성왕 폐하를 비롯한 선조님들의 손에 멸망하지 않았습니까, 전하? 제가 들은 전설은 그러했습니다."

"아니었나 봅니다."

셀레스티아의 대답은 가이우스와 알케온의 가설을 사실로 만들었다.

"하지만 전하, 지금 나타난 키퍼와 브리치를 불러낸 존재는 엠페라투스입니다."

가이우스의 지적에 셀레스티아는 싱긋 웃었다.

"양측이 손을 잡은 것이죠. 최악이군요."

셀레스티아에게 진실을 요구한 뒤 결국 그 일부를 듣게 된 알케온은 조금 가벼워진 기분으로 심호흡을 했다.

"이방인들과의 관계는 어찌 될지 모르겠습니다만, 어떠한 적들이 왜 우리를 노리는지에 대해서는 납득했습니다, 왕녀 전하. 엠페라투스와 그들이 손을 잡은 것은 악몽과도 같은 상황입니다만 저의 마음은 점점 맑아지고 있습니다."

"숨겨서 죄송합니다, 유성을 바라보며 하늘을 나는 불꽃의 날개 경이여. 그리고 아직도 모든 것을 말하지 못하는 저를 이해해 주십시오."

"충분합니다, 왕녀 전하."

알케온이 다시 무릎을 꿇었다.

"환상종들에게 몸이 찢겨 나가는 한이 있더라도 키퍼와 브리치를 파괴하겠습니다. 그 임무를 다할 때까지 저를 그라니트 용역의 알케온이라고 불러주십시오, 전하."

"알겠습니다, 알케온 경."

셀레스티아는 알케온의 앞에 앉은 뒤 그의 이마에 입을 맞췄다.

"이 땅을 사랑하는 당신의 불꽃은 시대를 밝힌 용맹으로서 역사에 남을 겁니다."

"죽기 전까지 왕녀 전하께 충성을 다하겠습니다."

알케온이 맹세했다.

가이우스는 그동안 쌓여 있던 무거운 마음을 털어낸 자신의 친구를 뿌듯하게 바라봤다. 파울라 역시 알케온을 무사히 품어낸 셀레스티아의 모습에 눈시울을 붉혔다.

"아, 분위기 깨서 죄송합니다만."

데스디아의 뒤쪽에서 누군가가 손을 들었다.

"왕녀 전하의 모친, 그러니까 왕비님은 어떤 분이십니까?"

질문한 사람은 캠코더로 녹화를 하고 있던 기자, 진이었다.

데스디아는 그녀가 뒤에, 아니, 주변에 계속 머무르고 있었다는 사실조차 몰랐기에 꽤나 놀랐다.

'이것이 오파로아 행성인의 능력인가?'

어쨌거나 질문을 받은 드래곤들은 하나같이 난감한 표정을 지었다.

"저도 어마마마가 어떤 분인지는 모른답니다."

셀레스티아의 대답에 데스디아는 또다시 놀랄 수밖에 없었다.

"어머님을 모른다고?"

"응, 데스디아. 난 태어난 이후로 쭉 파울라 장로님의 보살핌을 받았지. 장로님은 나에게 어머님이나 다름없는 소중한 분이셔."

그 문제는 사실 드래곤들, 즉 날개 달린 자들 사이에서도 오랫동안 화제가 된 일이었다.

셀레스티아의 존재는 운캄타르가 자신과 닮은 어린 드래곤을 안고 나타나서는 왕녀가 태어났다고 선언한 뒤에야 모든 이가 알게 되었다.

그러나 셀레스티아를 낳은 여성에 대한 정보는 없었다. 각 영주들은 최근 실종되었거나 출산을 한 여성이 있는지 조사해 봤지만 뭔가 맞아떨어지는 결과를 얻지는 못했다.

"그럼 시간도 늦었으니 오늘은 함께 식사를 하시지요. 그라니트 용역의 알케온 씨는 음식 솜씨가 아주 좋습니다."

데스디아의 제안에 파울라는 피식 웃고는 가이우스의 어깨를 날개 끝으로 두드렸다.

"기사단과 함께 그리핀들의 시체를 처리한 뒤 조금 쉬다가 가도록 하게."

"알겠습니다, 장로님. 그런데 오늘 저와 제 친구… 알케온이 접한 이야기들은 다른 영주들에게도 알리는 것이 좋지 않겠습니까? 저와 알케온 모두 왕녀 전하의 말씀을 듣기 전까지는 다른 영주들과 마찬가지로 불안해하고 있었습니다."

"자네 좋을 대로 하게. 하지만 너무 기대하지는 말게. 엠페라투스의 부활 이후 일어나고 있는 모든 사건을 그저 두려움만으로 바라보는 자들도 있을 테니까."

"최선을 다해보겠습니다."

가이우스는 하늘로 날아오른 뒤 주변 하늘을 배회하고 있던 자신의 기사단을 불러 모았다.

기사단의 시체 처리와 청소, 그리고 푸짐한 저녁 식사가 끝날 때까지 치프는 잠에서 깨어나지 못했다.

그가 깨어난 것은 다음 날 새벽 4시 무렵이었다.

*　　　*　　　*

셀레스티아에게 팔다리와 눈을 얻은, 아니, 그보다 더 중요할지도 모르는 일을 당한 이후 치프는 잠만 푹 자면 아무리 끔찍한 피로라고 해도 말끔히 해소할 수 있는 몸이 되었다.

오늘도 어김없이 상쾌하게 일어난 치프는 자신의 책상 위에 놓인 붕어빵 십여 개와 탄산음료 몇 캔을 보고는 인상을 찡그렸다.

"누구 작품이야, 저건?"

소파 위에 놓인 담요를 걷으려 했던 치프는 순간 흠칫했다. 사장실 한쪽 구석에 어제까지만 해도 없었던 그물 침대 하나가 걸려 있었던 것이다.

"저 작품은 또 누구 거고?"

그는 조심스레 걸어가서 그물 침대 안쪽을 흘끔 봤다.

데스디아가 '그' 핑크색 운동복을 입은 채 잠들어 있었다.

"자기 방에서 편하게 잘 것이지, 왜……."

미지의 불편함을 느낀 치프는 다시 소파로 돌아갈까 하다가 얼른 데스디아의 품을 다시 봤다.

그녀의 운동복 상의 안에는 지구에서 가져온 정글도가 어렴풋이 숨겨져 있었다.

'뭐지?'

치프는 모든 상황이 혼란스러웠다.

그런 그를 그물 침대 속의 데스디아가 물끄러미 올려다보고 있었다.

"심심하면 깨우지 그랬나?"

데스디아의 목소리에 치프는 다시 놀랐다.

"기숙사 놔두고 왜 여기서 잔 거야?"

"기숙사에 사람이 꽉 찼거든."

"꽉 차다니? 우리 회사 기숙사가 무슨 관광지 호텔이야?"

"가이우스 아래의 기사단들이 어제 일을 열심히 했거든. 그런데 덩치에 안 맞게 다들 지쳐서 날지도 못하는 지경이 됐지.

그래서 기숙사의 방문을 전부 열어줬어."

"…넌 침대까지 빌려준 거야?"

"응? 난 당신이 걱정돼서 여기 있는 거야."

"친절하시군요."

"알타이르에서는 여성이 남성을 지키는 게 당연한 일이지. 지구에서 노약자를 보호하는 것처럼 말이야."

"흠."

치프는 좋을 대로 하라는 듯 쓴웃음을 지었다.

데스디아가 착지 소리도 없이 침대에서 내려왔다.

맨발이었다. 운동복과 마찬가지로 지구에서 '충동적으로' 구입한 운동화를 대강 신은 그녀는 운동복 위쪽을 벗기 위해 팔을 교차하며 상의의 좌우를 잡았다.

"경고하는데, 제발 벗지 마."

"신경 쓰여?"

"당연하지. 뭐라 설명하기 힘든 모욕감을 느끼거든. 남자로서 말이야."

"당신은 보기보다 섬세하군."

벗는 것을 멈추고 스낵바의 냉장고에서 생수 한 통을 꺼낸 데스디아는 운동복 속에 숨겨놨던 정글도를 빼낸 후 빠르게 목을 축였다.

자신의 단말기를 확인하던 치프가 문득 그녀를 봤다.

"어제 드래곤들은 어땠어? 영주들이 오긴 왔어?"

"감동의 향연이었지."

"무려 감동씩이나? 그렇게 많이 왔나?"

"음… 회사에 온 건 가이우스와 그의 기사단뿐이야. 대신 셀레스티아와 알케온 사이에 뭔가 있었지."

"뭔데?"

"고향을 너무 사랑하다 못해 부담감까지 앉고 있던 알케온이 셀레스티아를 이해하고 싶다며 몸부림을 쳤고, 셀레스티아의 적절한 폭로가 잘 맞물리면서 나름 해피엔딩이 됐지."

치프는 데스디아의 설명을 머릿속에서 그려내기가 어려웠다.

"연상이 안 되는데, 정말 잘 끝난 거 맞아?"

"현장에서 보기에는 제법 근사했어. 대형 뮤지컬을 보는 느낌이었지."

"예술성까지 있었단 말이군."

"글쎄? 당시 영상은 당신이 회사로 끌어들인 기자한테 있으니 달라고 해봐."

"오, 맞아!"

치프는 바쁜 일정 때문에 미처 보지 못한 주간 드라마나 애니메이션을 몰아 볼 기대감에 빠진 사람처럼 신나는 얼굴로 사장석에 앉았다.

"사실 기자님한테 영주들이 좀 모일 경우 당시 상황을 기록해서 보내달라고 부탁했거든."

데스디아는 그가 자신도 모르게 일을 처리했다는 사실이 마음에 안 들었지만 일단 지금은 넘어가기로 했다.

"그 여자, 스파이인가?"

"몰라. 소질이 있으면 좋겠네."

입체화면이 치프의 눈앞에 떠올랐다.

"좋아, 편지통에 꽂혀 있군. 허, 영상미가 그럴싸한데?"

"그래?"

"같이 보자고."

치프는 입체화면 속에서 재생되고 있는 동영상을 TV가 있는 방향으로 밀었다. 그러자 TV가 켜지면서 영상이 다시 재생되었다.

[모두 도착했습니다, 왕녀 전하.]

[…파울라 장로님?]

대형 TV가 출력하는 화면 속에서 알케온과 파울라, 셀레스티아의 모습이 마치 잘 편집된 영화처럼 차례차례 클로즈업되었다.

"우와, 기자님이 편집까지 하셨네? 파울라 장로님은 촬영용 드론을 쓴 거 같은데? 화질이 미묘하게 달라!"

"호오."

치프의 설명과 정말 그럴듯한 영상미에 몰입되어 활짝 웃은 데스디아는 TV에 손을 뻗어 동영상의 재생 시간을 특정 부분으로 돌렸다.

[제발 저로 하여금 전하를 이해할 수 있게끔 해주십시오! 당

신께서 보고 계신 세상의 모습을 저에게도 이해시켜 주십시오, 전하!』

화면 속에서 알케온이 울부짖었다. 동시에 현장에는 존재하지 않았던 배경음악이 진하게 깔렸다.

"오, 제길……."

치프는 터지는 웃음소리를 감추기 위해 손으로 얼굴을 가렸다. 반면 데스디아는 뭔가 감동을 받은 듯 오히려 차분한 얼굴로 화면을 지켜봤다.

영상은 몇 분 안 되어 가이우스의 기사단이 회사를 정리하는 장면을 끝으로 종료되었다.

치프는 불쾌해했다.

"그러니까 셀레스티아의 엄마가 대체 누구냐고? 마무리를 이런 식으로 하면 어쩌자는 거야? 한 주 더 기다리면 되나?"

"그러면 얼마나 좋을까."

데스디아도 김이 샜다는 표정으로 한숨을 쉬었다.

"그런데 이렇게 우리끼리 즐기듯이 구경하는 태도는 좀 아닌 것 같군. 알케온 경도, 셀레스티아도 필사적이었는데 말이지."

그녀의 지적에 치프는 천천히 끄덕거렸다.

"저쪽과 이쪽의 차이가 그만큼 큰 거야. 봉건시대에서 타임머신을 타고 넘어온 사람에게 첫날부터 청소년들과 문자메시지를 해보라고 강요하는 느낌이랄까?"

"흠."

데스디아는 문자메시지보다는 SNS가 아니냐는 지적을 하려다가 그냥 놔뒀다.

"아마 백이면 백, 요즘 스타일의 문자메시지를 받은 봉건시대 사람은 불쾌감에 눈을 뒤집고 그 청소년에게 결투를 신청하겠지. 단말기를 향해 자신의 장갑을 던지고는… 어서 그 상자 속에서 나와! 라는 느낌?"

치프의 말을 끝까지 들은 데스디아는 고개를 끄덕거렸다.

"아, 그 느낌 알 것 같아. 나도 지구에서 대사 노릇을 할 때 힘으로 인간관계를 해결하고 싶었던 적이 한두 번이 아니었지. 반년 정도 지나니까 아주 조금 익숙해지더군. 음식 냄새라든가."

"잘도 참았네."

"사격 훈련으로 기분을 풀지 않았으면 정말 어떻게 됐을 거야. 내 동생처럼 말이지."

지구에 대사로 파견되었던 데스디아의 동생은 고향에 돌아오자마자 자살로 생을 마감했다.

치프는 공항에서 그 이야기를 들었을 때와 다른 느낌을 받았다.

"처음에 동생 얘기를 들었을 때는 당혹스러웠는데 지금은 정말 안타깝군. 그 일은 진심으로 유감이야."

"너무 심각하게 생각할 건 없어. 알타이르의 방식으로 떠난 아이야."

"……."

치프는 정말 그걸로 괜찮겠냐는 듯이 데스디아를 쳐다봤다.

"나중에 얘기하자고. 좋은 얘기도 아니잖아?"

"흠, 그래."

치프는 자신의 단말기를 만지작거렸다.

"종족 간의 차이라는 면을 따졌을 때 루할트는 정말 괜찮은 녀석이야."

치프가 그에 대해 좋은 평을 하자 동생 생각에 어두워졌던 데스디아의 눈빛이 조금 밝아졌다.

"루할트가?"

"모르긴 몰라도 루할트가 이 행성에서 나를 가장 좋아하는 드래곤일걸?"

"…진짜?"

"맞아. 녀석은 협조가 없이 아무 일도 해결되지 않는다는 걸 알고 있어. 하지만 드래곤들과 이방인들 사이에 놓인 관습의 차이와 개념의 차이, 그리고 나에 대한 드래곤들의 선입견을 모두 해결할 수 있는 묘수까지는 떠올리지 못했을 거야. 동생을 우리 회사에 넣는 무리수까지 썼지만 말이지."

젝스의 입사를 단지 루할트의 월권행위로만 생각했던 데스디아는 치프의 말이 조금은 일리가 있게 들렸다.

"그래서 결국 선택한 방법이 맞대결이란 말인가?"

"종족 불문하고 수컷들끼리 결판을 낼 수 있는 가장 확실한 방법이잖아?"

알타이르에서는 여성들이 실력을 겨뤄 결판을 낸다고 말하려 했던 데스디아는 내심 자신을 비웃었다.

'나도 아직 멀었군. 애도 아니고…….'

그녀는 고개를 끄덕거려 상대의 말에 동의했다.

치프의 이야기가 계속됐다.

"루할트는 내가 이길 경우 드래곤들의 관습에 따라서 자신과 자신의 기사단이 나를 도울 거라는 사실을 강조했어. 가치가 있는 힌트지. 문제는 그놈이 날 봐줄 생각이 전혀 없다는 사실이지만."

"…이길 자신은 있어?"

"한 번 정도는 확실하게."

데스디아는 불편한 표정으로 한숨을 터뜨렸다.

"그러다가 정말 죽으면 어쩌려고?"

그녀가 묻자 치프는 어깨를 으쓱했다.

"죽으면? 흠, 회사는 통장을 가진 사람이 이끌어 가야 할 거야. 당연한 거 아닌가?"

그러자 데스디아가 쓴웃음을 지었다.

"당신이 진짜 죽어버리면 통장의 돈은 내 퇴직금 및 노후 자금의 명목으로 전부 탕진해 주지."

"포프네 집 대출금 정도는 갚아줘."

"하긴, 그 정도 아량은 보여야 사만다가 날 죽이러 오지 않겠군."

둘은 소리를 억누른 채 한참을 웃었다.

"잘될 거야."

치프가 말했다. 데스디아는 말없이 고개를 끄덕이다가 문득 표정을 바꿨다.

"아, 사만다 얘기가 나와서 그런데……."

"응?"

데스디아가 그에게 물었다.

"대체 언제 집에 보낼 거야?"

"……."

치프의 눈이 휘둥그레졌다. 어제 숨기는 것이 있냐는 질문을 들은 이후 두 번째였다.

"저기, 우리가 결혼한 지 올해로 40년째였나?"

어떻게 자신의 속을 알아냈냐는 농담이었다.

"농담하지 말고 제대로 대답해 봐."

질문이 너무 날카로웠던 탓에 집중력을 잃은 치프는 사장실의 출입문이 열리는 것도 모른 채 정직하게 대답했다.

"사만다는 사흘 뒤에 집으로 돌려보낼 거야."

"예?"

출입문 쪽에서 갑자기 들린 목소리에 치프와 데스디아 모두 경악했다.

녹색 야전상의를 입은 사만다가 혼이 나간 듯한 눈으로 치프를 바라보고 있었다.

"물론 사만다 본인의 생각을 들어봐야겠지만."

치프는 반사적으로 말했고 치프만큼이나 당황했던 데스디아는 안도의 한숨을 내쉬었다.

하지만 출입문에 걸치듯 서 있는 사만다의 모습은 그야말로 어정쩡했다. 심지어 그녀가 오른손에 들고 있는 종이봉투조차도 침울해 보였다.

치프는 잠깐 고민한 뒤 사만다에게 들어오라는 손짓을 했다.

"같이 먹자, 사만다."

"예, 아저씨."

사만다는 사장실 안으로 들어오면서 한쪽 구석에 걸려 있는 그물 침대를 봤다.

'팀장님은 저기서 주무셨군.'

접대용 테이블에 둘러앉은 치프와 데스디아는 사만다가 봉투에 담아 가져온 물건을 잠자코 지켜봤다.

그것은 군에서 쓰는 전투식량이었다.

데스디아는 뭐하는 짓이냐고 질문하듯이 치프와 사만다를 번갈아 봤다.

"아, 이건 맛있어. 프랑스군의 전투식량이거든. 간식처럼 먹기에 딱 좋아."

치프가 설명했으나 데스디아의 표정은 여전히 좋지 못했다.

"11년 전이었나? 사만다의 가족들과 캠핑을 간 적이 있어. 간식을 겸해서 꺼낸 게 전투식량이었는데, 사만다가 정말 눈이 똥그래져서 먹더라고. 기라델리 초콜릿을 처음 먹는 사람의 표정이었지."

데스디아는 그 초콜릿이 뭐냐는 얼굴이 되었고 사만다는 부끄러움을 감추듯 자신의 얼굴을 만졌다.

"사만다, 그런 걸 먹을 기회가 없었니?"

데스디아가 진심으로 걱정하여 묻자 사만다는 어색하게 웃었다.

"그냥 입에 맞았을 뿐입니다. 당시 제 오빠들은 아저씨한테 웃기지 말고 마트에나 갔다 오라고 칭얼거렸죠."

데스디아는 테이블 위에 쌓인 전투식량 중에 하나를 엄지와 검지로 집어 올리며 의심스러운 표정을 지었다.

"정말 지금 시대에 나온 물건들이 맞나? 내가 대사관 시절에 목격한 다이어트 음식도 이것보다는 부피가 작았는데?"

"팀장님 말씀대로 실용성면에서는 칼로리 스틱이 낫습니다. 하지만 음식다운 음식을 씹는 것이 병사들의 인간성 유지와 사기 진작에 도움이 되기 때문에 생산을 멈추지는 않고 있지요."

사만다의 교과서적인 설명을 들은 치프는 한숨을 쉬며 초콜릿이 든 봉투를 뜯었다.

"UNSMC는 그 실용성 좋은 칼로리 스틱만 씹을 수밖에 없었지."

"거긴 어쩔 수 없지요. 조난당했거나 확보한 장소를 오랫동안 유지해야 하는 상황이 아니면 그런 것들을 쓸 일이 없으니까요."

"알아. 그래서 불만 없이 씹었어."

둘의 대화를 가만히 듣던 데스디아는 안에 케이크가 든 캔을 뜯었다.

"냄새가 나쁘진 않군. 안에 액체가 든 것 같은 이 봉투는 뭐지?"

"음료인데 무설탕이라 맛은 없을 겁니다."

사만다가 설명했다.

"무설탕?"

"예. 땅에 흘리거나 옷에 묻히면 곤충들이 그곳에 집중적으로 달라붙거든요. 그런데 지구에서만 적용되는 얘기라서 아저씨처럼 식민지를 전담하는 군인들에게는 당분이 든 음료가 지급됩니다."

"식민지에는 곤충이 없나?"

"위성궤도 식민지만큼 곤충을 철저하게 박멸하는 곳이 없거든요. 특히 바퀴벌레는 상상도 못할 장소에 번식해서 정밀기계들을 망가뜨리는 악마지요."

"창문을 연 채로 편히 잘 수 있겠군. 난 지구에 있을 때 모기 때문에 고생했거든."

중얼거린 데스디아는 동봉된 포크로 케이크를 떠먹어보았다.

"전투식량이라는 것을 감안하자면 의외로 맛있는 편이지만 알케온이 만드는 것들에 감히 비할 바는 아니네."

"그냥 기분 전환용 간식입니다."

사만다가 한 번 더 어색하게 웃었다. 치프는 그 표정을 보기가 너무 힘들었다.

"그래, 기분 전환. 좋지. 말이 나왔으니 이 자리에서 확실히 해보자."

치프는 초콜릿을 우물거리며 말했다.

"제이크와 조안나가 사흘 뒤에 이곳으로 올 예정이야."

"예? 부모님께서요? 이곳은 너무 위험합니다!"

"그래, 위험하지. 잘 알고 있으니 대화가 빠르겠네."

"……."

사만다는 답답함에 고개를 푹 숙였다.

"사만다, 넌 성인이니 네 행동과 결정에 대해 존중받을 권리가 있어. 하지만 그건 순수하게 네 사정이고, 네 가족들의 마음은 그렇지가 않아."

"알고 있습니다."

"그리고 나 역시 그래."

치프는 무설탕 음료를 개봉하여 마심으로써 입안을 괴롭히는 단맛을 지워냈다.

"내가 UNSMC로 활동하면서 가장 기억에 남는 것이 바로 널 구해낸 일이었어. 실은 그 일밖에 없을지도 몰라. 나머지는 생각하기도 싫지."

사만다는 여전히 고개를 들지 못했다. 데스디아는 앉은 자세를 조금 편하게 고치며 둘을 지켜봤다.

"넌 나에게 있어서 가족이나 다름없는 존재가 아니라 그냥 가족이야. 그런데 너를 이 위험한 행성에 끌어들이다시피 한 내 기분이 어떨 것 같아?"

질문을 받은 사만다는 결국 바른 자세로 돌아와 치프를 마주 봤다.

"제가 죽을까 봐 저를 돌려보내시려는 겁니까?"

"그럼 내가 지구에 놔두고 온 지갑 좀 가져다달라고 널 보낼 거라 생각했어?"

치프의 대답에 사만다는 꽉 눌려 있는 용수철처럼 경직되고 불안정한 표정이 되었다.

"제가 단순히 아저씨를 동경해서 군에 들어갈 만큼 어수룩한 아이였다면 식민지 보안부대의 선발 기준을 통과하지 못했을 겁니다. 아저씨 앞에서 자랑할 수 있는 일은 아니지만 저 역시 현장에서 적들을 진압하고 민간인들을 구출했습니다! 목숨을 걸고 말입니다!"

"…그래서, 집에 가기 싫다고?"

"여기서 제가 하기로 마음먹은 일을 마지막까지 수행할 겁니다!"

흥분한 사만다를 한참 지켜본 치프는 옆에 앉은 데스디아에게 눈을 돌렸다.

치프와 사만다 덕분에 자신의 가족에 대한 일을 떠올렸던 데스디아는 시간이 꽤 지난 뒤에야 치프의 시선을 느꼈다.

그녀는 그냥 어깨를 으쓱거렸다.

"당신이 걱정하고 있다는 건 알겠는데, 적당히 해."

"하아……."

치프는 한숨을 쉬며 뒷머리를 만졌다.

"사만다, 난 목성 식민지 반란사건이 마무리된 다음에 악몽을 꾼 적이 있어. 눈앞에 산더미처럼 쌓인 건물의 파편을 치우니까 납작하게 눌린 네 시체가 보이더라고. 개미처럼 작아진 소년병들을 군화로 마구 밟아 죽이던 꿈 이후로 최악이었지."

"아저씨!"

사만다는 다그치듯이 그를 불렀다. 그러자 치프는 아쉬운 표정을 지었다.

"아까부터 계속 말했잖아? 넌 각오가 됐을지 몰라도 난 아니야. 난 네가 죽는 것 따위는 상상하기도 싫고 각오할 수가 없어. 그게 가능한 일이라고 생각해?"

그는 두 손으로 자신의 얼굴을 감싸며 괴로워했다.

"난 지금 톰 아저씨가 너희 아빠 손을 잡고 내 앞에 불쑥 나타났을 때보다 더 심각해, 사만다."

"……."

데스디아는 무슨 소리냐는 표정으로 그를 봤고 사만다도 이와중에 자신의 아버지 얘기가 왜 나오느냐는 듯 눈썹을 찡그렸다.

"할아버지께서 아빠를 데리고 나타나셨다는 게 무슨 말씀이세요?"

"아… 미안. 잊어줘."

"아저씨, 좀!"

사만다는 아까와는 다른 억양으로 치프를 불렀다.

"알고 싶으면 사흘 뒤에 아빠엄마랑 같이 여길 떠나겠다고 맹세해."

"그건 비겁한 조건입니다!"

치프는 데스디아와 젝스, 포프에게 각오를 물을 때와 달리 억지를 부리고 있었다.

대화는 거기서 잠시 중단되었다.

사만다는 바닥을 쳐다봤고 치프는 유리벽 밖에 시선을 둔 채 움직이지 않았다.

그런 둘을 보면서 생각에 잠겨 있던 데스디아는 이윽고 오른손으로 치프의 팔을 툭 두드렸다.

"왜?"

그가 자신을 돌아보자 데스디아는 쓴웃음을 지었다.

"당신, 사만다가 너무 소중해서 견딜 수가 없지?"

"당연하지."

치프는 한 치의 망설임 없이 대답했다.

"군인으로서 살면서 사람 죽일 고민만을 해온 나에게 백화점에서 어떤 곰 인형을 사야 할지 고민할 수 있게끔 해준 아이가 바로 여기 계신 공주님이야. 소중하지 않을 리가 없잖아?"

"포장하려고 애를 쓰는군. 하지만 그건 이기심일 뿐이야, 치프."

"이기심?"

"당신은 사만다를 통해서 당신이 누리지 못한 생활에 대한 대리만족을 느끼는 것뿐이라고."

데스디아의 지적에 치프가 움찔하며 입을 다물었다. 사만다도 예상치 못한 데스디아의 해석에 상당히 놀랐다.

"그게 아니라면 사만다 개인만이 아니라 사만다가 하려는 일까지도 당신이 품어보는 건 어때?"

"……."

"당신은 생각보다 부지런할 뿐만 아니라 그만한 배짱과 용기를 갖고 있어."

"흠……."

치프는 고민했다. 사만다는 그의 모습을 말없이 바라봤다.

데스디아가 팔을 뻗어 치프의 뒷목을 가볍게 주물러 준 것은 말이 끊긴 이후 약 10분 정도가 흐른 뒤였다.

"어쩔 수 없어. 사만다도 당신이 자신 때문에 다치는 꼴을 봐야 군말 없이 집에 돌아갈걸?"

"그땐 좀 늦겠지."

치프는 씁쓸히 웃었다.

"그래, 내가 좀 더 고생하면 되겠지. 부모님에 대한 일은 나한테 맡겨, 사만다. 내가 좋게 얘기할게."

치프는 사만다가 가져온 전투식량의 봉투를 뜯었다.

"내일은 정말 바쁠 테니 오늘은 수송기랑 각종 장비에 대한 점검이나 잘해놔. 젝스와 포프도 잘 달래주고."

"예, 아저씨."

대답하긴 했지만 사만다는 자신이 너무 어리광을 부린 게 아닌가 하는 생각 때문에 속이 편치 않았다.

크래커를 우물거리던 치프가 다시 초콜릿을 먹는 데스디아를 문득 돌아봤다.

"근데 내 속을 어떻게 그렇게 잘 아는 거야?"

"뻔히 보이는 걸 어쩌라고?"

"어이가 없네."

치프는 유령이라도 만난 사람처럼 가볍게 몸서리를 쳤다.

고집을 부린 끝에 남을 수 있게 된 사만다는 긴장이 풀린 나머지 힘이 빠져서 시리얼이 든 봉투를 개봉하지 못했다.

"이제야 나이에 맞는 행동을 하는구나, 사만다."

데스디아가 대신 시리얼 봉투를 뜯어주었다. 사만다는 데스디아가 뜯어준 봉투를 머쓱한 표정으로 넘겨받았다.

"아, 팀장님은 무슨 일로 이곳에서 주무셨습니까?"

사만다의 질문에는 견제가 섞여 있었다.

"치프의 곁에 있어주라고 셀레스티아가 말했어. 치프는 한번 잠들면 모든 감각이 일반인보다 둔해질 거라고 하더구나. 가이우스의 기사단 전원을 믿는 눈치는 아니었어.”

“그, 그렇군요.”

사만다는 정말 그러냐는 눈빛을 치프에게 보냈으나 치프는 잘 모르겠다는 표정을 지은 채 크래커의 나머지를 입에 넣었다.

사만다가 가져온 전투식량들이 떨어질 무렵, 책상에 놓아둔 치프의 단말기가 치프에게만 들리는 지향성 벨소리를 냈다.

책상에 가서 단말기에 뜬 발신자를 확인한 치프는 서둘러 단말기를 조작했다.

“여어, 라이트스톤 씨. 이렇게 이른 시간에 웬일이시죠?”

대형 TV의 화면에 기계 느낌의 검은색 헬멧을 쓴 라이트스톤의 모습이 떠올랐다.

—식사 중이었소? 실례했구려.

“괜찮으니 용건이나 말씀하시죠.”

—방금 첫 번째 물건의 설치가 완료됐소. 두 번째 물건 역시 앞으로 두 시간 내에 설치가 완료될 것이오.

“오, 빠르시네요. 방해는 없었나요?”

—우주연합 제2함대가 시비를 걸긴 했지만 당신의 스폰서가 도와주었소.

“잘됐네요.”

하지만 치프의 표정은 영 개운치 않았다.

“그런데 그 녀석들이 지금 그라니트 행성 밖에 있다고요?”

—제2함대 말이오? 보안국장에게 듣지 못했소? 상태를 봐서

는 꽤 오랫동안 주둔한 것으로 보였소.

"그런가요……."

치프는 자신의 뒷머리를 마구 흐트러뜨리며 혀를 찼다.

—당신과 제2함대, 그리고 레투가 브라브리오 보안국장 사이에 연결된 인연의 끈은 대강 들어서 알고 있소. 돌아가는 모습이 아주 흥미롭구려.

"뭐, 됐어요. 첫 번째 물건을 오늘 내로 시험해 보고 싶은데, 괜찮겠어요?"

—시험 사격은 당신 마음이오만, 당신도 알다시피 그 물건은 지상에 충전 및 송전시설이 없으면 최대 출력으로 다섯 번밖에 쓸 수 없소.

"지금은 한 발만 제대로 맞출 수 있으면 충분해요. 나머지는 이쪽에서 알아서 하죠."

—알겠소. 목표는 어떠한 방식으로 조준할 것이오?

"건하운드 조준장치와 연동해 주세요."

치프의 대답에 라이트스톤이 고개를 옆으로 기울였다.

—굉장히 모험적인 방식이구려. 좋소, 해당 건하운드의 정보를 나에게 전송해 주시오.

"한 시간 뒤에 보내 드려도 되겠죠?"

—물론이오. 다른 용건은 없소?

"음… 아, 궁금한 것이 몇 가지 있어서 그런데 좀 물어봐도 될까요?"

—내가 헛소리를 해도 된다면 그리하시오.

치프는 라이트스톤을 통해 뭔가 재밌는 답변을 듣게 될지도 모른다는 생각이 들었다.

"얼마 전에 괴물 하나를 때려잡은 일이 있거든요? 그런데 그 괴물이 몇 분 안 되서 멀쩡히 되살아났어요."

데스디아와 사만다는 무슨 질문이 그러냐는 표정으로 치프를 봤다.

—그렇소? 미안하지만 난 부두교에는 관심이 없소.

라이트스톤이 딱 잘라 말했다.

"아니, 완전히 박살 낸 생명체가 입자로 변해서 다시 뭉치더니 멀쩡하게 되살아났다니까요? 그런 게 가능할까요?"

—입자라… 후후.

라이트스톤이 웃음소리를 냈다.

—이보시오, 사장. 당신도 그러한 일을 얼마든지 할 수 있지 않소?

"예?"

라이트스톤의 말에 당황한 치프는 사만다와 데스디아를 번갈아 봤으나 그녀들도 무슨 반응을 보여야 할지 몰라 난감해했다.

—입자를 이용해 뭔가를 구축하는 기술은 우주연합뿐만 아니라 지구에도 있소. 우주연합에서는 그 기술로 재구축 치료기를 만들었고 지구에서는 건하운드를 만들었다오.

"아……."

라이트스톤의 설명에 치프는 가벼운 충격을 받았다.

—사장이여. 생물이 입자로 변했다가 다시 되살아났다는 당신의 말이 사실이라면 그것은 거의 꿈의 기술이나 다름없소. 재구축 치료기로도 시체를 되살리는 것은 아직까지도 불가능하기 때문이오.

"재구축 치료 기술로 왜 시체가 되살아나지 못하는 걸까요?"

치프의 계속되는 질문에 라이트스톤은 가만히 침묵에 빠졌다가 이내 고개를 저으며 다시 웃었다.

—내 평생에 그와 같은 질문을 또 받는 날이 올 줄은 몰랐소.

"예?"

—후후, 아니오. 방금 한 말은 헛소리였으니 넘겨들으시오.

라이트스톤이 왼손을 저었다.

—재구축 치료 기술이 안정된 이후 죽은 자를 되살리려는 시도는 수차례 있었소. 하지만 모두 실패했소. 두뇌만이 아니라 근육과 혈관 등에도 저장되는 생체정보를 완벽히 되살릴 수 없었기 때문이오.

"그런가요?"

—그렇소. 실제로 재구축 치료를 통해서 팔이나 다리를 재생받은 사람의 17% 이상이 강한 이질감과 환상통에 시달린다오. 그런 사람들은 약물치료를 반드시 병행해야만 일상생활에 지장이 없소. 그만큼 불완전한 기술이오.

라이트스톤은 옆에 다가온 부하 직원이 태블릿을 공손히 내밀자 그것을 곱게 건네받고는 이야기를 계속했다.

—재구축 치료 기술을 연구하는 과학자들은 규명은커녕 개념조차 잡아내지 못한 어떤 한계점을 번번이 넘어서지 못하여 죽은 자를 부활시키지 못했소. 그들은 무슨 수를 써도 데이터화할 수 없는 그 한계점을 '영혼'이라 부르게 되었소. 더불어 그 영혼에 대한 연구는 아주 오래전에 중단됐소.

"중단된 이유는 뭐죠?"

—간단하오. 투자가들이 투자를 중단했기 때문이오. 영혼 같은 허무맹랑한 결론을 들으려고 거액을 투자할 사람은 얼마 없소.

데스디아는 라이트스톤이 너무 실감나게 이야기를 한다는 느낌을 받았다. 하지만 쓰고 있는 헬멧 탓에 표정을 읽을 수가 없어서 그냥 가만히 있었다.

"그 영혼에 대한 문제가 해결되면 제가 처음에 했던 질문도 허무맹랑한 일은 아니라는 거죠?"

치프가 물었다.

—이론상 그렇소.

"꽤 도움이 됐네요. 그럼 조금 있다가 다시 연락하죠."

—그러시오.

라이트스톤과의 통화를 끝낸 치프는 사만다가 미리 준비해 온 탄산음료로 당분을 보충했다.

"엠페라투스가 그렇게 되살아난 것도 기적은 아니라는 말이로군."

"흠, 아직은 먼 얘기 아닐까?"

데스디아의 지적에 치프는 피식 웃었다.

"옷 갈아입고 와. 사만다는 셀레스티아와 알케온을 불러오도록 해. 난 무기고 앞에서 기다리지."

"예, 아저씨."

사만다가 테이블을 정리하려 하자 치프는 그녀와 데스디아의 등을 떠밀며 준비를 재촉했다.

그녀들이 엘리베이터를 타자마자 치프는 단말기를 다시 만졌다.

라이트스톤의 모습이 다시 TV 화면에 떠올랐다.

"어제 따로 주문한 물건은 준비됐나요?"

—강하포트로 투하하겠소. 좌표나 알려주시오.

"그러죠."

통화를 마친 뒤 좌표를 보낸 치프는 크게 기지개를 켰다.

"테스트가 끝나면 루할트를 혼내주러 가볼까? 오늘도 바쁘겠군."

입고 있던 흰색 셔츠를 벗은 뒤 옷장에서 검은색 셔츠를 꺼낸 치프는 즐겁게 키득거렸다.

14
남자 대 남자

'물건'의 테스트는 성공적이었다.

"우와, 대단해!"

셀레스티아가 박수를 치며 신기해했다.

그녀, 그리고 사만다와 함께 함께 넓고 높은 언덕 위에 나란히 자리 잡은 치프는 하늘 높이 치솟아오른 버섯구름의 위아래를 전자 스코프로 자세히 관찰하고 있었다.

"저게 돈의 힘이지. 시뮬레이션 결과는 어때, 사만다?"

"저 정도면 충분할 것 같습니다. 70년 전에 개발된 물건인데도 원형 공산 오차가 1미터 이내군요."

"저건 정보기관 사양의 전략무기거든. 내가 눈이 돌아가서 구입한 이유가 있지."

태블릿을 통해서 어제 치프가 얻어 온 전술 데이터와 '물건'의 파괴력을 비교해 보던 사만다는 이윽고 치프와 함께 몸을 바짝 숙였다.

땅이 울리고 세찬 바람이 불어왔다. 근방에 있던 짐승들은 종을 따지지 않고 사방으로 도망쳤다.

아까 전에 터진 폭발의 충격파가 이제야 그들이 있는 곳에 도달한 것이다.

셀레스티아는 선 채로 그 충격 폭풍을 맞았지만 옷자락만 나부낄 뿐, 오히려 더 신난다는 표정을 지었다.

테스트를 돕기 위해 드래곤의 모습을 한 알케온은 치프의 머리 위에서 일어난 플라즈마의 불꽃으로부터 기세 좋게 튀어나왔다.

그는 자신의 어깨 위에 서 있는 데스디아를 손으로 받아 땅에 내려준 뒤 다시 인간의 모습이 되어 치프 앞에 섰다.

"터무니없군! 저런 흉악한 무기를 나의 고향에서 쓰겠단 말인가?"

"당신네들 이마에 꽂아주진 않을 테니 걱정하지 마."

치프가 코웃음을 쳤다.

"데스디아가 보기엔 어떤 거 같아?"

알케온만큼은 아니었지만 그래도 적잖이 놀란 데스디아는 파프니르의 제어장치를 살피면서 씩 웃었다.

"나 혼자 저러한 '권능'을 발휘할 수 있게 될 줄은 몰랐군. 이거라면 브리치 두 개를 전부 날려 버릴 수 있을 것 같은데?"

"하나는 확실히 보낼 수 있지만 다른 하나는 얘기가 좀 다를지도 몰라. 일단 하나를 박살 내는 것만 생각하자고."

하지만 알케온은 치프의 긍정적인 모습과 방금 자신이 본 '물건'의 위력을 도저히 믿을 수가 없었다.

"무슨 소리인가, 사장? 수송기의 화력에 부서진 브리치가 멀쩡히 재생되는 걸 어제 봤지 않나? 완파되어도 엠페라투스처럼 부활할 가능성 역시 존재한단 말일세!"

"그럴까?"

치프는 셀레스티아에게 눈짓을 보냈다.

셀레스티아는 하늘을 향해 손을 뻗었다. 하늘의 색이 잠시 주황색에서 붉은색으로 바뀌었다가 다시 본래의 파란색을 되찾았다.

테스트 과정이 다른 자들, 특히 우주연합 제2함대의 눈에 띄지 않도록 광범위한 지역에 걸어놓은 셀레스티아의 은폐 수단이 방금 해제된 것이다.

"그럼 물어보면 되지."

"물어본다고? 누구에게 말인가?"

알케온이 묻자 치프는 단말기를 들어 전화번호를 눌렀다.

조금 뒤 단말기에서 누군가의 목소리가 나왔다.

—매우 흥미로운 시점에서 전화를 하는군, 왕녀의 도구여.

"여어, 엠페라투스 씨. 잘 있었어?"

치프를 제외한 전원이 당황했다.

—이틀 동안 재미있게 지냈다. 그동안 우주에 쌓인 지식은 매우 흥미롭군.

"흠… 대충 뒤에서 나는 소리를 들어보니 빅시티 같은데?"

—그렇지. 난 지금 빅시티의 카페에 있다. 오드리 헵번의 사진이 잔뜩 붙어 있군.

"아, 거기는 나도 알아. 입맛에 맞는 차라도 있나 봐?"

—난 맛을 느낄 수 없으니 즐기는 흉내만 낼 뿐이지.

"그거 정말 안타깝군."

일행은 치프가 진심으로 안타까워하자 그가 대체 무슨 생각을 하면서 엠페라투스와 통화를 하는지 궁금했다.

"브리치에 대해서 물어보고 싶은데, 괜찮을까?"

—브리치? 아, 균열의 수레바퀴 말이로군. 궁금한 게 있다면 뭐든 물어봐라.

그러자 알케온이 눈을 뒤집으며 치프가 들고 있는 단말기를 낚아챘다.

"본래 목적을 어서 말해라, 죄악의 선조여!"

—응? 네놈은 그때 그 애송이 영주로군. 너에겐 볼일이 없으니 왕녀의 도구나 다시 바꿔라.

"닥쳐라, 엠페라투… 으윽!"

치프는 자신보다 키가 작은 알케온의 이마를 누르면서 단말기를 빼앗았다.

"미안, 당신 팬인 줄 몰랐어."

—후후, 됐으니 묻고 싶은 것이나 말해라.

"고맙군. 브리치에 대한 건데, 어제 보니까 약간의 손상 정도는 스스로 복구하더라고?"

—정확히는 브리치를 제어하는 칼린의 능력이다.

"그래? 우리는 그 칼린이라는 걸 키퍼라고 부르지."

—그럼 나도 키퍼라고 불러야겠군. 본론을 말해라.

"응, 혹시 브리치와 키퍼를 한꺼번에 날려 버리면 그 브리치는 끝장이야?"

사만다는 엠페라투스가 그런 중요한 정보를 알려줄 리가 없지 않느냐는 얼굴로 치프를 바라봤다.

—그것이 가능하다면 브리치는 확실히 파괴된다. 하지만 나머지 한 개의 브리치를 제어하는 키퍼가 꽤 공격적으로 변하겠지. 감당할 수 있다면 시도해 보는 것도 좋을 것이다.

"좋아. 아, 그리고… 키퍼와 브리치의 움직임은 당신이 제어하는 게 아니지?"

—왜 그렇게 느꼈는가?

"내가 당신이었으면 좀 더 능동적으로 그 빌어먹을 것들을 배치하고 제어하지 않았을까 해서 말이야. 그편이 더 재밌잖아?"

—그래, 나도 '그놈'이 그토록 자만심에 넘치는 멍청이일 줄은

몰랐지. 하지만 너무 무시하지는 말도록 해라, 왕녀의 도구여. 그놈의 능력은 네놈의 상상을 여전히 넘어서고 있으니까.

"그거 겁나는군. 그런데 빅시티에는 왜 간 거야?"

—부동산 사업에 관심이 생겨서 말이다. 마침 나와 만나기로 한 자들이 오는군. 다른 볼일이 있으면 연락해라, 왕녀의 도구여.

통화는 엠페라투스 쪽에서 끊었다.

"부동산 사업은 또 뭐야, 불안하게?"

치프는 미심쩍은 표정으로 단말기를 쳐다보다가 다시 어딘가에 연락을 했다.

—사장인가?

"응, 젝스. 혹시 회사 근처에 뭐 떨어진 거 없어?"

—당신에게 넘기라는 메시지가 적힌 강하포트가 회사 옆에 떨어졌지. 구식 무기가 들어 있던데?

"잘됐네. 그거 들고서 네 오빠가 있는 둥지로 가."

—오라버니? 설마… 모래폭풍의 날개 기사단의 본거지 말인가?

통화 소리는 단말기의 스피커를 통해 모두가 들을 수 있었다. 그러나 불안해하는 사람은 없었다. 그가 아무 생각도 없이 일을 치르진 않을 것이라는 믿음이었다.

"그래, 맞아. 네 오빠랑 할 얘기가 있으니 어디 가지 말고 거기 있으라고 해줘."

—…그러지.

치프가 오늘 루할트와의 '관계 정리'를 시도하려 한다는 사실을 깨달은 젝스는 조용히 통화를 종료했다.

"점심도 준비해 달라고 부탁하려 했는데……."

아쉽다는 듯이 중얼거린 치프는 통화가 끊긴 자신의 단말기를 잠시 바라보다가 허리 왼쪽에 차고 있는 파우치에 단말기를 넣었다.

그때 알케온이 드래곤의 모습으로 변하여 하늘로 떠올랐다.

"그렇다면 모래폭풍의 날개 기사단의 본거지에서 만나도록 하지."

"응? 어쩌려고?"

"내가 빅시티에 들러서 먹을 것을 사 오겠다."

알케온의 말에 치프는 곤혹스러운 표정을 지었다.

"그 모습으로?"

"당연히 아니지. 예전에 가이우스와 함께 정보 수집을 위하여 빅시티를 자주 방문했었다. 신용카드와 현금 모두 루할트에게 제공받은 것이 있으니 먹고 싶은 것이 있으면 얘기하라."

가장 먼저 손을 든 사람은 셀레스티아였다.

"저는 피자요, 알케온 경!"

"예, 전하. 맥시멈 사이즈로 10박스입니까?"

"고구마 무스 듬뿍이요!"

"명심하겠습니다, 전하."

턱이 땅에 닿을 정도로 머리를 푹 굽힌 알케온은 다른 일행에게 눈을 돌렸다.

"다른 자들은?"

"난 해물만 아니면 다 괜찮아."

치프가 대충 말하며 손을 흔들자 사만다가 경악하여 그의 손을 붙잡아 내렸다.

"아저씨랑 저는 햄버거로 부탁드립니다! 지구식 말입니다!"

다른 행성의 '별난 음식'을 강제로 먹이려 했던 알케온은 내심 아쉬워했다.

"프렌치프라이도 포함인가?"

"아닙니다. 아저씨께서 드실 음료수만 추가로 부탁드립니다."

"그러지. 브라토레 팀장은?"

"햄버거라면 콰트로 치즈 와퍼가 좋겠습니다. 음료수와 프렌치프라이도 포함해 주십시오."

데스디아의 주문에 모두가 깜짝 놀랐다.

"…무슨 일 있소?"

며칠간 회사에서 음식을 만든 덕분에 그녀의 칼로리 관리가 얼마나 철저한지 잘 아는 알케온은 상당히 의아해했다.

"테스트를 할 때 잔뜩 긴장해서 그런지 배가 고프군요."

"음, 알았소. 젝스는… 미트볼 샌드위치를 좋아했던가?"

머리를 갸웃거리며 하늘로 솟아오른 알케온은 자신의 특수 이동능력인 화염의 길을 이용해 그 장소에서 사라졌다.

"저 친구, 정보 수집이 아니라 단순히 맛집 탐방을 하고 돌아다닌 게 아니었을까? 지구의 음식만이 아니라 다른 행성의 음식에 대해서도 너무 잘 알잖아?"

치프가 즐거운 의문을 섞어 중얼거렸다.

일단 침묵을 지켰지만 데스디아 역시 알케온이 요리를 맡은 첫날 내놓은 디저트 가운데 알타이르의 전통 과자, '테드라'가 있는 것을 보고는 상당히 놀랐었다.

테드라는 구워서 만드는 것이 아니라 쪄서 만드는 것이었는데, 단순히 찜통에 넣고 찌기만 하면 되는 요리가 아니었다.

각종 향신료와 약초를 섞어 우려낸 물을 과자가 완성되는 그 순간까지 계속, 무려 20시간 동안 끊임없이 부어주어야만 비로소 제대로 된 맛과 모양이 나오는 번거로운 요리였다.

그 과정 때문에 테드라는 알타이르의 고위 왕족들마저도 어지간한 미식가가 아니면 찾지 않았다.

하지만 황금색의 투명한 자태와 입안에서 적절히 녹아내리는 환상적인 식감, 그리고 자연의 활기가 느껴지는 단맛은 분명 일품이었다.

군것질을 잘 안 하는 데스디아마저도 어렸을 적 왕궁에 초대되었을 때 딱 한 번 먹어보고는 환상을 가졌을 정도였다.

그런 이유로 인해 알케온이 테드라의 형태와 맛을 완벽히 재현한 것은 데스디아에게 있어서도 상당한 사건이었다.

셀레스티아가 밝게 웃었다.

"알케온 경은 식사 문화에서 그 종족의 본질을 발견할 수 있다고 믿고 있거든."

"원래 학자 스타일이었나?"

데스디아가 셀레스티아에게 물었다.

"같은 세대의 영주들 가운데에서는 알케온 경이 가장 도전적으로 지식을 추구하는 편이야."

"과연."

데스디아는 고개를 끄덕여 셀레스티아의 말에 동의했다.

치프를 비롯한 일행은 근처에 세워놓은 수송기로 향했다.

"수송기 조종은 제가 맡겠습니다, 아저씨."

"아니, 내가 할래."

치프가 사만다를 향해 격납실로 가라는 손짓을 하면서 자신은 조종석 쪽으로 걸어갔다.

"중요한 일을 하기 전에는 이것저것 좀 만지고 싶거든. 혼자서 조용히 말이야."

"알겠습니다."

그가 루할트와의 일전을 앞두고 꽤 날카로워져 있음을 깨달은 사만다는 더 이상 말을 하지 않고 다른 일행과 함께 격납실로 갔다.

떠오르는 수송기 속에서, 사만다는 옆에 앉은 데스디아에게 질문했다.

"팀장님, 아저씨께서 정말 루할트 경을 이기실 수 있으리라 생각하십니까?"

"글쎄? 무슨 꿍꿍이인지는 모르겠지만 난 치프가 이길 거라고 봐."

"신뢰할 수 있는 근거가 있으면 좋겠군요."

"흐응, 불안하니?"

데스디아가 사만다를 돌아보며 콧소리를 내고 웃었다.

"당연하지요."

사만다 역시 웃었다.

"맨손의 치프는 사실 별것 아닌 수컷이지. 하지만 손에 뭔가 들었을 때는 달라."

데스디아는 그와 같은 이야기를 예전에도 사만다에게 한 적이 있었다.

"다르다고 하신다면……?"

"자신이 해결하려는 상황에 걸맞은 물건을 손에 들거든. 그 남자의 무서운 점이 바로 그거야."

사만다의 하얀색 말총머리가 조금 흔들렸다.

"수컷과 남자의 차이가 뭡니까?"

맞은편에 앉아 있던 셀레스티아와 파올라가 사만다의 그 질문을 듣고 묘한 표정을 지었다.

"신뢰성?"

데스디아는 짧게 대답했다. 사만다는 곱게 눈웃음을 지었다.

"그렇군요. 이번에는 제가 졌습니다."

"후후."

데스디아도 웃었다.

둘의 대화를 들은 셀레스티아와 파올라는 약속이라도 한 듯이 오른손으로 입을 덮으며 놀라움을 표시했다.

*　　　　　*　　　　　*

모래폭풍의 날개 기사단의 둥지에는 수백이 넘는 드래곤이 모여 있었다.

드래곤들의 둥지는 멀리서 보면 새의 둥지처럼 보였으나 실제 크기는 지름만 십여 킬로미터 이상을 자랑하는 초대형 건축물이었다.

사실 건축물이라는 표현을 쓰기에는 힘든 구석이 많았다. 드래곤들의 둥지는 보기에만 그런 것이 아니라 기본 구조와 개념조차도 새들의 둥지와 비슷했기 때문이다.

하지만 둥지는 드래곤들의 막중한 체중을 가볍게 견딜 만큼 튼튼하고 안정적이었다. 주된 재료인 나무들은 강철처럼 단단하게 변해 있었고 나무들을 이어 붙이는 소재 역시 일반적인 물질은 아니었다.

둥지의 내부와 외부의 벽에는 드래곤들이 둥지 안팎을 오가거나 개인적인 용도로 쓸 수 있는 공간들이 벌집 모양으로 뚫려 있었다.

루할트는 둥지 한가운데에 있는 광장에서 날개를 접은 채로 가만히 서 있었다.

"어이, 배고프지 않아?"

치프가 햄버거 하나를 흔들며 루할트에게 물었다. 루할트는 으르렁거리며 불쾌감을 표시했다.

"저렇게 있으니까 꼭 콜로세움의 검투사 같네. 둥지의 형태도 그렇고 말이야."

"둥지는… 콜로세움보다는 유럽에 흔히 있는 타원형의 축구 경기장 같습니다만."

사만다가 옆에서 그의 말을 거들었다.

"그보다는 좀 원시적이잖아? 좌석도 없고, 매점도 없고."

"그건 그렇지요."

"음, 경기장 하니까 생각나는 게 있네. 네가 학교 대표로 여성 미식축구 대회에 나갔을 때……."

"아저씨."

사만다가 정색했다.

"음, 그래. 네 태클을 받은 어떤 아가씨의 바지가 터져서 구경거리가 된 건 그리 좋은 기억이 아니지."

"……."

사만다는 무릎을 껴안으며 고개를 그 사이에 묻었다.

둥지 내벽의 그늘 아래에 자리를 잡은 치프 일행은 알케온이 구해 온 음식들로 배를 채우는 중이었다.

평상시에는 피자들을 접어서 먹어치웠던 셀레스티아였지만 지금은 장소가 장소인 만큼 그러한 폭식은 자제하고 있었다.

일행 가운데 가장 빨리 햄버거를 처리한 데스디아는 프렌치 프라이를 왼손으로 하나씩 집고 씹으면서 오른손으로는 단말기를 만지작거렸다.

"뭔가 자세가 그럴싸한데?"

치프가 묻자 데스디아가 단말기에 시선을 유지한 채 고개를 끄덕거렸다.

"워싱턴 DC에 단타리안 행성인이 운영하는 햄버거 가게가 있어. 공간도 좁고 인테리어도 구식이었지만 쉬고 싶을 때는 거기에서 식사를 했지. 지구인들에게 방해받지 않고 음식과 시간을 마음껏 즐길 수 있었거든."

"널 보고 쳐들어오는 지구인들은 없었어?"

"흠, 당신은 단타리안 행성인을 본 적이 없지?"

"음, 뭐."

"그들은 괴수 영화의 악역 괴수처럼 생겼어. 어깨너비만 3미터가 넘지. 두꺼운 팔다리가 달린 장수풍뎅이를 연상하면 돼. 성격은 섬세하고 상냥하지만 말이야."

"그래? 하지만 총을 든 인종차별주의자가 들이닥치면 큰일일 텐데?"

"한 번 그런 일이 있긴 했지. 다행히 나도 그 자리에 있었지만."

"죽이진 않았겠지, 설마?"

"그 인종차별주의자가 정말 굵고 긴 리볼버 권총을 자랑스럽게 들고 들어오더라고. 뺏어서 그놈 후장에 박아버렸지."

"……."

"프렌치프라이를 박아줄까 했는데 음식 가지고 장난치면 안 될 거 같아서 말이야."

대답을 들은 치프는 당혹한 눈으로 그녀를 바라봤다. 치프뿐만 아니라 둥지 안에 있는 모든 드래곤이 여전히 프렌치프라이를 씹고 있는 데스디아에게 시선을 집중했다.

그런 일을 상상조차 못할 만큼 어린 포프만이 미트볼 샌드위치를 어떻게든 오랫동안 먹기 위해 혼신의 힘을 다할 뿐이었다.

"정말 용맹한 대처법이구려, 브라토레 팀장."

파울라가 진심으로 감탄하자 데스디아는 피식 웃었다.

"본보기라는 것은 중요한 법이지요."

반면 기사단의 드래곤들은 루할트의 상대가 데스디아가 아니라는 사실에 안도하고 있었다. 그녀가 혹시라도 승리한다면 건하운드의 포대를 루할트의 그곳에 꽂아버릴지도 모른다 생각했기 때문이다.

반면 데스디아에 대해 어느 정도 익숙한 젝스는 데스디아가 그 당시에 정말 화가 나서 그랬던 것이라고 정확히 예측했다.

이윽고, 햄버거 두 개로 배를 채운 뒤 쉬고 있던 치프가 설탕물에 가까운 커피 한 모금으로 목을 축이고 벌떡 일어났다.

데스디아는 그 과정에서 치프로부터 낯선 냄새가 난다는 사실을 감지했다. 향수나 남성화장품의 냄새가 아니라 뭔가 더 화학적인 냄새였는데, 맡아본 적이 없는 냄새였기에 마음에 두기로 했다.

"자, 시작해 보실까?"

치프는 은색의 큰 가방을 들었다.

그것은 라이트스톤이 회사 근처에 떨어뜨린 강하포트에 들어 있던 것인데, 치프와 젝스를 제외하고는 그 가방 안에 뭐가 들었는지 아는 사람은 없었다.

치프가 가방을 들고 둥지 한가운데로 천천히 걸어 나오자 루할트가 눈을 붉게 빛내며 으르렁거렸다.

"지구인이여, 죽을 각오는 되어 있나?"

"그 기분 나쁜 눈에서 눈물을 쏙 빼게 만들어주지."

치프는 아랫입술에 살짝 묻힌 침으로 바람의 방향을 읽으며 적당한 장소로 이동했다. 루할트는 그의 전술적인 행동들을 전혀 모른 채 비웃음을 터뜨렸다.

"눈물? 왕녀 전하와 장로님, 그리고 기사단들이 보는 앞에서 내가 그리 명예롭지 못한 것을 보일 거라 생각하나?"

"난 널 그렇게 만들어주려고 여기 온 거야."

"이 녀석……!"

루할트가 다시 으르렁거렸다.

치프는 가방을 땅에 내려놓은 뒤 그 안에서 큰 무기를 꺼냈다. 그것은 지구에서 21세기 무렵에 사용했던 6연장 리볼버 방식의 유탄발사기였다.

"넌 이걸로 충분해. 여섯 발을 전부 쓸 필요조차 없을 거야. M32라는 놈인데, 궁금하면 단말기로 찾아봐. 나름 명품이라서 지구 식민지의 군벌들도 최근까지 잘 써먹었지."

치프가 든 그 무기에 대해 대략적으로만 알고 있는 루할트는 너무 어이가 없었던 나머지 한참 동안 상대를 바라보기만 했다.

"하하하하하!"

루할트가 결국 하늘을 향해 입을 벌리며 폭소했다. 구경 중인 모래폭풍의 날개 기사단도 웃음을 참지 못했다.

가까스로 웃음을 가라앉힌 루할트는 치프를 향해 천천히 걸어갔다. 머리부터 꼬리까지의 길이가 140미터에 달하는 그 덩치의 움직임에 맞춰 땅이 요란하게 울렸다.

"영주들이 맨몸으로도 전함 주포마저 견딜 수 있다는 사실을 잊었나? 그런데 유탄발사기 따위를 가져와? 정말 실망했다, 지구인이여."

"그래서, 할 거야 말 거야?"

치프의 재촉은 루할트를 더욱 기막히게 만들었다.

"좋아, 결투를 시작하지. 묻히고 싶은 땅이 있다면 미리……."

루할트가 말을 미처 끝내기도 전에 유탄 한 발이 날아와 그의 코앞에서 터졌다. 치프가 시작하자는 루할트의 말을 듣자마자 방아쇠를 당긴 것이다.

유탄에서 퍼진 하얀색의 미세한 분말이 치프가 미리 계산해 두었던 바람을 타고 루할트의 머리와 목, 날개, 그리고 몸통에 퍼졌다.

별다른 피해 없이 가만히 있던 루할트가 갑자기 등을 펴고 일어나면서 두 손으로 얼굴을 덮었다.

"크악, 크아아아악!"

비명을 지른 그는 계속해서 몸부림을 쳤으나 이미 그의 몸 전체를 덮은 물질은 루할트를 소금에 맞은 지렁이처럼 꼬이고 뒤틀리도록 만들었다.

일은 그것으로 끝나지 않았다. 루할트의 바로 뒤쪽에 있던 드래곤들까지도 몸부림을 치며 비명을 질렀다.

가만히 그들의 모습을 구경하던 치프는 코웃음을 친 뒤 10여 분 정도 단말기를 만지작거리며 시간을 보냈다.

젝스는 루할트의 그런 모습을 도저히 지켜볼 수가 없었다. 후들거리던 그녀의 몸은 사만다가 뒤에서 안아줌으로써 겨우 안정되었다.

시간이 흐른 뒤, 루할트가 고통에 지친 나머지 바닥에 엎드린 채 헐떡거리자 치프는 단말기를 거두며 상대가 있는 곳으로 슬슬 걸어갔다.

"내가 네놈들의 대처법에 대해서 얼마나 고민한 줄 알아? 행성이나 대륙을 날려 버릴 무기를 제외하면 솔직히 방법이 안 보였거든. 미칠 지경이었지. 그런데 너희들 스스로 나에게 해답을 주더라고?"

치프는 바지주머니에 넣어놨던 햄버거의 포장지를 바닥에 떨어뜨렸다.

"햄버거가 무슨 맛인지 잘 알지? 소금, 후추, 겨자, 기타 등등. 그래, 너희는 맛을 알아. 상상하는 게 아니라 실제로 느끼지. 그건 네놈들의 세포에 수용체가 존재한다는 뜻이야. 생화학병기가 통한다는 말과 같지. 그리고 이런 구식의 유탄발사기를 들이대면 절연파괴를 통한 방어조차 안 할 거라고 예상했어. 아까처럼 비웃으면서 말이야."

"으, 으으윽……!"

루할트는 다시 일어나려 했으나 몸의 근육 전체가 강한 불에 익어버린 것처럼 말을 듣지 않았다. 시각 역시 폭포처럼 터져나오는 눈물 때문에 흐릿했다.

"지금 온몸이 불타는 느낌일 거야. 내가 너한테 뿌려준 것은 캡사이신보다 1,000배 정도 강력한 화학물질이지. 지구인이 그걸로 세수를 했다가는 쇼크로 죽을 정도로 강한 놈이야. 진통을 위한 엔도르핀의 방출까지 억제해 버리기 때문에 못해도 3시간 정도는 그 꼴로 있어야 할걸?"

치프는 유탄발사기를 루할트의 코끝에 댔다.

"이제 모래바람으로 모습을 감추거나 이동을 하는 짓조차 못하나 보군."

루할트는 손이나 날개 등을 뻗어 치프를 짓누르려 했지만 그의 몸은 치프의 설명대로 통증에 제압당하여 움직여 주지 않았다.

치프가 슬금슬금 뒷걸음질을 하여 루할트와 거리를 두었다.

"다음에 쏠 유탄은 네놈을 완전히 분해시켜 줄 거야. 이것도 첫 번째 유탄처럼 특별한 놈이거든. 네 시커먼 몸뚱이는 아마 오징어 먹물 스파게티의 소스처럼 변하겠지."

"……."

"자, 동생이랑 부하들 앞에서 지저분한 꼴 보이기 싫으면 항복하시지?"

"으으윽… 으으으으윽!"

쥐어짜듯 괴성을 지른 루할트가 갑자기 눈을 뒤집으며 엎어졌다. 뒤이어 치프의 눈앞에서 지구인의 평균 신장보다 조금 큰 검은색의 모래바람이 일어났다.

그 모래바람이 루할트의 머리, 정확히는 눈과 눈 사이에서 쏟아져 나오는 것을 확실히 목격한 치프는 모래바람을 좌우로 걷어내며 걸어 나오는 금발의 남자를 쓰디쓴 표정으로 쳐다봤다.

가르마를 깔끔하게 나눈 리젠트 컷과 잔잔한 광택을 품은 쥐색 정장, 그리고 딱히 흠잡을 곳이 없는 검은색 구두 등등, 인간형의 루할트는 마치 남성 잡지에서 바로 튀어나온 사람처럼 근사한 모습을 갖추고 있었다.

하지만 루할트의 표정은 진지하다 못해 처절했다.

"슈트가 잘 어울리는데?"

"닥쳐라!"

루할트는 자신을 비웃는 치프를 향해 강한 돌려차기를 시도했다.

그것을 간단히 피한 치프는 한심하다는 표정을 지으며 뒤로 물러났다.

"어이, 영주라는 자가 인간의 모습을 하면서까지 반항하는 건 좀 아니잖아?"

"네놈에게만큼은 절대로 질 수 없다! 절대로!"

루할트가 이어서 내지른 두 번의 발차기를 대강 피한 치프는 상대가 주먹을 내뻗자마자 몸을 숙여 피하면서 유탄발사기의 끝으로 루할트의 이마를 찔렀다.

이마 한가운데가 제대로 찢어진 루할트는 치프가 자신의 뒤로 돌아 들어오는 것을 미처 느끼지 못했다.

루할트의 무릎 뒤쪽을 발로 걷어차 상대의 자세를 완전히 무너뜨린 치프는 유탄발사기의 개머리판으로 상대의 후두부를 내려쳤다.

그 기세가 마치 단두대의 칼날처럼 묵직하고 매서웠다.

인간이었다면 목뼈가 부러지거나 뒤통수가 깨져서 즉사할 수도 있는 상황이었지만 루할트는 이를 악물고 일어났다. 그들이 만들어낸 인간형 육체의 내구력은 확실히 일반적인 지구인보다 월등했다.

그는 주먹과 발을 계속 휘둘렀으나 그의 공격은 힘과 속도만 좋을 뿐, 자세부터가 아마추어 이하였다.

치프는 어린아이의 재롱을 보는 듯한 눈빛으로 루할트의 공격들을 모조리 피했다.

"더 심하게 다치고 싶나 봐?"

"닥치라고 하지 않았나!"

루할트는 고함을 지르며 오른손 주먹을 내질렀다.

치프는 그의 주먹을 잡아서 옆으로 비틀고는 그의 팔을 어깨에 대면서 앞으로 몸을 굽혔다. 루할트는 농부에게 뽑아 들린 허수아비처럼 다리가 하늘로 향한 채 떠올라 버렸다.

치프는 마치 못을 박듯 그의 정수리를 땅에 꽂아버렸다.

젝스는 눈을 꽉 감았고 루할트의 기사단들은 결국 앞으로 고꾸라지는 영주의 모습을 침통하게 바라봤다.

뒤로 물러난 치프는 유탄발사기를 루할트의 본체, 즉 드래곤에게 겨누었다.

"저기에 쏘면 되는 거 같은데, 맞나?"

"그만둬라, 지구인."

루할트가 머리에 묻은 흙을 털며 일어났다. 치프는 그 내구성이 지긋지긋했다.

찢어져 피가 흘렀던 루할트의 이마는 이미 뽀송뽀송하게 재생되어 있었다.

"그래, 네가 이겼다. 나의 패배를 인정하마."

루할트가 고개를 숙였다. 모래폭풍의 날개 기사단 전체도 낙

심하여 침통한 표정을 지었다.

"흠, 확실히 항복한 거지?"

"그렇다. 주먹싸움으로 널 이길 방법이 안 보이는군."

대답을 한 루할트는 자신의 본체를 향해 유탄발사기의 방아쇠를 서서히 당기는 치프의 모습을 보고 경악했다.

"무슨 짓인가? 난 분명 항복한다고 말했다!"

순간 유탄발사기의 포구에서 꽃다발이 터졌다.

"짜잔."

"……."

루할트는 효과음을 내며 싱긋 웃는 치프의 모습에 할 말을 잃었다.

'있지도 않은 두 번째 유탄으로 배짱을 부렸단 말인가? 자신의 생각을 읽을 수 있는 드래곤이 왕녀 전하 외엔 없다는 것을 이용해서?'

자신이 심리전에 휘말려 패배했음을 깨달은 루할트는 손으로 이마를 짚었다.

"그런 야바위가 두 번 통할 거라 생각하지 마라, 지구인."

"걱정하지 마. 네가 다음에 결투를 신청할 낌새가 보이면 난 곧장 도망칠 생각이거든."

"다리부터 꺾어놓고 결투를 신청해야겠군."

"그건 결투가 아니라 고문이라고 하는 거야."

"후……."

루할트가 한숨을 터뜨렸다.

치프는 뒷주머니에 미리 챙겨둔 캔 스프레이를 루할트에게 건넸다.

“이건 중화제야. 뿌려서 좀 나아지면 기사단과 함께 회사로 오도록 해. 키퍼와 브리치는 내일 결판을 낼 예정이니 회의 정도는 해야지.”

“내일? 가능한가?”

“한 개는 확실히 박살 낼 수 있어.”

치프가 검지를 펴며 자신의 말을 강조했다.

“하지만 문제는 다른 하나야. 그에 대한 자세한 얘기는 회사에서 하도록 하자고.”

“그래… 그렇게 하지.”

치프는 루할트의 표정이 영 아닌 것을 보고 한숨을 터뜨렸다.

“또 왜? 뭐가 문젠데?”

“정말 몰라서 하는 질문인가?”

루할트의 목소리가 강해졌다.

“네 계획대로 키퍼와 브리치들이 파괴되면 그다음은 뭐지? 엠페라투스의 새로운 계획과 싸워야 하나? 아니면 헌터들과의 지리멸렬한 싸움을 계속해야 하나?”

“고민도 참 많군.”

치프가 시큰둥한 표정을 지었다.

루할트는 다시 두드려 맞는 한이 있더라도 그 표정을 용서할 수가 없었다.

"고민할 수밖에 없지 않은가!"

루할트는 치프의 셔츠 앞깃을 두 손으로 움켜쥐었다. 치프는 그의 손목을 잡아 비틀려고 하다가 행동을 멈췄다.

그의 눈에 들어온 루할트는 분노가 아니라 두려움에 빠져 있었다.

"영주들이 왕녀 전하에게서 등을 돌리고 있단 말이다!"

루할트의 외침에 파울라는 안타까운 나머지 눈을 감았다.

어렸을 때부터 권력을 가진 왕녀가 아니라 아이돌처럼 취급받아 왔던 셀레스티아는 자신에게 지도자로서의 자격이 없다는 사실을 항상 가슴속에 담아두고 있었다.

처음부터 끝까지 그녀를 진심으로 아껴주었던 존재는 파울라뿐이었다.

하지만 그 파울라마저도 그녀를 지도자로서의 재능이 있다고 생각하진 않았다. 그저 그렇게 성장해 주기를 기원하며 자신이 가르쳐 줄 수 있는 것들을 가르쳤을 뿐이었다.

셀레스티아는 파울라의 팔에 얼굴을 댔다. 그런 그녀의 등판을 데스디아가 손으로 살짝 쳤다.

움찔한 셀레스티아는 어느새 옆에 서 있는 데스디아를 돌아봤다.

데스디아는 엄중한 눈빛을 품은 채 고개를 저었다.

"셀레스티아, 충성과 복종은 다르다고 네가 나에게 이야기했었지? 아마 넌 실제로 자신에게 충성하는 자와 복종하는 자를 만난 적이 없을 거야. 그에 대한 마음의 상처 때문에 그처럼 맑고 강인한 의지를 가질 수 있었겠지. 아무튼 드래곤들, 아니, 날개 달린 자들의 시스템은 지나칠 정도로 평화로웠어. 왕의 혈육조차 인정하지 않을 만큼 말이야."

곁에 있던 젝스와 포프는 물론 치프의 멱살을 잡고 있는 루할트까지 데스디아의 말에 귀를 기울였다. 둥지에 있는 드래곤들도 마찬가지였다.

"그래, 날개 달린 자들은 절박함이 결여된 채로 살아왔지. 굶주림에 시달릴 일도, 강력한 적에게 위협을 당할 일도 없었어. 심지어 동족을 상대로 전쟁은커녕 범죄도 저지르지 않았지. 그와 같은 낙원에 지도자라는 게 필요할까? 성왕 폐하라고 불리는 운캄타르도 냉정하게 봐서는 어느 순간부터 단순한 상징으로 전락했을 거야."

모든 드래곤은 데스디아의 이야기뿐만 아니라 그녀의 목소리와 표정까지도 차분히 주목했다.

알타이르인들은 드래곤들과 마찬가지로 동족을 해하진 않았으나 신분의 차이는 분명 존재했으며 권력의 암투 역시 심심치 않게 일어났다. 단지 살해만이 없을 뿐이었다.

데스디아는 그런 알타이르 행성의 무력을 대표했던 자로서 자신이 드래곤들을 관찰하며 느낀 것들을 숨김없이 이야기했다.

그들을 위한 것은 아니었다. 둥지에 입장한 셀레스티아를 자신들의 왕녀가 아니라 신기한 물건처럼 구경하던 루할트의 기사단 대부분의 태도에 화가 난 것뿐이었다.

"대중들은 개인이 처리할 수 없는 거대한 문제에 봉착하면 지도자를, 리더를, 왕을, 책임자를 내세우게 되지. 이건 이성이 아니라 본능의 영역이야. 당신들에게 포식당하는 야생동물들조차 지도자가 있고 그를 따르는 무리가 있어. 바로 당신들이라는 위험요소가 있기 때문이지. 설마 그것조차 모르고 그들을 사냥해 왔다고는 말하지 않겠지?"

데스디아는 팔짱을 끼며 둥지에 있는 모든 드래곤을 훑어봤다. 그리고 목소리를 더욱 높여 이야기를 계속했다.

"지금 당신들은 엠페라투스라는 공포에 대적하기 위한 방법, 즉 지도자를 찾고 있을 거야. 아쉽게도 셀레스티아는 그 지도자의 후보에서 일찌감치 탈락한 것 같군. 이방인을 이 땅에 들여놓은 괴짜 왕녀로 낙인찍혔으니까."

데스디아는 아직도 치프를 붙들고 있는 루할트에게 다가가 그의 손목을 잡아 비튼 뒤 한 팔로 그를 들어 올렸다.

"루할트 경, 다른 영주들이 셀레스티아에게서 등을 돌리고 있다고 하셨지요? 그렇다면 귀하께선 무엇을 하셨습니까? 그 연놈들을 찾아다니며 설득하시긴 했습니까?"

그런 적이 없었던 루할트는 입을 굳게 다물었다.

"귀하는 어제 그리핀과 관련해서 파울라 장로가 영주들을 소집했을 때도 나타나지 않으셨습니다만?"

번쩍 들린 그녀의 오른손에 손목이 잡힌 채 대롱대롱 들려 있는 루할트는 그 대목에서 떳떳하게 데스디아를 봤다.

"나는 굳이 갈 필요가 없었소, 브라토레 팀장."

"이유를 들려주시겠습니까?"

"내가 원하는 것은 오로지 전하의 명령일 뿐, 구차한 증명이 아니었기 때문이오."

어제 루할트가 오지 않은 것을 보고 그의 각오를 알아차렸던 알케온은 자신의 친구를 자랑스럽게 바라봤다.

데스디아는 그를 내려주었다.

"실례했습니다, 루할트 경. 당신은 멍청하긴 하지만 왕녀 전하에 대한 충성심만큼은 확실하군요. 의심을 사과드립니다."

그녀의 사과 같지 않은 사과에 루할트는 고개를 저었다.

"의심받아도 할 말이 없는 상황이지 않소? 그리고 당신 말대로 나는 지금까지 다른 영주들을 설득하기는커녕 방관만 해왔소. 멍청하게 말이오. 왕녀 전하께 이보다 더 큰 죄가 어디 있겠소?"

루할트는 자신을 바라보고 있는 알케온과 시선을 맞췄다.

"나는 함께 왕녀 전하를 지키자고 맹세한 두 친구의 마음마저도 지탱해 주지 못했소. 이런 나에게 아무 핑계도 없이 기사단을 싸움터로 몰아넣을 자격은 없었다오."

그는 치프가 들고 있는 유탄발사기를 봤다.

"난 맹세코 저 지구인을 죽이려 했소. 하지만 깔끔하게 져서 다행이오."

루할트는 둥지의 중심을 향해 비장한 모습으로 걸어갔다.

"자랑스러운 모래폭풍의 날개 기사단이여! 나는 결투의 패배자로서 승자의 말을 따를 것이다! 그러나 그대들까지 나를 따를 필요는 없다!"

드래곤들이 잠시 술렁거렸다.

"우리의 상대는 한때 신들이 길렀던 맹수들이다! 죽고 다치는 자가 발생할 것이며 그에 따른 가족들의 슬픔도 각오해야 한다! 나를 따를 수 없는 자들은 지금 바로 다른 영주들에게 가도록 하라!"

그러나 날아오르는 드래곤은 없었다. 그들 역시 자신들의 영주가 어찌어찌 핑계거리를 만들기 위해 치프와 결투를 벌였다는 사실을 알고 있었다.

"그렇다면 나를, 아니, 우리를 따를 것인가?"

루할트가 두 팔을 좌우로 뻗었다. 그에 응하듯 모든 기사단이 날개를 펼쳤다.

둥지를 가득 채운 수백 마리의 드래곤이 한꺼번에 날개를 펼치자 광장에 폭풍이 일었다.

어린 포프는 지금 자신이 보고 있는 이 압도적인 광경과 자신의 몸을 휘청거리게 하는 날개바람의 느낌을 죽을 때까지도 잊지 못할 것이라 자신했다.

"응하라! 우리와 함께 싸울 것인가?"

루할트가 다시 외치자 드래곤들이 짧고 강한 외침을 일제히 내질렀다.

"대답하라! 우리와 함께 승리를 만끽하고 싶은가?"

루할트의 외침에 응하여 드래곤들이 다시 소리를 내고 형형색색의 숨결들을 하늘로 토했다.

"그렇다면 우리를 믿고 따라라, 기사단이여!"

루할트가 치프를 향해 손을 뻗었다.

"나를 이긴 저 남자의 지혜를, 엠페라투스와 당당히 맞섰던 저 남자의 배짱을, 그리고 끔찍한 싸움터를 수없이 헤쳐 온 저 남자의 경험을 믿는 것이다!"

드래곤들이 일제히 환호하며 다시금 숨결들을 토했다.

데스디아는 치프의 어깨를 쳐서 그를 루할트 쪽으로 떠밀었다.

그녀는 마무리를 지으라는 듯 미소를 지었다. 치프는 멋쩍은 표정을 지으며 루할트에게 걸어갔다.

두 남자가 손을 마주치고 악수를 하자 드래곤들의 환호성이 더 커졌다.

그 상황에서 셀레스티아를 칭송하는 자는 아무도 없었다. 그러나 그녀는 불만을 갖지 않았다.

그녀가 바란 것은 오로지 운캄타르가 경고했던 '진정한 적들'에게 맞설 수 있는 환경이었다. 그녀는 그것을 자신의 존재 가치라 여겼고 그를 위해서 영주들의 무례조차 당연하게 받아들였다.

그랬기에 셀레스티아는 지금 누구의 시선도 닿지 않는 그늘 속에서 누구보다 행복하게 웃고 있었다.

"이거 점점 얼굴 팔리는 일이 되어가는데? 난 관심받는 거 싫어하는 성격이라 사람들 앞에서 노래도 안 부르는데 말이야."

치프가 말하자 루할트가 고개를 흔들었다.

"자네는 이제 하나의 상징일세. 그리고 자네와 우리가 문제를 잘 풀어나가야만 왕녀 전하의 명예와 위상도 되찾아 드릴 수 있다네."

"흠."

치프는 그늘 속에 파울라와 함께 있는 셀레스티아를 봤다. 그녀는 손을 흔들며 즐겁게 웃었다.

"그래, 좋아. 서비스로 내가 직접 중화제를 뿌려주지."

치프의 말에 루할트는 코웃음을 쳤다. 하지만 이전처럼 그를 무시하는 모습은 아니었다.

"팔과 다리, 미안했다."

"됐어. 신경 쓰지 마. 미안해하지도 말고."

치프는 포프와 나란히 서 있는 젝스에게 손짓을 보냈다. 그녀와 함께 루할트의 본체에 중화제를 뿌려주기 위해서였다.

젝스는 모자를 반대로 돌려 쓰면서 자신이 가지고 있던 중화제 스프레이를 손에 들고는 치프와 루할트가 있는 곳으로 뛰어갔다.

젝스와 치프가 루할트의 본체에 중화제를 뿌리기 시작했다. 그 은색의 물질은 달궈진 쇠처럼 붉게 빛나는 루할트의 본체를 순식간에 식혀주었다.

데스디아는 중화제의 냄새를 가져오듯 손을 움직여 자신의 코 밑에 가져다 댔다.

'아까 치프의 몸에서 나던 냄새와 똑같군. 저걸 미리 뿌려놨으니 근거리에서 터졌는데도 무사할 수 있었겠지.'

치프가 아무리 바람의 방향을 잘 잡았다 해도 둥지 내에서 부는 바람의 힘은 미약했다. 루할트의 상반신을 뒤덮을 정도로 퍼진 그 특별한 조합물이 치프에게 영향을 끼치지 않을 리가 없었다.

하지만 치프는 멀쩡했고 루할트는 엉망이 되어버렸다. 데스디아는 그 광경에 의문을 가졌었지만 중화제의 냄새를 맡자마자 대강의 과정을 이해할 수 있었다.

'루할트 경을 엿 먹인 물질은 즉효성에 휘발성도 강했군. 루할트 경의 몸에 닿지 않은 것들은 이제 사라져서 냄새조차 나지 않고 있어. 게다가 느낌상 이건 천연성분 조합 물질이야.'

데스디아는 고향에 있을 때 정령술로도 유명했지만 각종 식물에서 독극물을 추출하고 조합하는 재주는 새로운 기원을 열었다는 칭송을 들을 만큼 훌륭했다.

그녀가 지구의 합성수지와 합금의 냄새 및 촉감에 비교적 빨리 적응할 수 있었던 것은 사실 온갖 독성물질을 오랫동안 만지면서 면역력을 갖춘 덕분이었다.

'라이트스톤에게 주문한 무기라고 치프가 말했는데, 혹시 그 컨설턴트는 드래곤들에 대해서 위험할 정도로 자세히 알고 있는 게 아닐까? 지난 2년 동안 이 땅의 드래곤들에게 온갖 화학 및 생물학 무기들이 사용됐을 텐데 저 유탄처럼 효과를 발휘했다는 말은 들은 적이 없어. 저 중화제의 성능도 지나치게 좋고 말이야.'

데스디아는 라이트스톤이라는 인물에 대해 좀 더 자세히 알아봐야 할 것 같다는 생각을 가졌다.

'게다가 그 컨설턴트는 톰 아저씨… 아니, 토마스 데이비드 카터가 소개해 줬다고 했지? 둘은 대체 어떻게 알게 된 걸까?'

데스디아가 가볍게 고민하는 사이 중화제 덕분에 고통에서 벗어난 루할트의 본체가 의식을 갖추고 다시 일어났다.

*　　　*　　　*

루할트와 오후 5시 무렵에 회사에서 만날 것을 약속한 치프는 일행과 함께 수송기를 타고 회사로 돌아가는 길에 올랐다.

수송기의 조종은 사만다가 맡았고 조수석에는 포프가 탑승하여 말동무를 해주었다.

다른 사람들과 함께 격납실에 있는 치프는 루할트와의 대결에 썼던 유탄발사기를 만지작거리고 있었다.

그는 어린이용 과자에 들어가는 드래곤 스티커 한 장을 유탄 발사기에 붙인 뒤 그것을 관물함에 넣었다.

"그 스티커는 뭐야?"

데스디아가 묻자 치프가 키득거리며 그녀의 옆자리에 앉았다.

"킬 마크야. 저걸로 루할트를 꺾었잖아?"

"그럼 좀 더 그럴듯한 걸로 하지 그랬어?"

"루할트를 진심으로 어떻게 할 생각은 없었거든. 저 정도면 충분해."

"충분하다는 말을 넘어서… 반짝이 섞인 파란색이 아주 예쁘네. 나중에 저걸로 루할트를 놀려먹을 생각이지?"

"당연하지. 물론 그럴 기회가 있어야 가능한 얘기겠지만."

치프의 목소리가 조금 가라앉았다.

표정 변화가 적은 편인 데스디아는 꼬고 있는 다리의 위아래를 바꾸는 것으로 불쾌감의 표시를 대신했다.

치프는 건너편에 앉은 드래곤들, 즉 셀레스티아와 파울라, 알케온, 젝스를 보며 진지한 얼굴로 말했다.

"셀레스티아. 마지막으로 궁금한 게 있는데, 이 자리에서 대답해 줄 수 있겠어?"

"응, 얘기해."

셀레스티아는 그녀의 머리카락 색깔처럼 희고 부드럽게 웃고 있었다. 마치 그의 질문을 기다리고 있었다는 듯한 모습이었고 그녀의 본심도 그랬다.

치프가 조심스럽게 물었다.

"빅시티에는 대체 뭐가 숨겨져 있는 거지?"

그러자 알케온이 숨겨지긴 뭐가 숨겨졌냐는 투로 피식 웃었고 젝스도 치프가 왜 그런 질문을 했는지 몰라 고개를 갸웃거렸다.

"왜 그렇게 생각했어?"

셀레스티아가 묻자 치프는 당연하지 않느냐는 듯 표정을 살짝 구겼다.

"키퍼들이 핫도그를 사 먹으려고 그쪽으로 가는 것 같지는 않거든."

뭔가 어이없었지만 반박하기는 힘든 지적이었기에 셀레스티아는 가볍게 웃었다.

"아바마마와 나의 본체가 그곳 지하에 있어."

셀레스티아의 그 담백한 대답은 알케온과 젝스의 표정을 깔끔하게 표백시켰다. 장로로서 그에 대한 사실을 알고 있었던 파울라는 소리가 날 만큼 깊은 호흡을 했다.

"키퍼가 브리치를 몰고 그쪽으로 이동하는 이유도 그것 때문이지?"

치프의 계속되는 질문에 셀레스티아는 고개를 끄덕였다.

"맞아. 키퍼들의 입장에서는 그곳에 아바마마가 계신 것을 납득하기 어려웠겠지. 하지만 키퍼들은 그곳을 침범할 수 없을 거야."

"그 정도로 방어와 은폐가 철저한 곳인가?"

"그들이 감지한 시점에서 은폐는 의미가 없어. 하지만 방어만은 확실해. 그리고… 아마도 엠페라투스가 그렇게 놔두지는 않을 거야."

"뭐?"

셀레스티아가 엠페라투스에 대한 이야기를 하자 이번에는 모두가 놀랐다.

"엠페라투스가? 어째서?"

"환상종들이나 신들의 노예들 따위에게 아바마마의 본체가 유린당하는 걸 두고 볼 리가 없거든."

대답한 셀레스티아는 긴 한숨을 쉬었다.

"엠페라투스는 모든 면에서 아바마마와 다르지만 서로를 이해했던 친구야. 믿기 어렵겠지만 그는 아버님과 함께 신들과 싸운 영웅이었어."

엠페라투스가 영웅이었다는 것은 알케온조차도 처음 듣는 이야기였다.

"그 이야기는 제가 하도록 하겠습니다, 왕녀 전하."

파울라가 근육으로 두툼한 자신의 손으로 셀레스티아의 늘씬한 손을 덮었다.

"알겠습니다, 장로님. 부탁드리겠습니다."

파울라는 이윽고 팔짱을 꼈다.

"날개 달린 자들 역시 실제로는 환상종의 일종이라네, 치프. 하지만 우리들은 다른 환상종들과는 그 시작이 달랐지."

"어떤 점에서요?"

"당시 신들은 각자가 온갖 환상종을 창조하는 재미에 빠져 있었다네. 그들은 서로의 창조물들이 치열하게 대결하는 광경을 즐기며 자신들의 황혼기를 피로 물들였지."

"잠시만요, 장로님."

치프가 그녀의 말을 막았다.

"지금 말씀하시는 신들이 대체 어떤 존재죠? 정말 하늘나라에서 모든 이를 내려다보는 전지전능한 존재인가요?"

"그 부분은 성왕 폐하께서 말씀을 해주시지 않으셨기에 잘 모르겠군. 신들의 생김새도, 가치관도, 사상도 알려진 바가 없지. 다만 생명체들을 온갖 모습으로 창조할 수 있는 자들이었으며 실존한 존재라는 것만은 분명하다네."

"흠, 그럼 신 같은 거라고 보면 되겠군요."

"무슨 말인가?"

"진짜 신이라면 죽을 리가 없잖아요?"

치프의 말에 파울라는 끄덕거리며 푸근하게 웃었다.

"후후, 그래. 자네의 말대로 신과 같은 존재들이라고 하면 되겠군. 그런데 왜 그에 대한 것을 물었나?"

"죽지 않는 존재를 상대로 싸우는 건 싫거든요. 답이 안 나오잖아요?"

"그렇군."

파울라는 그 대답을 통해 치프가 가진 재능, 즉 '이기기 위한 계산기'가 이미 작동하고 있음을 느꼈다.

"그럼 이야기를 계속하지."

그녀는 운캄타르와 그를 보좌했던 자신의 부친, 그리고 유년기의 자신을 자주 돌봐줬던 엠페라투스에게 직접 들었던 이야기들을 주변의 젊은이들에게 꾸밈없이 해주기로 마음먹었다.

"신들의 그 유희는 거의 광적이었네만, 그 가운데에도 멀쩡한 존재는 있었다네. 바로 우리의 창조주라 할 수 있는 신이었지. 그는 자신을 꼭 닮은 동반자를 만들었고, 결국 동반자와의 사이에서 우리의 선조들을 낳았다네. 다른 신들은 자신들의 힘을 절반 정도 갖고 태어난 우리 선조들을 날개 달린 자들이라 칭하며 저주했지."

파울라는 오른손을 앞으로 내밀었다. 그녀의 손에서 일어난 불꽃은 수많은 환상종과 격렬히 싸우는 드래곤들의 모습이 되었다.

"다른 신들의 표적이 된 우리 선조들은 그들이 만든 환상종들로부터 자신의 부모를 지키기 위해 싸웠다네. 그 싸움은 대를 이어 처절하게 계속되었고, 신들마저 지쳐 갈 무렵에 결국 두 명의 영웅이 나타났지."

그녀의 불꽃은 백금색의 드래곤과 보라색의 드래곤으로 나눠었다.

"모든 것을 포용하는 날개, 운캄타르. 그리고 모든 것을 지배하는 날개, 엠페라투스. 두 영웅은 항상 날개를 나란히 하고 싸우며 모든 환상종을 압도했고 그 기세는 신들까지도 공포에 빠뜨렸다네. 그리고 결국 두 영웅은 신들을 기습하여 그들의 영역과 그들의 옥좌를 비워 버렸지."

파울라가 만든 운캄타르와 엠페라투스의 불꽃은 춤추듯 화려하게 호흡을 맞추며 사방의 모든 것을 불태웠다.

"창조주들을 잃은 환상종들은 신들의 놀이터에 야생동물처럼 방치되었고, 두 영웅의 뒤를 이어 태어난 날개 달린 자들, 즉 나의 아버님과 같은 세대가 환상종들을 오랜 시간에 걸쳐 사냥했다네. 그 기나긴 전쟁은 내가 성장하여 전쟁에 참여할 무렵에 막을 내렸지."

뒤이어 불꽃으로 재생되고 있는 운캄타르와 엠페라투스가 서로를 마주 보게 되었다.

"그 이후 오랫동안 평화가 지속되었네만 엠페라투스의 추종자들이 갑자기 다른 동포들을 공격했다네. 엠페라투스 역시 날개 달린 자들의 천국이 된 그 행성을 광기로 뒤덮으며 대살육을 일으켰지. 그 광기를 막으려 하셨던 나의 부친께선 뜻을 이루지 못하시고 숨을 거두셨네."

치프는 엠페라투스 앞에 잠시 나타났다가 사라지는 붉은색의 드래곤을 목격했다. 파울라는 자신이 만들어낸 아버지의 짧은 모습을 그리운 눈으로 바라보다가 다시 말을 이었다.

"홍수와도 같은 엠페라투스의 광기는 운캄타르 님께서 미리 피신시킨 존재들을 제외한 모든 생명체를 뒤덮어 버렸다네."

"그 대살육이라는 거, 며칠 전에 엠페라투스가 깨어나면서 일으켰던 그 현상인가요?"

치프가 묻자 파울라는 드래곤들끼리의 싸움을 표현한 자신의 불꽃들에게 시선을 둔 채 끄덕거렸다.

"그렇지. 광기에 휘말린 존재들이 서로와 서로의 자손들을 죽이고 삼켰다네. 모든 종이 치명적인 속도로 사라졌지. 결국 운캄타르 님께서는 엠페라투스와 최후의 싸움을 하셨고, 창조주께서 물려주신 영원성을 포기하심으로써 엠페라투스를 쓰러뜨리실 수 있었다네."

파울라는 운캄타르 앞에 쓰러진 엠페라투스의 모습을 마지막으로 보여준 뒤 손을 쥐어 불꽃을 꺼뜨렸다.

"날개 달린 자들의 세대는 그날 이전과 이후로 나뉜다네. 우리에게 있어서는 터전을 옮긴 것 이상으로 중요한 사건이지."

"세대 간에 차이가 있습니까?"

데스디아가 물었다.

"그렇소, 브라토레 팀장. 그 사건 이전의 세대는 개개인이 지금의 영주들 이상으로 강력했다오. 그러나 이후의 세대는 수명을 다하여 세상을 떠난 조상들의 힘을 물려받지 않으면 그만한 능력을 발휘할 수 없게 되었고, 자격을 인정받아 힘을 물려받은 자들은 영주라 불리며 기사단을 지휘하게 되었다오."

그 말에 치프는 알케온과 젝스를 비교하듯이 번갈아 봤다.

"과연, 혈통 문제가 아니란 말씀이군요."

젝스가 루할트와 혈연관계인데도 루할트와 같은 능력을 전혀 사용하지 못하는 것에 의문을 가졌었던 치프는 그제야 납득할 수 있었다.

"그런데 지금 세대는 남성들이 많은가요? 암… 음… 여성 드래곤은 그렇게 많이 보지 못한 거 같은데요."

하마터면 암컷이라고 말할 뻔했던 치프는 여전히 친절하게 웃는 파울라를 보고 내심 안도했다.

파울라는 자신의 옆에 모자를 벗은 채로 앉아 있는 젝스의 머리를 만져 주었다.

"젝스처럼 적극적으로 기사단에 입단하여 활동하는 여성은 그리 많지 않다네. 대부분의 여성은 기사단의 둥지가 아니라 일반 거주용 둥지에서 함께 생활하며 아이들을 키우지."

"지금까지는 생계를 위협할 만한 천적들이 없었으니 그렇게 따로 생활해도 문제는 없었겠네요."

"그렇다네. 자네가 지적하고 싶은 부분은 브라토레 팀장이 아까 지적했으니 나중에 얘기하세. 일반 둥지까지 찾아온 외부인은 진이 유일하지. 내가 동행하여 직접 취재를 도왔다네."

"예, 거주용 둥지는 따뜻해서 좋았지요."

진이 응답하듯 말했다.

치프와 데스디아는 격납실 구석 자리에 앉아 오늘 찍은 영상들을 확인하는 진 플레커의 모습을 보고 움찔했다.

'동행하고 있었다는 사실조차 잊고 있었네.'

치프는 진의 피곤한 표정에서 서늘함을 느꼈다.

진은 사실 다른 일행과 함께 회사에서 합류하여 지금까지 동행하고 있었다.

그 사실을 깜박했던 치프는 그냥 신기하다고만 생각할까 하다가 왠지 불길한 느낌이 들어 진을 다시 봤다.

"저기요, 기자님."

"네?"

진이 커다란 안경을 매만지면서 치프를 봤다.

"포프의 어머니가 헌터였다고 들었는데요, 혹시 알고 계시나요?"

"스위트 베르자르 씨에 대한 말씀이시군요."

"아, 유명하셨나 보네요?"

"그렇지요. 우주연합의 헌터들 사이에서는 '유령 스위트'라고 알려져 있었답니다. 우리 오파로아 행성인의 잠재능력을 이용한 사냥 방법으로 유명했지요."

"잠재능력이요?"

"자신의 기척을 감추는 것이지요. 저도 그 능력 덕분에 온갖 위험한 장소를 돌아다니며 취재를 할 수 있었답니다. 대부분 사냥 관련 다큐멘터리였지만요."

"혹시 그 스위트 베르자르 씨와 기자님 사이에 무슨 관계라도 있나요?"

"글쎄요?"

진은 치프의 질문을 그냥 그렇게 웃어 넘겼다. 치프도 그냥 웃고 말았는데, 데스디아는 치프가 앞으로 '친구들'을 통하여 진의 뒷조사에 나설 것이라 생각했다.

하지만 치프는 의외로 일을 빨리 끝낸 상황이었다.

"앞으로 포프에 대한 직접적인 도움을 부탁드려도 될까요? 대신 우리 회사에 계시는 동안 드실 식사와 지내실 장소, 그리고 취재 권한을 드리지요. 미스 타리시아."

영상 확인을 위해 태블릿을 만지작거리던 진의 손이 그 순간 멈췄다.

데스디아를 포함한 모든 이는 타리시아가 누구냐는 표정으로 치프와 진을 각각 살폈다.

진은 안경을 벗으며 다시 웃었다. 데스디아는 그 미소의 성분이 아까와는 다르다는 것을 어렵지 않게 눈치챘다.

"여러분께서 저지르실 일이 무사히 정리되면 기꺼이 포프를 맡지요."

"고마워요."

치프가 웃었다.

"음, 아니에요. 자주적으로 하려던 일이었으니까요. 아무튼 사장님은 여자들을 독특한 방법으로 놀라게 하시는군요."

"그때 차 안에서 자는 척을 너무 깔끔하게 하셔서, 저도 모르게……."

"하하."

진은 한 번 밝은 웃음소리를 냈다. 이 불편한 대화를 마치자는 신호였다.

"그럼 주제를 다시 돌려서……."

치프가 말했다.

"드래곤들의 역사는 잘 들었지만 빅시티에… 아마도 지하겠지? 난 말이야, 거기에 잠들었다는 운캄타르 할아버지와 셀레스티아, 너의 본체를 엠페라투스가 지켜줄 거라는 확신을 가질 수가 없어. 네가 그렇게 믿는 이유를 가르쳐 줘, 셀레스티아."

"엠페라투스는 적어도 아바마마만큼은 반드시 지켜줄 거야."

"도대체 왜? 이야기상으로도 엠페라투스는 영웅에서 죄악의 선조로 유니폼을 바꿔 입었잖아? 녀석은 이미 며칠 전에 자신이 어떤 존재이며 어떤 정신 상태인지 모든 이에게 보여줬어. 게다가 널 즐겁게 죽이려 했다고! 이제 와서 녀석이 날 찾아와서 그땐 장난이었고 이제부터 영웅 노릇을 할 테니 잘 봐달라고 하면 내가 믿겠어?"

치프의 지적에 셀레스티아는 굳게 다문 입술을 조금씩 움직였다. 아랫입술에 힘을 주기도 하고 내밀기도 했다가 미소를 지어 보려고도 했다.

"엠페라투스는 눈치가 빨라. 그리고 대부분의 일을 오해 없이 정확히 추리할 수 있어."

"내가 운캄타르의 도구로써 여태껏 일을 잘해왔으니 엠페라투스도 그럴 거란 말이지? 너도 그렇고."

"불쾌하겠지만… 그 말이 맞아."

"흠."

이전에 셀레스티아에게서 이번 일의 진실에 대해 미리 들었던 치프는 답답하다는 표정을 지으면서도 고개를 끄덕여 그녀의 말을 납득했다.

"다 좋은데, 셀레스티아. 네가 설득해야 했던 사람은 내가 아니었어."

치프의 그 말이 끝나기 무섭게, 데스디아가 안전벨트를 풀고 일어나 셀레스티아를 향해 걸어갔다.

데스디아의 분위기가 심상치 않음을 감지한 알케온이 자리를 벗어나 그녀를 가로막으려 했다.

"진정하시오, 팀장. 나도 혼란스럽지만 왕녀 전하께서는 분명 깊은 뜻을 갖고 계실 것이오."

데스디아의 은색 눈동자가 알케온 쪽으로 향했다. 그 움직임이 꼭 면도날처럼 매서웠다.

"그렇다면 알케온 경, 당신조차도 알아보려 하지 않았던 셀레스티아의 그 깊은 뜻을 지금 제가 알아보도록 하지요. 당신께서 자리에 곱게 앉아계시면 더 빨리 들으실 수 있을 것 같습니다."

"…그러리다."

알케온은 고집을 버리고 다시 자리에 앉았다.

그는 지금 수송기에서 듣게 된 모든 이야기가 자신이 아니라 치프의 질문에 따른 것들이라는 점 때문에 자존심에 상처를 입은 상태였다.

파울라는 자신이 여태껏 셀레스티아에게 하지 못했던 어떤 이야기를 데스디아가 해주기를 기도하듯 눈을 감았다.

데스디아는 두 손을 셀레스티아의 어깨 위에 댔다.

"엠페라투스가 앞으로 어떤 역할을 맡을지 조금 알 것 같아. 개인적으로는 내 예상이 빗나가길 바라지만 말이야."

"나도 실은 그래."

"좋아, 셀레스티아. 다 좋다고. 그런데 왜 네 얘기는 어디에도 없는 거지?"

"……."

"넌 어떻게 되는 거야? 설마 너도 운캄타르의 도구로써 임무를 다하면 끝인 거야?"

셀레스티아는 대답을 주저했다.

그녀의 입은 파울라가 넌지시 그녀의 손을 잡아주고 나서야 겨우 움직였다.

"그것이 날개 달린 자들을 위한 일이라면 나는 받아들여야 해, 데스디아. 아바마마께서도, 그리고 나도 우리 종족 전체를 사랑하니까."

"그건 그냥 짝사랑이야, 셀레스티아. 희생해서 네가 얻는 건 아무것도 없다고."

"아니야, 데스디아."

셀레스티아가 고개를 저었다.

"난 내 이야기를 진심으로 들어줄 사람들을 이렇게 많이 만나게 될 줄은 몰랐어. 지금처럼 편하게 앉아서 이야기할 기회를 얻을 거란 생각도 못했고."

"……."

격납실이 조용해졌다. 수송기의 각종 비행 소음만이 그곳을 덜그럭거리며 점령했다.

"하아, 진짜 우울한 공주님이로군."

데스디아가 한마디 하며 셀레스티아의 머리를 만져 주었다.

"이제야 처음 만난 자리에서 친구가 되자고 대뜸 말을 한 이유를 알겠어. 같은 나이의 친구를 사귄 적이 한 명도 없었지?"

"응… 왕녀라서."

모두가 미처 보지 못했지만 알케온은 셀레스티아의 그 대답을 듣는 순간 가슴이 꽉 막히는 느낌을 받았다.

그는 자신과 루할트, 가이우스만큼은 셀레스티아의 동년배 친구라고 자랑스럽게 생각해 왔다.

같은 시기에 왕실 근위대에 들어간 셋은 셀레스티아의 말동무가 되어주었고 어떻게든 그녀의 환심을 사기 위해 경쟁하듯 노력했다.

그러나 셀레스티아는 그때부터 그들이 자신을 친구로 삼으려는 자들이 아니라 반려자로 삼으려는 자들이라는 사실을 눈치채고 있었다.

알케온은 그녀를 반려자로 삼겠다는 생각을 영주가 될 무렵에 거두었지만 막상 말을 들으니 가슴이 제법 아팠다.

데스디아는 풀이 죽은 알케온의 표정을 놓치지 않았으나 그들의 정확한 사정을 아직은 모르기에 일단 셀레스티아에게만 신경 쓰기로 했다.

"이제부터라도 네 생각을 좀 해, 셀레스티아."

"내 생각?"

"그래, 자질구레한 일들을 생각해 봐. 피자 말고 또 먹고 싶은 음식이라든가, 새로 입고 싶은 옷이라든가, 아니면 관심이 가는 드라마라든가! 자기 자신을 함부로 취급하는 건 제발 그만두라고!"

셀레스티아는 그에 대해 긍정도, 부정도 하지 않았다. 그러한 개념 자체가 없는 생활만을 해왔기 때문이다.

그녀는 자신의 무릎 쪽에 시선을 둔 채 아무 말도 하지 않았다.

데스디아는 두 손으로 셀레스티아의 머리를 감겨주듯 만졌다.

"머리카락이 많이 흐트러졌네. 마른 흙이 섞인 바람을 너무 많이 맞았어. 습기가 필요해. 영양분도 필요하고. 지금 씻겨주고 빗겨줄게, 셀레스티아."

파울라는 습기를 느꼈다. 셀레스티아에 대한 자신과 친구들의 과거를 후회하던 알케온은 흙과 초목의 신선한 냄새를 맡았다.

데스디아의 손에 맺힌 물의 정령과 대지의 정령, 그리고 초목의 정령이 잘 닦인 보석들처럼 반짝이면서 셀레스티아의 하얀 머리카락들을 말끔하게 정리해 주었다.

젝스는 데스디아의 손을 거친 셀레스티아의 머리카락이 백금색으로 빛났다가 잦아드는 모습을 하염없이 지켜봤다.

"정령과의 관계가 좋지 않으면 이처럼 대단한 반응은 나오지 않아, 셀레스티아. 이 땅의 정령들은 아주 오래전부터 널 사랑해 왔고 여전히 널 아껴주고 있어. 전혀 몰랐지?"

"몰랐다는 사실조차도 모르겠어. 알고 싶은데 생각이 닿지 않아."

"비로소 경험한 뒤에야 정말 소중한 것이 뭔지 깨닫는 자가 많지. 하지만 잃고 나서는 소용없어. 그냥 가슴만 아플 뿐이야."

"……."

"주변을 만족시킬 수 있다는 이유로 자신을 버릴 생각은 하지 마. 난 그런 어리석은 이기심을 두 번이나 마주할 만큼 너그럽지 못해."

처음 만났을 때 데스디아의 기억을 읽었던 셀레스티아는 자신의 친구가 지금 어떠한 일을 기반으로 자신을 꾸짖고 있는지

금방 알아차렸다.

그 일이라는 것은 바로 데스디아의 동생과 가족에 대한 일이었다.

셀레스티아는 데스디아의 기억을 잠시나마 단순 정보로 취급했던 자신의 과거가 너무나 후회되었다.

데스디아는 자신의 검은색 빛으로 셀레스티아의 머리를 정돈해 주었다.

한편, 치프는 다른 방향으로 데스디아에 대한 생각을 하고 있었다.

'역시… 얘기는 하고 넘어가야겠군.'

여자 때문에 그렇게 고민한 적이 평생 없었던 치프는 격납실의 창밖을 봤다. 수송기는 이미 회사가 있는 지역에 돌입한 상태였다.

15
빈자리를 대신할 자

회사에 도착하자마자 샤워와 수면, 그리고 간식 등으로 긴장을 푼 치프와 직원들은 4시부터 모두 사장실로 집결하여 루할트와의 약속 시간을 기다렸다.

외부 손님은 루할트만이 아니었다. 레투가도 혼자 차를 몰고 회사의 정문을 통과했다.

혼자 나가서 그를 맞이한 치프는 자신을 이리저리 살펴보는 레투가의 모습을 보고 피식 웃었다.

"왜, 또?"

"그 루할트 경과 맞대결을 했던 사람치고는 너무 멀쩡하군."

"중화제를 미리 몸에 발라두지 않았으면 죽었을 거야."

"중화제?"

"특별 주문한 무기를 썼지."

"영주급 드래곤에게 통하는 무기가 있었다니 의외로군. 어쨌든 승리를 축하하네, 친구여. 키퍼와 브리치들을 박살 내면 루할트 경도 불러서 한잔하자고. 떡이 되도록 마시는 거야."

"물론이지."

치프는 구체적인 질문을 일절 하지 않고 자신을 축하해 주는 레투가가 너무나 고마웠다.

그런데 레투가의 차량에 이어 회사의 정문을 여는 차량이 또 한 대 있었다.

치프는 붉은색으로 잘 빠진 스포츠카가 요란한 엔진음을 내며 들어오는 것을 보고 당황했다.

"어라, 피자 배달부잖아?"

"피자?"

치프는 운전석 문을 열고 내리는 커다란 덩치의 백인 남성을 향해 걸어갔다.

"누가 또 배달시켰나요?"

"예, 사장님. 셀레스티아라는 분께서 또……."

그 배달부가 상냥하게 웃었다.

그 남자는 숨 막힐 정도의 근육질은 아니었지만 골격 자체가 커서 눈으로 봤을 때는 사만다나 파울라보다도 훨씬 거대해 보였다.

사각형으로 짧게 깎은 금발의 그 남자는 치프와 마주할 때마다 항상 그와 시선을 마주했다.

치프가 별 반응을 보이지 않으면 그는 낙담을 하고 피자만 쓸쓸히 꺼내는데, 오늘도 그는 시선을 한 번 맞추고는 고개를 저으며 차량의 트렁크를 열었다.

"저기, 혹시 저 아세요?"

치프가 질문하자 남자는 트렁크 내에 마련한 피자 배달용 시설에서 피자 박스들을 꺼내려다 말고 활짝 웃었다.

"예, 금성 식민지에서 당신을 모셨습니다."

"금성 식민지요?"

어차피 피자부터가 지구의 음식이기에 당연히 그가 지구인일 거라고만 생각했던 치프는 그 남자가 금성 식민지 얘기를 꺼내자 대단히 당황했다.

"민간인? 관청 직원? 아니면 군벌?"

"아… 역시 목소리만으로는 기억을 못 하시는군요. 당시 전 사유물이었습니다."

사유물이라는 비인간적인 말에 치프와 레투가가 서로를 마주 봤다.

"당시 지구에 노예 제도가 있었나?"

레투가가 묻자 치프는 헛웃음을 터뜨렸다.

"글쎄? 금성 식민지는 그러한 사치를 부릴 만한 곳이 전혀 아니었지. 거긴 군벌이고 뭐고 전부 찢어지게 가난해서 우리가 완전히 청소하는 데 이틀도 안 걸렸어. 하지만 금성 표면에 설치된 광산에서는 조금 고생했지."

"고생했다고?"

"그래. 섭씨 500도에 가까운 금성의 기온과 지구의 90배에 해당하는 기압을 뚫고 광산에 돌입했는데, 광산 안에는 인간형의 전투 안드로이드가 무려 다섯 대나 있었어. 그중에 하나는 자주식 AI가 설치된 괴물이었지."

"지구 최정예라는 UNSMC가 겨우 다섯 대의 안드로이드 때문에 고생했단 말인가?"

지구에서 전투 안드로이드가 갖는 의미를 잘 모르는 레투가는 가볍게 웃었다.

치프는 혀를 찼다.

"쯧쯧. 중기관포에 대놓고 맞아도 안 죽는 내구성의 괴물들이 데스디아만큼 치명적으로 움직이면서 무기를 다룬다고 생각해 봐, 친구."

레투가의 표정이 대번에 바뀌었다.

"그렇다면 얘기가 다르군. 어떻게 살아남았나?"

"다행히 그 자주식 AI 방식의 안드로이드가 말을 좀 알아들었거든. 폭발로 광산 바닥이 무너지면서 나랑 그놈 둘이 아래로 떨어졌는데, 이젠 여러모로 죽었다고 생각한 나한테 그 친구가 갑자기 그러는 거야."

"협조하지 않으면 우리는 여기서 탈출할 수 없습니다."

"그래, 그렇게."

치프와 레투가는 치프의 말을 가로챈 그 금발의 청년을 동시에 봤다.

"설마… 네가 J—P101 '잭팟'이야?"

"그렇습니다, A—1730. 지금은 사장님이라 불러 드려야겠군요."

청년은 이제야 마음이 시원하다는 듯 상쾌하게 웃었다.

"진작 말하지 그랬어? 아니, 어떻게 지금 여기에 있는 거지? 네 수명은 당시에 1년 정도였는데?"

"내부무장을 전부 해제하면 13년 정도는 더 살 수 있다고 하더군요. 이제 배터리의 수명이 2년 남았네요."

"그래? 네가 여성형이었고 야한 것은 안 된다며 나를 귀찮게 했으면 단숨에 널 알아봤을지도 모르겠군."

"아, 저도 그 작품 봤습니다. 엔딩에서 배신감을 좀 느꼈죠."

레투가는 그들이 대체 무슨 소리를 하는지 알 수 없었지만 치프와 잭팟은 뭐가 그리 즐거운지 서로를 투닥투닥 두드리며 껄껄 웃었다.

그 청년, 잭팟은 자신의 볼을 살짝 꼬집어 보였다.

"이 신형 외피 때문에 못 알아보셨죠?"

"그래, 말 그대로. 하지만 원래 네 AI의 특성은 여성형이었잖아? 저 멋진 스포츠카는 또 뭐고?"

"내부무장 해제 이후에 갖게 된 취미가 요리와 운전이었거든요. 사실은 저 차를 몰고 싶어서 UN의 인공지능 관리국과 협상하고 보상금을 받았죠."

"협상 조건이 뭔데?"

"남성형의 외피를 착용하는 것과 태양계에 영원히 돌아가지 않는 겁니다."

치프가 안타깝다는 얼굴로 그를 봤다.

"잠깐, 남성형 외피는 그렇다 치더라도 태양계에 돌아가지 못하면 넌 점검을 못 받게 될 텐데? 핵심 부품이 망가지면 끝이잖아?"

"수명도 얼마 안 남았으니 괜찮습니다. 제 몸이 피자를 굽거나 운전을 하는 것 정도로 망가지진 않을 테니까요."

"흠……."

치프의 표정은 심각했지만 잭팟의 표정은 변함없이 상쾌했다.

레투가는 저 건강하고 따뜻한 미소의 청년이 전투 안드로이드라는 것을 믿을 수 없었지만 치프가 그런 걸로 거짓된 상황을 꾸밀 사람이 아니라는 것을 알기에 잠자코 지켜보기만 했다.

"그런데… 보안국장님께서 회사에 방문하셨군요?"

잭팟의 질문에 치프는 어색한 표정을 지으며 웃었다.

"아, 하하. 친구거든. 레투가, 여기는 피자집 배달부인 잭팟이야."

"레투가 브라브리오라오. 지구에서는 인간의 모습을 한 자주식 인공지능의 인격을 국제적으로 인정하고 보호한다고 들었소. 만나서 반갑소, 잭팟."

레투가가 손을 내밀어 악수를 청했다. 잭팟은 밝은 얼굴로 그와 악수를 나눴다.

"뵙게 되어 영광입니다, 보안국장님. 피자는 미국식과 이탈리아식을 모두 만들 수 있으니 필요하시면 언제든 연락해 주십시오."

"하하, 그러리다."

악수를 마친 잭팟은 아까 꺼내려다가 말았던 피자 박스를 다시 꺼내 치프에게 건네주었다.

"사장님은 여기서도 위험한 일을 하시나 보네요."

"응? 왜?"

"사장님 같은 분이 단지 피자를 같이 먹기 위해서 보안국장님과 만날 리가 없잖아요?"

"그래, 너무 위험하고 중요한 일이니 넌 빨리 돈 받고 돌아가. 나한테 휘말리기 전에 말이야."

"…너무 위험한 일은 하지 마세요, 사장님. 저는 더 이상 사장님을 도와드릴 수 없으니까요. 피자를 굽고 배달하는 것밖에는……."

치프는 자신을 걱정하는 잭팟에게 손을 뻗어 그의 어깨를 묵직하게 두드려 주었다.

"네 싸움은 끝났어, 잭팟. 난 네 생활을 망치고 싶지 않아."

"하지만 제가 이렇게 생활하게끔 배려해 주신 분이 바로 사장님입니다."

"됐어. 아무튼 안심해. 남은 시간 내내 걱정 없이 피자 배달을 할 수 있도록 해줄 테니까."

"사장님……."

누눅해진 표정의 잭팟은 치프가 내민 지폐를 말없이 받은 후 차를 몰고 회사를 빠져나갔다.

"착한 친구로군."

레투가가 잘 묶인 10박스의 피자를 들었다.

"보육용 AI에 딱 맞는 성격이지. 아, 이런. 걱정만 커졌네."

쓴맛을 다신 치프는 레투가와 함께 회사 본관으로 향했다.

"여기서 만났다는 것 자체가 너무 부담스럽네. 혹시 저 친구가 언제 이 행성에 정착했는지 알 수 있을까?"

"그렇다면 자네가 좀 도와줘야겠군. 난 혀로 단말기 화면을 터치하고 싶지 않거든."

레투가는 양손에 든 피자 박스들을 턱으로 가리켰다.

치프가 자신의 단말기를 꺼내려는 찰나, 방금 회사를 떠났던 잭팟의 스포츠카가 다시 회사 안으로 들어왔다.

지나치게 좋은 타이밍에 다시 들어온지라 치프는 얼굴을 손으로 만지작거리며 경계심을 품었다.

지구에서 만든 전투용 안드로이드들은 인간의 얼굴 근육 움직임과 심장박동, 땀과 호르몬의 분비량을 감지하여 심리를 분석하는 프로그램들을 대부분 내장하고 있었다.

치프가 얼굴에 손을 댄 이유는 딱 그 정도만 해줘도 안드로이드의 심리 분석 속도에 지장을 줄 수 있기 때문이었다.

반면 남을 지나치게 믿는 편인 레투가는 자신들을 향해 천천히 차를 모는 잭팟을 멀뚱히 바라보기만 했다.

치프와 레투가 쪽에 차를 바짝 댄 잭팟은 미안하다는 표정을 지으며 창문을 내렸다.

"죄송한데요, 사장님. 대체 얼마나 위험한 일을 저지르시려는 거죠? 빅시티에서 있었던 그 희한한 일과 관계된 건가요?"

잭팟은 엠페라투스가 상황을 되돌린, 정확히는 모든 물질의 배치를 엠페라투스 자신이 원하는 장소로 되돌려 버린 그 사건을 기억하고 있었다.

잭팟뿐만 아니라 모든 이가 그것을 기억하고 있었지만 상황을 받아들이는 방법은 가지각색이었다.

미지의 환각이라는 보안국의 발표를 바보처럼 믿는 자와 안정제 및 수면제의 신세를 지는 자, 그리고 모든 원인을 드래곤들에게 돌리는 자 등등.

공통점은 어떻게든 엠페라투스의 파괴를 잊기 위해 애를 쓰고 있다는 사실이었다.

잭팟은 자신에게 내장된 심리 분석 프로그램을 사용할 필요조차 없을 정도로 치프가 긴장하고 있음을 확실히 감지했다.

"이 회사, 얼마 전에 보수를 했군요. 게다가 핏자국을 없앨 때 쓰는 약품의 흔적까지 대량으로 검출되고 있어요. 사장님, 이건 대체……."

"됐어, 잭팟."

치프가 베어 끊듯 그를 불렀다.

"네 싸움은 끝났다고 했잖아? 넌 오늘 아무것도 못 봤고 듣지도 못한 거야. 부탁이니 그냥 돌아가 줘."

"음… 혹시라도 일손이 필요하시면 이쪽으로 연락해 주세요."

잭팟은 재킷의 호주머니에서 작은 명함을 꺼내 치프에게 내밀었다.

정말 고집이 센 친구라며 속으로 투덜댄 치프는 건네받은 명함을 보고 의아해했다.

"키드 저스트? 혹시 네 별명이야?"

"아닙니다. 키드는 우리 가게 사장이자 제 동업자입니다."

치프는 자신의 단골 피자집의 이름이 '키드 피자'라는 것을 떠올렸다.

"피자 가게 주인이 우리를 어떻게 도와줄 수 있을지 설명을 좀 해줄 수 있을까?"

치프는 이 바쁜 와중에 무슨 농담을 하느냐는 표정으로 잭팟에게 물었다.

"명함을 다시 읽어주세요, 사장님."

"흠, 그러고 보니 피자집 명함은 아니군. 명함의 재질도 특이

하네. 직업이… 나이트 스토커라고?"

"나이트 스토커?"

피자 박스를 들고 있던 레투가가 깜짝 놀랐다. 그가 그렇게 큰 목소리를 낼 줄은 몰랐던 치프도 덩달아 놀랐다.

"레투가, 혹시 알아?"

"당연하지!"

레투가는 손에 든 피자 박스를 정신없이 잭팟에게 넘긴 뒤 치프가 들고 있는 명함을 빼앗듯 손에 쥐었다.

"역시 나이트 스토커의 이야기는 전설이 아니었어. 이 명함은 바실리스크의 횡경막으로 만든 것일세. 나이트 스토커에게 실로 어울리는 전리품이지."

치프가 뚱한 표정을 지었다.

"바실리스크와 나이트 스토커 모두 생소한 이름인데?"

"바실리스크는 우주연합에서 위험 생물로 지정한 짐승 중에 하나일세. 매우 특수한 광선을 이용하여 다른 생물을 탄소 덩어리로 만들어 버리지."

"탄소라. 인상적이군. 그럼 나이트 스토커는?"

"나이트 스토커는 모든 헌터의 조상이나 마찬가지인 존재일세. 고대부터 각종 위험 생물을 아무런 대가 없이 잡아내어 위기에 빠진 사람들을 구해줬지. 정말 전설적인 집단이었다네."

레투가의 설명을 들은 치프는 고개를 갸웃했다.

"집단이었다고? 왜 과거형이지?"

"약 800년 전에 그들의 본거지가 소멸됐거든. 나이트 스토커들도 그때 전멸했다고 알려졌다네. 하지만 그들의 후예가 이 행성에 있었다니, 마치 꿈과 같군."

"아, 죄송하지만 키드는 정식 계승자가 아닙니다, 보안국장님."

손목의 힘으로만 피자 박스들을 들고 있던 잭팟이 말했다.

"정식 계승자가 아니라니?"

"이 행성에서 자신의 운명과 싸워 이겨야만 진정한 나이트 스토커가 된다고 하더군요. 키드 스스로가 그렇게 말했습니다."

치프의 눈썹이 위아래로 움직였다.

"뭔가 대단히 바쁜 친구처럼 들리는군. 괜찮을까?"

"키드의 실력은 제가 보장할 수 있습니다. 믿고 맡겨주세요, 사장님."

잭팟이 애원에 가까운 투로 말했다.

"음… 그래. 최악의 사태가 벌어지면 사람이 많이 필요할 테니 준비해서 나쁠 건 없겠지. 너희 사장에게 얘기 잘 해줘."

"예, 사장님. 꼭 연락해 주십시오."

잭팟의 차가 회사 밖으로 질주했다. 치프는 스포츠카의 요란한 소음이 들리지 않을 정도로 시간이 흐른 뒤에야 걸음을 옮겼다.

피자 박스를 든 레투가는 고심하는 치프의 모습이 낯설었다.

"잭팟이 그리도 걱정되는가?"

"물론이지. 잭팟의 AI는 구식이거든. 게다가 보육용 알고리즘을 기반으로 하고 있어."

함께 회사 본관으로 걸어가던 레투가가 '구식'이라는 치프의 말에 깜짝 놀랐다.

"친근감이 느껴지는 평가는 아니로군."

"잭팟에게 사용된 AI의 보안체계가 너무 오래돼서 해킹이나 바이러스에 취약하거든. 사실 나도 그 점을 이용했지."

"이용하다니, 무슨 말인가?"

"내가 아까 잭팟이 협조하지 않으면 탈출할 수 없다는 말을 했다고 말했지? 사실 그건 내가 녀석의 AI를 해킹해서 그렇게 행동하도록 만든 거야."

"…자네가 해킹에 재능이 있을 줄은 몰랐군."

"군용 단말기에 안드로이드의 모델명만 정확히 넣으면 해당 안드로이드를 새끼 오리처럼 잘 따르게 만들 수 있거든. 잭팟이 날 걱정해 주는 것도 절반은 AI 해킹의 영향이야."

치프의 설명을 들은 레투가는 고개를 저어 실망감을 드러냈다.

"AI와 인간 사이에 싹튼 우정을 기대했는데, 너무하는군."

"어쩔 수 없지. 그때 잭팟을 해킹하지 않았으면 내 목숨이 날아갔을 거야. 하지만 그 이후에는 잭팟에게 진심으로 잘해줬어."

"이유는?"

"AI 방식의 안드로이드는 해킹을 당할 때마다 기억소자가 타

버리지. 해킹 자체가 원래 사용하던 기억소자를 태워 버리고 여분의 기억소자에 조작된 의식을 집어넣는 방식이거든."

"본래 기억을 완전히 날려 버린다는 건가?"

"맞아. 업그레이드나 수리를 할 때도 기억소자가 타버릴 수 있기 때문에 안드로이드 한 대당 60개의 기억소자가 들어가게 되어 있어. 인공 대뇌피질에 자연배양 방식으로 박혀 있기 때문에 한 번 완성되면 기억소자를 추가하는 것도, 교체하는 것도 불가능하지."

마침 엘리베이터 앞에 당도한 치프는 잠시 말을 끊고는 엘리베이터의 버튼을 눌렀다.

"나중에 확인해 봤는데, 내가 딱 59번째로 잭팟의 AI를 해킹한 놈이더라고."

레투가가 움찔했다.

"그 말은……."

"그래, 잭팟은 60번째의 삶을 살고 있는 거야. 다행히도 운전과 요리를 즐기며 평온하게 마지막 삶을 보내고 있지. 그런데 나 때문에 녀석이 다시금 싸움판에 끼어든다면 내 속이 어떻겠어?"

"뒤집어지겠지."

"그래, 정말 가슴이 찢어질 거라고."

치프는 우울한 표정을 감추듯 손으로 얼굴을 쓸어내렸다.

불행하게도, 레투가는 치프의 그런 낯선 모습에 정신이 팔린 나머지 잭팟이 그라니트 행성에 언제 들어왔는지 알아봐 달라는 부탁을 까맣게 잊고 말았다.

피자를 들고 사장실에 들어간 레투가는 미리 안에서 대기하고 있던 사람들에게 환영인사를 받았다.

레투가의 뒤를 따라 들어온 치프는 왼손에 찬 아날로그 손목시계를 잠깐 본 후 데스디아에게 손짓을 했다.

"데스디아, 잠깐 따로 볼 수 있을까?"

"그러지."

셀레스티아와 함께 소파에 앉아 있던 데스디아는 기다렸다는 듯이 일어서서는 치프와 함께 사장실 밖으로 나갔다.

그녀와 함께 옥상으로 올라간 치프는 일단 숨을 크게 들이마셨다.

"이 행성의 경치는 정말 좋아. 그렇지?"

치프의 말에 데스디아는 시큰둥한 표정을 지었다.

"난 울창한 숲과 산을 좋아해. 낮은 언덕과 평원은 시시하게 보이지."

"흠. 만약 회사 근처에 큰 숲이 있었다면 거기서 홀랑 벗고 뛰어다녔겠군."

"그래, 고향에서도 그랬으니까."

치프는 그녀를 물끄러미 바라봤다.

"혹시 옷 입는 걸 싫어하는 편이야?"

"그렇진 않지만… 지구인의 기준으로 만든 옷을 입고 뛰어다니면 사타구니가 쓸려서 상당히 아프지. 지구에서 조깅을 하다가 입은 상처가 있는데, 보여줄까?"

그녀가 실실 웃으며 말하자 치프는 어이가 없었다.

"수치심에 대해 배워볼 생각 있어?"

"됐으니 본론이나 말하시지? 행성의 경치를 보자고 여기까지 오진 않았을 텐데?"

"음……."

치프는 한참을 고민한 뒤에야 입을 열었다.

"혹시나 해서 묻는데, 정말 고향에 미련이 없어?"

"이젠 내 각오를 확인하고 싶나?"

데스디아는 쓴웃음으로 실망감을 드러냈다.

"얘기했잖아? 난 당신과 끝까지 같이 가겠다고 했어. 알타이르의 여성은 한 입으로 두말을 안 해."

"그럼 내 부탁을 들어줄 수 있겠어?"

"부탁?"

데스디아는 골반 좌우에 손을 얹었다. 2미터가 넘는 신장에도 불구하고 26인치에 못 미치는 그녀의 허리는 전신을 덮는 전투복에 휩싸여 있음에도 불구하고 방금 뽑아낸 고무줄처럼 늘씬하고 탄탄했다.

"내일 어떻게 결론이 날지 모르겠지만, 아마 내 계획이 최악의 상황 속에서 성공하면 난 이 행성을 떠나게 될 거야."

데스디아의 긴 속눈썹이 움찔했다.

"떠나다니?"

"아마도 우주연합에서 날 잡아가겠지. 내가 비장의 카드로 준비한 수단은 정말 큰 범법 행위거든."

"그 수단이라는 게 뭔데?"

치프가 내일 갑자기 사라질지도 모른다는 것을 상상조차 못했던 데스디아는 눈에 띄게 당황하고 있었다.

"지금 얘기하긴 좀 그래."

치프의 정감 없는 그 한마디에 데스디아의 눈꺼풀이 파르르 떨렸다.

"…좋아, 그럼 나에게 할 부탁이라는 게 뭔지 말해봐. 당장."

데스디아의 당황은 슬슬 분노로 바뀌고 있었다.

"음. 내가 만약 잡혀가면 나를 대신해서 이 회사를 맡아줘."

치프는 맑고 차가운 눈으로 그녀에게 부탁했다.

데스디아는 석양을 등진 채 자신을 바라보고 있는 그 남자를 결국 후벼 파듯 쏘아봤다.

"회사를 맡아달라고? 당신에겐 이딴 콘크리트 덩어리들이 그렇게 중요한가? 차라리 잡혀갔을 때 구해달라고 말해!"

데스디아는 오른손으로 치프의 멱살을 잡아 둥실 들어 올렸다. 그러나 데스디아와 마주한 치프의 눈빛에는 두려움이 없었다.

"진정하고 잘 들어, 데스디아. 엠페라투스가 뭔가 꾸미고 있어. 그건 너도 잘 알 거야."

"엠페라투스는 또 왜 나와? 당신이 잡혀가는 것과 그 보라색 걸레짝이 대체 무슨 관계지?"

"이봐, 내가 잡혀가는 것만 신경 쓰면 어쩌자는 거야? 평상시처럼 냉정하게 생각해 보라고!"

치프도 결국 화를 냈다. 데스디아는 그 때문에 속이 더 상했다.

"평상시에도 나에겐 당신이 제일 골칫거리였어! 그 거지 같은 셔츠랑 멋대가리 없는 바지는 대체 왜 고집하는 거야? 더 괜찮은 옷들도 많잖아? 음료수는 다양하게 먹으면서 옷은 왜 그래? 그냥 내가 골라줄 테니 제발 다른 옷 좀 사 입어! 셔츠가 너무 좋아서 입고 다니는 거라면 내가 다림질을 해주지! 머리는 왜 늑대 꼬리처럼 우중충하게 기르고 다니는 거야? 다듬어달라고 나에게 말하면 얼마든지 가위로 다듬어줄 수 있다고! 스킨이나 로션을 쓸 생각은 없어? 당신이 여자들 사이에서 일하고 있다는 걸 자각하고 있긴 해? 나와 함께 있다는 사실을 알긴 하냐고!"

그녀는 지금까지 쌓인 것들의 일부를 활화산처럼 쏟아냈다.

치프는 너무 당황한 나머지 한 대 맞은 듯한 얼굴로 그녀를 쳐다보다가 얼른 정신을 되찾았다.

"제길, 네가 내 엄마야? 지금 중요한 건 그게 아니란 말이야!"

"…하아."

실망하여 한숨을 내쉰 데스디아는 신경질적으로 치프를 내려놓았다.

"당신, 영웅이라도 되고 싶어? 아니면 이미 영웅이라고 착각하는 건가? 잡혀갈 거라고 떠벌리는 꼴이 마치 순교의 순간을 기대하는 종교인 같군."

"너무 그렇게 말하지 마. 그리고 걱정하지 않아도 돼. 난 지저분한 일에 익숙하거든."

"그래? 좋아. 당신 부탁을 들어주지. 당신이 똥통에서 멋지게 헤엄치는 꼴도 정기적으로 방문해서 구경해 줄게."

그러자 치프가 옅게 웃었다.

"벌써부터 면회 올 생각을 하면 어떡해?"

데스디아와 치프 사이에 잠시 침묵이 흘렀다.

자신의 얼굴을 손으로 만지작거린 데스디아는 다시 치프를 돌아봤다.

"당신이 그렇게까지 해서 이 회사를 유지하려는 이유가 대체 뭐야? 지금까지의 짧은 추억이 아쉬워서 그런가? 아니면 사만다나 젝스, 포프 때문에?"

말은 그리했지만 데스디아 역시 회사에서 겪은 추억들을 소중히 여기고 있었다. 하지만 그녀가 품은 복수심을 희석시킬 정도는 아니었다.

그녀에게 있어서 이 회사는 사실상 '도구'나 다름없었다.

치프가 다시 말했다.

"엠페라투스 말인데, 아무래도 녀석이 이번 일을 어떤 거대한 사건의 계기로 삼을 것 같아."

"왜 그렇게 생각하지?"

"왜냐하면 이 행성에서 엠페라투스를 막을 수 있는 존재가 없거든. 녀석은 저번에 있었던 사건을 계기로 그 사실을 증명했어. 영주들은 물론 셀레스티아까지 엠페라투스를 막지 못했지. 우리도 그렇고 말이야."

"……."

"녀석의 막강한 힘을 직접 체감한 드래곤들이 이 상황에서 최종적으로 어떤 생각을 할 것 같아?"

데스디아는 팔짱을 끼고는 치프의 말을 되짚어봤다.

"…정말 터무니없는 생각들을 할지도 모르겠군. 엠페라투스가 말한 부동산 사업이라는 게 뭔지 알 것 같아."

그녀의 표정이 심각해졌다. 치프는 이제야 뭔가 말이 통한다는 생각이 들어 안도의 한숨을 쉬었다.

"맞아. 이 회사는 최후의 보루가 될 수도 있어. 이곳에서 돌봐야 할 존재는 사만다와 젝스, 포프만으로 끝나지 않을지도 몰라."

"흠……."

데스디아는 무겁게 한숨을 쉬었다.

"마침 루할트 경이 오고 있군. 지금 나눈 이야기는 나중에 더 고민하자고."

그녀는 북쪽에서 밀려오는 검은색의 모래폭풍을 보면서 아래로 내려가는 계단을 향해 걸어갔다.

치프는 아까 데스디아에게 붙잡혀 뜯겨지다시피 한 셔츠의 옷깃을 흘끔 보고는 뒤늦게 질린 표정을 지으며 그녀를 뒤따라 갔다.

'근데 아까 옷이니 머리니 스킨이니 하면서 나한테 화를 낸 이유가 뭘까?'

치프는 간단히 결론을 냈다.

'그렇군. 모성애야. 나를 정말 아들처럼 생각하나 보군.'

실례가 될 정도의 착각을 멋대로 해버린 치프는 가벼운 몸짓으로 계단을 내려갔다.

*　　　*　　　*

우주연합 제2함대의 사령관, 헬터스크는 입체 영상 상태로 자신의 곁에 있는 파발리오 아르마다 군부장관과 함께 자신의 개인실에서 지상을 관찰하고 있었다.

그들이 함께 보고 있는 대형 스크린에는 치프의 회사에 속속 도착하고 있는 루할트와 가이우스, 그리고 그들의 기사단의 모습이 뚜렷이 잡혀 있었다.

"영주 셋이 저들에게 가담할 줄은 몰랐군. 엠페라투스는 대체 왜 저들을 방치하고 있는 것인가?"

아르마다가 조개껍질처럼 생긴 자신의 수염들을 짤깍짤깍 움직이며 말했다.

그러자 헬터스크가 실소를 터뜨렸다.

"고작 영주 셋과 수백의 기사단일세, 문지기여. 우리의 위대하신 엠페라투스 님께서 저런 잔챙이들에게 신경을 쓰실 리가 없지 않나?"

둘의 계급은 군부장관과 함대사령관으로서 헬터스크가 분명 아래에 있었지만 둘의 대화를 듣는 자가 아무도 없는 지금은 그렇지 않았다.

아르마다의 실제 입장은 고대 신들의 잔재이자 패배자로서 엠페라투스의 추종 세력에게 구속된 종복이었다.

"저 잔챙이들의 중심에 운캄타르의 후손이 있다는 것이 문제다, 헬터스크."

"운캄타르의 혈통이 그토록 증오스럽나? 왕녀로서 인정조차 받지 못하고 있는 계집애일 뿐인데?"

"운캄타르와 엠페라투스도 처음에는 그저 날개 달린 짐승에 불과했지."

아르마다는 자신의 턱수염을 쓸어내리며 웃었다.

"그러나 그들이 스스로의 피에 눈을 뜨면서 우리는 패배했다. 왕녀의 몸에 운캄타르와 동일한 피가 흐르는 이상 경계해야 마땅하겠지."

"동일한 피? 하하하, 착각하고 있구나, 문지기여."

헬터스크가 머리 한가운데에 도끼처럼 솟은 붉은색 머리를 흔들며 웃었다.

"왕녀의 몸에 흐르는 피가 저급하다는 것을 몰랐나?"

"저급하다고?"

"왕녀는 저 행성에서 태어난 신세대와 운캄타르 사이에서 태어났다. 우리 구세대의 입장에서 보자면 조금 고급스런 잡종에 불과하지. 구세대와 신세대의 격차는 네가 더 잘 알지 않나, 문지기여?"

"흠, 잡종에 불과하다라… 그렇다면 조금 안심이 되는군. 그런데 그 잡종 왕녀를 낳은 암컷은 지금 어디에 있나? 인질로 삼으면 딱 좋을 텐데?"

"운캄타르가 감춘 것 같더군. 인질이 될 것을 염려했겠지. 운캄타르는 느긋하면서도 영악한 존재니까 신기한 일도 아니야."

"그렇군. 그런데 왕녀의 나이가 어떻게 되지?"

"저 행성의 시간으로 2,148세다. 성년기에 접어든 지 얼마 안 된 계집아이지. 아마 목에 솜털도 안 빠졌을걸?"

"정말 어리군. 하지만 그 숫자 자체는 굉장히 마음에 드는걸?"

아르마다가 의미 있게 웃었다. 그 모습을 본 헬터스크는 자신의 얼굴을 비늘 투성이로 만들면서 화를 냈다.

"또 잔꾀를 부리려는 건가, 문지기여? 네놈의 목숨이 우리 손에 있다는 걸 잊었나?"

"그걸 잊을 리가 있나? 안심하게. 나의 기술과 지식은 항상 자네들의 것일세."

"쯧."

헬터스크는 다시 스크린 쪽으로 눈을 돌렸다. 반면 아르마다는 헬터스크의 뒤통수를 비웃듯이 바라봤다.

'운캄타르가 얼마나 깊숙이 개입하고 있는지 전혀 모르고 있군. 네놈들의 목숨도 내일까지다, 엠페라투스의 추종자들이여. 배신감에 치를 떨며 죽어가도록 해라.'

그때, 헬터스크가 갑자기 그를 돌아봤다. 표정을 감춘 아르마다는 고개를 살짝 움직여 무슨 일이냐는 질문을 대신했다.

"이해가 안 가는 것이 있는데, 왜 지구 측의 함대가 이 행성 주변에서 훈련하는 것을 허락했나? 그 녀석들 때문에 무기 상인이 위성궤도에 대형 플랫폼을 설치하고 다니는 것을 막지 못했지 않나?"

"뇌물을 듬뿍 받았거든."

"뇌물? 제정신인가? 저 녀석들의 전력이라면 엠페라투스 님께서 설치하신 키퍼와 브리치들을 충분히 박살 낼 수 있는데?"

"자네야말로 호들갑이군. 개척 행성에 정규군을 개입시킨 종족은 그 즉시 무역 및 무력에 의한 제제는 물론이고 게이트의 사용권마저도 박탈당하지 않나? 지구인들이 그러한 손해를 감수하면서까지 치프라는 자를 도울 거라 생각하나?"

"……."

"그들의 무기가 행성에 닿지 않을 거리에서 훈련을 하라고 했으니 걱정하지 말게. 그리고 키퍼와 브리치를 만만히 보지 말았으면 좋겠군. 둘 중에 하나가 파괴된다면 나머지 하나가 폭주하는 구조거든."

"그런가?"

"물론일세."

아르마다는 후덕한 미소로 자신감을 드러냈다.

"아마 저 행성에 있는 생물들을 모조리 공격하겠지. 브리치는, 아니, 멸망의 수레바퀴가 저 행성에서 떨칠 분노는 자네의 상상을 초월할 것이네. 엠페라투스를 최고로 즐겁게 해주겠지."

"그런 일이 일어나기를 바라는 눈치로군."

"그래서 무기 상인이 설치한 플랫폼을 적극적으로 막지 않은 것일세. 상황이 정말 재미있게 돌아갈 테니 기대하게나."

"흠, 그러지. 상황이 아무리 커져 봤자 엠페라투스 님의 힘에는 당해낼 수 없을 테니까."

"후후, 그렇다네. 전성기의 운캄타르 말고 엠페라투스를 상대할 수 있는 자는 없지."

일단 엠페라투스를 띄워준 아르마다는 잠시 가만히 있다가 다시 목소리를 냈다.

"헬터스크여, 자네는 운캄타르가 어떻게 엠페라투스를 쓰러뜨렸는지 알고 있나?"

헬터스크는 신경질적으로 고개를 흔들었다.

"나는, 아니, 우리는 운캄타르의 추종자들에게 미리 제압당하여 엠페라투스 님을 도울 수 없었네. 그 저주스러운 결전으로 인해 지구의 지각이 깨지고 불안정해졌다는 것밖에는 모른다네."

"하아, 개인적으로 둘의 싸움이 어땠는지 듣고 싶었는데 말일세. 아쉽군."

"기회가 된다면 엠페라투스 님께 여쭤보게. 목숨을 내놔야 할지도 모르겠지만."

"주의하지."

헬터스크가 다시 스크린에 눈을 돌리자 아르마다는 상어의 이빨처럼 날카로운 치아를 드러내며 웃었다.

'운캄타르가 어떤 방식으로 우리 신들을 도륙했는지 알게 된다면 네놈은 당장 지구인들을 몰살시키고 싶어질 것이다. 멍청한 짐승들.'

아르마다가 자신의 뒤편에서 어떠한 표정을 짓고 있는지 전혀 모르는 헬터스크는 치프의 회사에 모인 영주들과 기사단들의 모습만을 순진하게 바라보기만 했다.

*　　　*　　　*

치프는 회의실에 모인 모두를 향해 오른손 검지를 펼쳐 들며 말했다.

"맹세하는데, 브리치 중에 하나는 확실히 제거할 수 있어. 그렇죠, 라이트스톤 씨?"

회사의 마지막 손님, 죠 라이트스톤은 헬멧으로 단단히 감춘 머리를 천천히 끄덕였다.

"당신이 아침에 테스트한 무기는 최대 출력으로 격발할 경우 반경 400킬로미터에 한정하여 TNT 25기가(Giga) 톤 위력의 폭발을 발생시킬 수 있는 무기라오."

라이트스톤이 말한 숫자를 듣고 가장 놀란 자는 알케온이었다.

"아침에 테스트했을 때는 그렇게 가늠하기 힘든 위력의 무기가 아니었소만?"

"정보기관 사양의 전략무기이기 때문에 위력을 사람 한 명의 머리만 날릴 정도로 제어하는 것도 가능하오. 오늘 테스트한 위력은 그냥 적절한 수준이었소."

"으음……."

알케온은 그 정도 위력의 무기라면 엠페라투스를 직접 처단하는 것도 가능하지 않나 생각했다.

하지만 어느 순간부터 엠페라투스에 대한 직접 공격이나 처단에 대한 말은 그 누구의 입에서도 나오지 않았다.

알케온은 자신과 루할트, 가이우스를 정신적으로 완전히 거부하고 있는 근처 영주들의 태도와 오늘 셀레스티아에게 들었던 엠페라투스의 이야기를 통해 한 가지 사실을 예상할 수 있었다.

바로 운캄타르와 셀레스티아로 이어지는 드래곤들의 첫 번째 왕조가 조만간 종료될 가능성이 크다는 것이었다.

'어차피 왕실은 상징물이나 마찬가지였지.'

알케온은 씁쓸하게 그 사실을 되짚었다.

왕실이 이대로 사라진다면 극소수의 드래곤을 제외한 대다수는 꽃이 지거나 낙엽이 떨어진 것처럼 그 사실을 자연스럽게 받아들일 것이다.

하지만 만약 셀레스티아가 왕실을 강화한다면서 갑자기 권력을 행사한다면 엄청난 반발에 부딪힐 것이 확실했다.

운캄타르부터가 이 행성으로 이주한 이후 각종 환경이 안정될 때까지만 왕으로서 일을 주도했고 안정기에 접어든 이후에는 드래곤들 본연의 선량함에 모든 것이 맡겨졌다.

그러나 이방인들이 개입하기 시작한 지금은 아니었다.

우주연합에 인정을 받겠다는 셀레스티아의 생각은 애초부터 들어 먹히지 않았다.

셀레스티아의 일이라면 언제든 목숨을 바칠 수 있는 자들인 루할트와 알케온, 가이우스마저도 그녀의 이상만큼은 따르지 않았다.

루할트 역시 그녀를 돕기만 했을 뿐, 실제로 연구한 것은 인간의 모습으로 그들의 사회에 숨어들어 생존하는 방법이었다.

만약 일이 잘 풀렸어도 우주연합의 심층부, 특히 대표적으로 군부장관인 아르마다의 정체가 드래곤들에게 원한을 품고 있는 신들의 한 명인 만큼 그녀의 온건한 방식이 먹힐 리가 없었다.

사냥감으로 규정된 이후 드래곤들은 이방인들의 숱한 도전을 받았다. 비록 사냥에 직접적으로 목숨을 잃은 드래곤은 하나도 없었지만 셀레스티아는 그들의 불안과 공포를 근본적으로 해결해 줄 수 있는 방법을 제시하지 못했다.

만약 데스디아가 공항에서 자신들을 습격한 알케온의 자객을 그 자리에서 죽였다면 드래곤들의 여론은 삽시간에 험악해졌을 것이다.

그런 와중에 전설로만 일컬어지던 막강한 힘을 행성 전체에 과시하며 등장한 자가 있었다.

드래곤들은 물론 이방인들마저도 격렬히 압도하며 떠오른 실력자, 그가 바로 엠페라투스였다.

루할트와 알케온, 가이우스는 만약 엠페라투스가 드래곤들의 새로운 지도자가 된다고 해도 따를 생각은 없었다.

그의 강력한 힘과 위험한 성격을 누구보다도 직접적으로 경험했기 때문이었다.

알케온은 회의실의 상석에 서서 불만스런 표정을 짓고 있는 치프를 다시 봤다.

'엠페라투스가 저 남자의 말을 받아들이고 파괴를 멈춘 사건은 그냥 이상한 일이 아니라 하나의 사건이었겠지.'

부활하자마자 행성 전체를 마구잡이로 망가뜨리며 폭주했던 엠페라투스는 치프의 말을 받아들이고 물러난 이후 놀랍도록 이성적인 모습으로 다시 나타났다.

때가 될 때까지 드래곤들을 먼저 해치지 않겠다는 그의 선언은 모두를 한 번 더 크게 놀라게끔 만들었다.

'지금까지 벌어진 모든 일은 아무래도 왕녀 전하의, 아니, 운칸타르 성왕 폐하의 오래된 계획이었을지도 모르겠군.'

알케온은 가죽 의자에 깊숙이 눌러 앉았다.

남은 일은 키퍼와 브리치를 제거하는 것과 엠페라투스의 행동을 기다리는 것이었다.

후자는 미지수였지만 전자만큼은 자신들이 어떻게 할 수 있는 일이었기에 알케온은 키퍼와 브리치에만 집중하기로 했다.

"상심한 표정이네, 알케온 씨는."

치프가 묻자 알케온이 한숨을 터뜨렸다.

"생각을 좀 한 것뿐이다."

"하, 내가 마련한 무기가 여전히 못마땅한가 봐?"

치프의 말에 알케온은 실소를 지었다.

"다른 생각을 했다고 정확히 얘기해야겠군. 여기까지 와서 믿니 못 믿니 얘기하는 것 자체가 블랙 유머라고 생각하지 않나?"

"음, 뭐, 그렇지."

치프는 머쓱한 표정으로 자기 자리에 앉았다.

묵직한 회의용 가죽 의자가 아니라 벽에 바짝 붙은 간이 의자에 앉은 포프와 젝스는 회의실의 좌우를 각각 살펴봤다.

치프의 왼쪽에는 데스디아와 사만다, 레투가가 앉아 있었고 오른쪽에는 셀레스티아와 파울라, 그리고 인간의 모습을 한 루할트와 알케온이 앉아 있었다.

가이우스는 기사단들과 함께 드래곤의 모습을 유지한 채 회사 본관 밖에서 회의의 내용을 듣고 있었다.

만약의 사태에 대비한 것인데, 가이우스는 물론 기사단 전체가 바짝 긴장한 채 모든 상황 변화에 집중하고 있었다.

그 두 소녀는 그 모든 이의 모습에서 엄청난 긴장감과 압박감을 느꼈다.

둘은 내일 있을 작전에 절대 참여하지 말고 회사를 지키라는 치프의 지시를 받았기에 회의석에 앉지 못하고 간이 의자에 앉은 것인데, 그렇다고 내일 있을 작전을 아예 모른 척할 수는 없는 입장인지라 표정이 영 좋지 않았다.

젝스는 그 와중에도 아까 치프와 단둘이 잠깐 나갔다 온 이후 당장 불꽃이라도 입에서 토할 표정이 된 데스디아의 모습이 너무나 신경 쓰였다.

'싸우셨나?'

걱정하는 사람은 젝스만이 아니었다.

셀레스티아도 결국 참지 못하고 그녀를 불러보기로 했다.

"저기, 데스디아."

"응?"

인상을 구긴 채 게슴츠레한 눈으로 탁자를 보고 있던 데스디아는 셀레스티아의 부름을 듣자마자 중저음의 목소리로 응답했다.

"무슨 일이라도 있어? 표정이 너무 안 좋아 보여."

"음……."

데스디아는 주변을 둘러봤다.

그녀는 파울라를 비롯한 드래곤들은 물론이고 옆자리에 앉은 사만다까지 파랗게 질린 얼굴로 자신을 걱정하고 있는 것을 확인했다.

데스디아는 세수를 하듯 두 손으로 자신의 얼굴을 가린 뒤 얼굴에 밀착한 손바닥 사이를 향해 한숨을 쏟아냈다.

그녀는 일단 밖으로 나가서 마음을 진정시킬지, 아니면 여기서 한바탕 감정을 쏟아낼지 고민했다.

그녀가 선택한 것은 보다 자신다운 방법이었다.

"아까 옥상에서 했던 얘기에 대해서 확실히 짚고 넘어가지, 치프."

손에서 얼굴을 뗀 데스디아는 냉엄한 표정을 짓고 있었다.

"음? 음, 그래. 아까 전에는 여러 가지로 좀 그랬지? 증인들이 있는 자리에서 확실히 하는 게 좋을 것 같네."

치프는 장난기 없는 표정으로 그녀를 대했다.

이윽고 데스디아가 물었다.

"난 이제부터 사장 대리인가, 아니면 부사장인가? 당신이 이곳에 없을 때 내가 사용할 직위를 확실히 하고 싶군."

모든 이는 데스디아가 갑자기 회사 직위에 대해 이야기하는 것을 이해할 수 없었다.

하지만 감이 좋은 사만다는 치프가 내일 사용하려는 각종 무기의 '뒤탈'을 금방 떠올렸고, 데스디아가 '대신할 자리'라는 말을 꺼냈을 때 자신의 예상을 확정지을 수 있었다.

"둘 중에 마음에 드는 거 골라봐."

"부사장이 좋겠군. 회사 자금도 내 손에 있으니까."

"좋아, 그럼 오늘부터 넌 부사장이야. 잘 부탁할게, 브라토레 부사장."

"그러지."

데스디아는 팔짱을 끼며 자리에 앉았다. 마치 의자의 내구성을 테스트하듯 거칠게 앉았기에 소리부터가 엄청났다.

치프는 공동대표인 셀레스티아 쪽으로 고개를 돌렸다.

"셀레스티아는 이의 있어?"

"지금 둘이서 대체 무슨 말을 나눈 거야? 자리를 대신한다니?"

사실 사원이 몇 명 없는 지금은 의미 없긴 했지만, 셀레스티아는 데스디아의 직위가 정말 치프의 빈자리를 대신할 수 있는 부사장으로 갑자기 승진, 아니, 승격한 것에 이상한 불안감을 느꼈다.

"그냥 간단한 대비야."

"대비?"

"내일 무슨 일이 있을지 아무도 모르잖아? 그것뿐이야."

치프는 그렇게 넘어가려 했으나 셀레스티아는 그런 것을 용납할 수 없었다.

"치프는 우리의 모든 것을 지켜봤잖아? 그런데 왜 자신에 대한 것은 숨기려고 하는 거야?"

"……."

"데스디아가 왜 화를 내고 있는지 몰랐는데 이제 좀 알 것 같아."

셀레스티아는 소나기가 오기 직전의 하늘처럼 찌뿌둥한 표정으로 치프를 바라봤다.

"사실 우리는 치프에 대해서 잘 몰라. 치프의 과거를 모조리 읽은 나조차도 그래. 그런데 내일 벌어질 일까지 모른다고 치프가 말해 버리면 우리 마음은 어떨 것 같아?"

"아니, 난……."

"그냥 넘어갈 생각은 하지 마. 당신은 지나가는 지구인 A가 아니라 우리를 여기까지 이끌어온 이 회사의 사장이야. 음, 그러니까… 맞아, 배임 행위라고!"

셀레스티아의 입에서 배임이라는 말이 나올 줄은 몰랐던 치프는 자신을 가장 중립적으로 바라보고 있는 라이트스톤을 돌아봤다.

그를 가만히 마주 본 라이트스톤은 한숨 소리를 냈다.

"두 번째로 준비한 무기를 사용하면 당신이 구속 수사 대상이 되어 우주연합에 잡혀간다는 것이 뭐 그리 대단한 일이라고 그러시오?"

라이트스톤의 친절한 해설에 그 이야기를 미리 들은 데스디아와 레투가, 그리고 방금 전 예상을 해봤던 사만다를 제외한 모두가 깜짝 놀랐다.

"잡혀간다니, 무슨 말이야? 잡혀간다니!"

셀레스티아는 두 주먹을 불끈 쥔 채 말을 반복하며 화를 냈다.

"개척 행성 관련 협정에 위배될 수 있는 무기이기에 그렇습니다, 왕녀 전하."

하지만 셀레스티아의 표정에는 변함이 없었고 그녀의 옆에 앉은 루할트는 멋으로 쓰고 있는 안경을 벗으며 화를 냈다.

"첫 번째 무기는 알케온의 말을 들어보니 '세인트 엘모의 불꽃' 같은데, 두 번째 무기가 대체 뭔데 그러는가, 치프? 대신 답변해 주실 수 있다면 지금 바로 말씀해 주시오, 보안국장!"

"아, 됐어. 내가 대답해 줄게."

치프가 뒷머리를 마구 긁으며 말했다.

"두 번째 무기는 '네스트'야."

"네스트?"

"그래, 네스트(Nest). 뜻도 알고 뭔지도 알지?"

루할트는 뒤통수를 맞은 표정으로 치프를 쏘아봤다.

"그걸 운용할 인원이 이 회사에 있긴 한가? 아니, 혹시라도 그걸 우리 행성에 사용한다면 보안국장의 말대로 관련 협정 위반인데? 세인트 엘모의 불꽃은 대행성 폭격 플랫폼에 대한 관련 법규 자체가 현재 없으니 어쩔 수 없다고 쳐도 네스트는 달라!"

"인원은 걱정하지 마. 이미 손님이 꽉 차 있어. 지금쯤 거기서 저녁 식사를 먹고 있겠지."

"인원이 문제가 아닐 텐데?"

"뭐, 내가 잡혀가야 하는 상황이라면 어쩔 수 없지. 하지만 각오할 수밖에 없잖아?"

치프는 떫은 얼굴로 어깨를 으쓱거렸다.

"첫 번째 브리치를 제거했을 때 나머지 녀석이 어떻게 움직일지 전혀 모른다고. 엠페라투스가 빅시티에서 난동을 부릴 때 기억 안 나? 우리에게 절대적으로 부족했던 게 무엇이었는지 넌 잘 알 텐데? 네스트는 그걸 조금이나마 보충해 줄 수 있는 유일한 무기야."

"네스트를 사용해서 모든 일에 성공했다고 쳐도 자네는 무사할 수가 없어! 자네를 우리 행성에 오도록 유도한 우주연합의 흑막이 정정당당하게 자네를 잡아갈 것이라 생각하나? 끌려가는 와중에 우주 밖으로 던져질 수도 있단 말일세!"

"그래서 나도 가급적이면 네스트는 사용하고 싶지 않아. 세인트 엘모의 불꽃 두 방으로 다 끝내 버리고 싶은 게 본심이라고."

치프가 한숨을 쉬었다.

"문제는 또 있어. 두 개의 브리치와 키퍼들을 전부 없애 버린 다음에는 또 뭐지? 엠페라투스의 다음 행동을 기다려야 하나?"

그는 자리에서 일어나 데스디아가 앉은 자리의 뒤편으로 이동한 뒤 의자의 두툼하고 높은 등받이 위에 두 팔을 겹쳐 기대었다.

"그 모든 상황에 대비해서 데스디아에게 내 빈자리를 맡기기로 한 거야. 데스디아라면 나보다 더 일을 잘할 수 있을 거라고 믿거든."

그러자 데스디아가 쓴웃음을 지었다.

"오해하는군. 난 알타이르인으로서 두 번이나 실패한 인물이야. 내 부하들은 물론 내 동생의 목숨도 지키지 못했어. 그런데 나를 믿고 이 회사를 맡기겠다고? 이제 나에게 남은 건 싸움과 관련된 것들뿐이야!"

"네가 생각하는 넌 그럴지도 모르겠는데, 다른 사람들이 생각하는 너는 그렇지 않아. 일단 난 목숨 걸고 너에게 뒷일을 맡기는 거라고."

"……."

그가 제발 목숨을 건다는 말만은 하지 않기를 원했던 데스디아는 눈을 감는 것으로 저항을 끝냈다.

"자, 그렇게 됐으니 다시 물어볼게, 셀레스티아. 공동대표로서 이의 있어?"

치프가 다시 물었다.

눈을 감고 있는 데스디아를 오랫동안 바라본 셀레스티아는 가슴이 아팠으나 이윽고 고개를 끄덕였다.

"이의 없어. 데스디아의 부사장 승격을 인정할게."

"사만다와 젝스, 포프는?"

질문한 치프는 데스디아의 옆에 앉은 사만다를 봤다.

그녀가 아무 말도 하지 않자 치프는 손을 뻗어 그녀의 하얀색 머리카락을 만져 주었다.

"난 괜찮을 거야. 꼭 돌아올게."

"돌아오실 것을 약속하신다면 인정하겠습니다."

치프는 보지 못했지만 사만다 역시 데스디아와 마찬가지로 눈을 감고 있었다.

"그래, 약속하지. 이 아저씨가 너랑 한 약속을 어긴 적은 없잖아? 그럼 둘은 어때?"

젝스는 엠페라투스와의 대적에서도 살아남은 치프가 정말 죽을 각오를 하고 있을 만큼 일이 쉽지 않음을 느끼고는 그를 걱정스레 바라봤다.

"꼭 돌아와야 해, 사장. 난 아직 당신에게 제대로 배운 것이 없어."

뒤이어 포프가 한참을 머뭇거리다가 젝스의 손을 꽉 잡으며 울먹였다.

"반드시 한 사람 몫을 하는 헌터가 되겠습니다! 무사히 돌아오세요, 사장님! 사장님의 등 근육은 절대 잊지 않을게요!"

"…응, 그래."

왜 다들 자신이 잡혀가는 것을 기정사실화하는 것인지 알 수 없다는 표정을 지은 치프는 데스디아의 의자 등받이를 두드려 준 후 자기 자리로 돌아갔다.

"그럼 내일 일정을 얘기하도록 하지. 잘 들으라고. 내가 진행하는 마지막 회의가 될지도 모르니까."

그 순간 뭔가가 빠직 부서지는 소리가 났다. 데스디아가 회의실의 탁자 끝을 엄지와 검지로 식빵 뜯듯 뜯어버린 것이다.

"농담이라고. 농담이라니까?"

치프가 서둘러 말하자 데스디아는 자신이 뜯어버린 탁자 조각을 놓으며 그에게 눈총을 주었다.

알케온과 루할트는 나무가 아니라 나무처럼 생긴 강화합성수지를 어떻게 손가락의 힘만으로 꼬집어 뜯을 수 있는지 이해할 수가 없었다.

밖에서 회의실의 상황을 지켜보던 가이우스에게 곁에 있던 기사단 단원이 가까이 다가왔다.

"영주님, 우리는 무엇을 해야 합니까?"

"이야기는 이제부터 시작될 것이네. 너무 성급히 행동하지 말게."

단원을 진정시킨 가이우스는 이후 치프가 이야기하는 것들을 차분히 들었다. 치프의 이야기가 끝나자마자 회의실 안에서는 격렬한 논쟁이 일어났지만 모두는 차근차근 문제를 풀어가며 계획을 확실히 확정지었다.

'내일은 정말 많은 일이 일어나겠군.'

가이우스는 큰 희생 없이 모든 일이 끝나기를 간절히 기원했다.

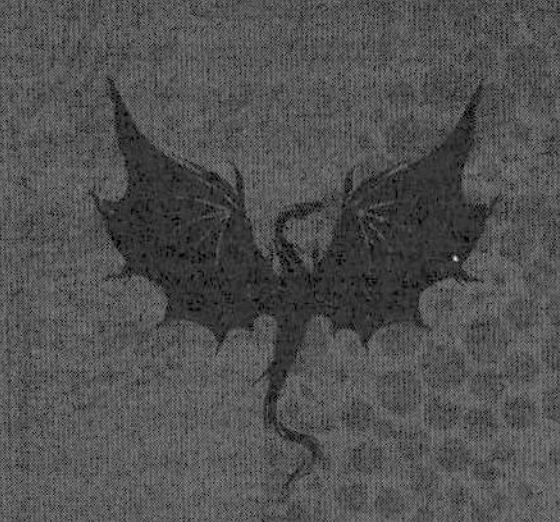

16
날개 달린 자들의 황혼

다음 날 새벽 3시 무렵.

죠 라이트스톤은 그라니트 행성 밖에 떠 있는 자신의 개인용 우주선에서 빛에 감싸이며 아침을 맞이하는 행성의 모습을 우주선의 창문을 통해 바라봤다.

그의 우주선은 길이만 1.8킬로미터 정도였는데, 개인용 우주선치고는 상당히 거대했지만 그 우주선으로 옮기거나 인양하는 무기들을 생각하면 결코 크다고만은 할 수 없었다.

상념에 젖어 있는 그의 귀에 통신호출신호가 들려왔다.

꺼진 스크린 아래쪽에서 반짝거리는 신호 램프를 잠시 본 라이트스톤은 자신의 파란색 피부를 감추듯 침대 옆 테이블에 놓아두었던 기계식 헬멧으로 머리를 감쌌다.

"무슨 일인가?"

그의 목소리에 응답하듯 스크린이 밝아지면서 얼굴 전체가 털로 뒤덮인 종족의 모습이 나타났다.

"예, 사장님. 토마스 데이비드 카터 님께서 오셨습니다."

"안내해 드리도록 하게."

스크린이 다시 꺼지자 라이트스톤은 방에 있는 특수한 냉장고를 열었다.

그 냉장고 안에는 우주연합에 속한 온갖 종족의 술이나 음료가 담겨 있었다.

그중에서 그는 검은색 라벨이 붙은 지구의 위스키 한 병을 꺼내어 탁자 위에 올려놓았다. 큼지막한 술잔과 얼음을 준비하는 것도 잊지 않았다.

이윽고, 토마스 데이비드 카터 전 해군청장이 라이트스톤의 직원과 함께 그의 방으로 들어왔다.

흰색 정장을 입은 그는 눈에 낀 선글라스를 벗으며 껄껄 웃었다.

"단말기로만 얼굴과 목소리를 듣다가 직접 만나니 너무나 반갑군."

"저도 그렇습니다."

둘은 두 팔을 벌리고는 힘껏 포옹했다.

직원이 나간 뒤, 방 전체를 보안 수단으로 봉인시킨 라이트스톤은 자신이 준비한 술을 얼음과 함께 즐기는 토마스, 아니, 톰의 건너편 자리에 앉았다.

"내려가실 계획은 없으십니까?"

"오늘은 구경만 해야지. 내가 저 땅을 밟는 순간 모든 일이 틀어지지 않겠나?"

"말씀대로 엠페라투스가 가만있지 않을 것입니다."

"후후."

술잔을 입에서 뗀 톰은 라이트스톤의 말을 곱씹으며 씁쓸하게 웃었다.

"치프와 다른 아이들의 상태는 어떠하던가?"

"A-1730은 아직 자신의 능력을 알아차리지 못한 것 같았습니다. 반면 알타이르의 워치프는 기대 이상이었습니다."

"기대 이상이라고?"

"제가 설계한 워치프 클래스의 전투 능력은 알타이르 행성에서 100%, 지구에서는 80%, 이 행성에서 110%여야 했지만 데스디아 브라토레의 현재 전투 능력은 213%입니다."

술잔을 흔들던 톰이 깜짝 놀랐다.

"돌연변이였나? 지구에서도 일반 화살로 말도 안 되는 일을 저질러서 정말 놀랐네만."

"정령과의 융합능력이 제 예상을 초월했다고 봐야 합니다. 하지만 데스디아 본인의 본능적인 자제력이 굉장해서 폭주 같은 시시한 일은 일어나지 않을 겁니다."

그러나 톰은 탐탁지 않은 표정이었다.

"만약 자제력을 잃어버린다면?"

"그 정도로 실없는 존재였다면 부하들이 몰살당했을 시점에서 자멸했을 것입니다. 갖고 있는 능력만큼이나 정신적으로 성숙한 존재이니 심려치 마십시오."

"그렇다면 다행이군. 그리고… 셀레스티아는?"

톰이 조심스럽게 물었다.

"그 역시 심려치 않으셔도 됩니다."

"흠."

한숨을 쉰 톰은 차가워진 위스키를 벌컥벌컥 마셨다.

"자네는 엠페라투스가 어떻게 행동할 것이라 생각하나?"

"제가 그를 얼마나 증오하는지 잘 아시지 않습니까?"

"그래서 물어보는 것이네."

"……."

침묵했던 라이트스톤은 일단 이야기하기에 앞서 자세를 가다듬었다.

"엠페라투스는 분명 우리가 예상한 범위 내에서 최악의 사태를 일으킬 것입니다. 아르마다도 그것을 알기 때문에 지금까지 직접 나서지 않았을 겁니다."

"엠페라투스가 긍정적인 방향으로 움직여 줄 일은 결코 없을 것이라 생각하나?"

"없습니다. 엠페라투스는 자신이 죄악으로서 존재할 수 있는 모든 행동을 수행할 것입니다. 과거처럼, 맹목적으로 말입니다."

"…흐음."

톰은 자신의 하얀색 턱수염을 쓰다듬었다.

"그렇다면 정말 기쁘겠군. 한결같은 친구를 가지기란 쉽지 않거든."

톰은 술이 비어 얼음만이 남아버린 술잔에 다시 위스키 병을 가까이했다.

"조금 있으면 치프의 땅에 해가 뜨고 신들이 남긴 애완동물들과의 싸움이 시작되겠군. 아르마다와 그 일당 역시 이 싸움을 지켜보겠지."

톰은 타원형의 창문 밖으로 보이는 그라니트 행성을 향해 적절히 채운 술잔을 들었다.

"승리가 있기를."

* * *

"후우."

회사 옥상에서 한숨을 쉰 데스디아는 늘씬한 스포츠 선글라스 스타일의 고글을 눈에 쓴 뒤 자신의 건하운드, 파프니르의 포대를 프린팅했다.

회사 아래에 준비된 소재에서 입자들이 날아올라 파프니르의 포대로 구축되는 것을 확인한 데스디아는 제어장치로 포대를 수동 조작하여 그 위에 올라탄 뒤 서서히 고도를 높였다.

회사에 단둘이 남은 포프와 젝스는 검은색 망토를 펄럭이며 떠오르는 데스디아의 모습을 간절한 모습으로 지켜봤다.

어느 정도 떠오른 데스디아를 향하여 본래의 모습을 한 영주, 알케온이 날개를 좌우로 활짝 편 채 활공해 왔다.

데스디아는 계단을 내려가듯 포대 아래로 발을 내렸다.

아래로 날아든 알케온의 등에 정확히 내려선 데스디아는 어렵지 않게 중심을 잡은 후 포대를 불렀다.

포대와 함께 회사 주변을 날던 알케온은 자신의 능력인 화염의 길을 열어 그 안으로 들어갔다.

도착목표지점은 첫 번째 목표로 삼은 브리치의 근처였다.

원하는 지점에 정확히 다시 나타난 알케온은 접었던 날개를 다시 활짝 펴면서 구름 아래로 내려갔다.

알케온과 데스디아의 눈에 아침 햇살을 받아 더욱 반짝거리는 브리치의 모습이 들어왔다.

데스디아가 쓴 고글은 망원기능을 갖춘 특수 고글이었다.

그녀는 고글의 검은색 안경다리를 따라 길게 부착된 황금색의 센서를 손가락으로 쓸며 고글의 배율을 조절했다.

고글의 짙은 렌즈 밑에서 데스디아의 은색 눈동자가 으스름하게 빛을 냈다.

"표적 확인. 일을 합시다, 알케온 경."

"그전에 묻고 싶은 것이 있소, 브라토레 부사장."

"뭡니까?"

"오늘은 좀 진정됐소?"

데스디아는 자신에게 질문을 한 그 드래곤 영주의 뒤통수를 매섭게 노려봤다.

"제가 혼란스러워해야 할 이유라도 있습니까?"

농담이나 악담을 할 의도가 아니었던 알케온은 그녀의 박력 넘치는 목소리에 콧김을 뿜었다.

"어제 사장의 문제로 화를 내지 않았소?"

"회사 전체를 갑자기 떠넘기려고 하는데 화가 안 날 사람이 있겠습니까?"

"진짜 이유는 회사가 아니라 다른 곳에 있었던 것 같소만?"

"일에 집중하시지요, 알케온 경."

그녀의 경고에도 불구하고 알케온은 하고 싶은 말을 마저 했다.

"미안하오만, 사장은 당신의 그 감정을 모성애라고 착각하고 있소."

"그 개새끼가!"

자신도 모르게 욕을 빵 터뜨린 데스디아는 이를 부득 갈았다.

"…못 들은 것으로 해주십시오, 알케온 경."

"흠, 충고 하나 하리다."

알케온이 목을 움직여 데스디아 쪽을 봤다.

"사장이 혹시라도 잡혀가게 된다면 당신의 감정을 솔직하게 말씀하시오. 사만다는 신경 쓰지 말고."

"……."

"말을 하지 않으면 영원히 전해지지 않는 것도 있다오. 당신은 나처럼 후회하지 않았으면 좋겠소."

그가 다시 브리치 쪽으로 고개를 돌렸다.

"진정되면 말하시오, 부사장."

"이보십시오, 알케온 경. 제가 엊그제 초경을 한 계집애처럼 보이십니까?"

"마음이 상했다면 미안하오."

덤덤히 말을 하긴 했지만 알케온은 데스디아로부터 뜨겁게 끓어오르는 분노를 느끼고는 자못 긴장했다.

"알타이르의 여성은 남성과 연애를 할 필요가 없습니다. 대부분의 여성이 그 필요성을 느끼지 못합니다. 알타이르의 문화 자체가 그렇습니다."

"그렇구려."

그 이야기를 듣고 자신이 오해를 했다고 판단한 알케온은 그녀에게 한 번 더 진심으로 사과를 하기로 했다.

그러나 그녀의 이야기는 아직 끝난 게 아니었다.

"그래서 제가 이토록 어설픈가 봅니다. 이래서야 정말 사춘기의 지구인 여자아이보다 못하군요. 지구에서 심심할 때마다 본 것이 로맨스 드라마인데도 말입니다."

알케온은 아주 잠깐이지만 브리치를 파괴하는 일보다 데스디아의 연애 이야기가 더 흥미진진할 것 같다는 생각을 해봤다.

“로맨스 드라마를 참고한 사람치고는 남자를 보는 눈이 실망스럽구려.”

“그렇다고 제가 그렇게 귀엽지는 않잖습니까?”

“무슨 말이오? 브라토레 부사장은 왕녀 전하와 나란히 있어도 문제가 없는 사람이오. 하지만 우리 사장은 입고 다니는 옷부터가 영…….”

“그러게 말입니다. 어디 가서 정장이라도 빼입혀놓으면 좋겠는데 말이지요. 나름 멋을 부린다면서 흰색 셔츠 대신에 검은색 셔츠를 입었을 때는 정말 속이 상하더군요.”

“…후후, 크크큭.”

“…하하하하.”

알케온과 데스디아가 서늘한 하늘 위에서 함께 웃었다. 브리치와 키퍼 때문에 크게 웃지는 못했지만 둘의 표정은, 특히 데스디아의 얼굴은 너무나도 개운했다.

“반드시 성공합시다, 브라토레 부사장. 둘 다 깔끔하게 부수고 우리 사장을 옷가게로 데려가는 것이오.”

“믿음직한 말씀이군요.”

딱딱한 표정이 누그러져 안정감을 갖게 된 데스디아는 건하운드 파프니르의 제어장치를 제대로 들었다.

“그럼 브리치 파괴 작업을 시작하겠습니다.”

"준비하리다."

알케온은 주변의 대기를 자극하여 플라즈마의 불꽃들을 만들었다. 그러고는 데스디아의 조준에 방해가 되지 않는 선에서 불꽃들을 배치시켰다.

혹시 모를 키퍼의 공격에 대한 대비였다.

"여기는 데스디아 브라토레 부사장. 가이우스 경, 들리십니까?"

—감이 안 좋지만 잘 들리오. 브리치의 위치는 확보했소?

"이쪽은 준비가 됐습니다. 경께서 감시하시는 반대편 브리치의 상태는 어떻습니까?"

—평온하게 이동 중이오.

"그럼 예정대로 공격하겠습니다."

—알겠소.

가이우스와의 통신을 마친 데스디아는 심호흡을 한 후 제어장치의 조준경 한가운데에 브리치를 맞추며 중얼거렸다.

"위성궤도에 있는 세인트 엘모의 불꽃과 제어장치의 조준기를 연결. 암호 해제. 코드 입력 THX하나하나셋여덟."

데스디아가 쓴 고글에 각종 정보를 실은 문자들이 빼곡히 올라왔다.

"세인트 엘모 기동 확인. 제어장치 연결 및 동기화 확인. 폭발 위력의 제어 확인. 목표물 조준 완료."

"불꽃의 길 전개."

알케온의 눈이 빛나면서 그들의 뒤편에 일어난 불꽃이 맹렬하게 소용돌이쳤다.

"카운트 3에 세인트 엘모의 불꽃을 사용하겠습니다."

데스디아는 방아쇠에 검지를 얹었다.

"셋, 둘, 하나. 격발!"

방아쇠를 누른 데스디아는 목표가 된 브리치를 중심으로 아무것도 없는 하늘에서 가공할 만한 양의 전류가 흐르는 것을 목격했다.

이윽고 하늘 전체가 번쩍이면서 고층 건물처럼 두꺼운 전류들이 브리치와 키퍼에 꽂히고 실타래처럼 엉켰다.

브리치를 중심으로 대기 전체에 충전되기 시작한 전류는 역한 오존의 냄새를 풍기며 데스디아가 미리 정한 파괴대상영역 전체의 공간을 뒤틀어 버렸다.

일어나야 하는 방전, 발열, 발광현상을 보이지 않는 뭔가가 억지로 개입하여 강제로 압축시키는 듯한 모습이었다.

"착화 직전!"

"화염의 길을 통해서 이탈하겠소!"

몸을 뒤집은 알케온은 자신이 연 불꽃의 소용돌이 속으로 몸을 던졌다.

둘이 사라진 후, 마그네슘을 이용한 구식 플래시가 터지듯 파괴 대상으로 지정된 지역 전체에 짧고 강한 빛이 터졌다.

지상 폭격용 인공위성, 세인트 엘모의 기상제어능력에 의해 제압당하고 있던 자연이 그 분노를 한 번에 토해냈다.

1초도 안 되는 시간 동안 섭씨 3만 도의 열이 지역을 강타했다. 달구고 녹이기에는 그 시간이 너무 짧았지만 충격을 주기에는 충분한 열이었다.

강렬한 방전과 그 충격은 물체의 표면만이 아니라 결합구조까지 태워 버렸다.

브리치의 한가운데에 있던 키퍼는 빛이 반짝하는 것과 동시에 재가 되어 흩어졌다.

금속제인 브리치도 그 모든 현상을 이겨내지 못하고 터져 버렸다. 또한 터진 조각들까지도 아무 의미 없는 산화물질만을 남기며 차례차례 분해되었다.

지상에서 키퍼와 브리치를 따라 움직이던 생물들 역시 지우개로 지워지듯 사라졌다.

그것이 바로 지구에서 수십 년 전에 만들고 방치해 버린 전략병기, 세인트 엘모의 불꽃이었다.

모든 파괴가 끝난 뒤, 지름 4킬로미터의 크레이터를 남긴 채 움푹 파여 버린 땅에는 그 파괴적인 현상이 남긴 잔류 에너지만이 번개처럼 찌릿찌릿 흘러 다닐 뿐이었다.

키퍼와 브리치가 재생될 가능성 따위는 보이지 않았다.

*　　　　　*　　　　　*

어제 회의를 할 때 치프가 강조한 것은 '최악의 상황'이었다.

각자가 수많은 가능성을 내놓았지만 역시나 최악으로 꼽힌 것은 브리치가 이 땅에 나타날 때와 마찬가지로 빅시티의 상공에 자신의 위치를 갑자기 옮기는 일이었다.

남은 하나의 키퍼와 브리치를 키퍼의 빛이 닿지 않는 거리에서 기사단들과 함께 감시하던 가이우스는 두 괴물들이 갑자기 사라지는 것을 목격했다.

그 이동 방식은 주변 대기 전체에 충격을 줬지만 대열을 짜고 감시 중이던 드래곤들은 잠깐 비틀거릴 뿐, 추락하지는 않았다.

그들을 놓친 가이우스는 빅시티 방향을 바라보며 통신을 시도했다. 드래곤들은 통신기가 없이도 자신들의 텔레파시 능력을 응용하여 통화를 주고받는 것이 가능했다.

"가이우스일세, 사장. 방금 브리치가 우리 앞에서 사라졌다네."

—너무 걱정하지 말라고, 가이우스 경. 거기 있던 놈이 지금 우리 머리 위에 나타났거든.

가이우스는 치프의 목소리와 함께 들려오는 키퍼, 그리고 브리치의 소리를 듣고 한숨을 쉬었다.

"아무래도 자네가 우주연합에게 잡혀가는 시나리오 쪽으로 흘러갈 것 같군."

—뭐, 그런 거지. 알케온 경과 데스디아에게 이쪽으로 오라고 해줘. 가이우스 경도 최대한 빨리 이쪽으로 와주고. 지금 어마

어마한 일이 일어나려 하고 있으니까.

"그리하지. 통신 종료."

통신을 마친 가이우스는 자신의 지시를 기다리는 기사단들을 향해 날개와 꼬리를 순차적으로 움직였다. 경계를 한 채 최대 속도로 자신을 따라오라는 신호였다.

루할트와 알케온은 모래폭풍이나 화염의 길 같은 특수능력을 이용해 자신뿐만 아니라 기사단 대부분을 데리고 이동시킬 수 있는 능력을 갖고 있었다.

가이우스 역시 특수능력을 사용하면 그것이 가능했으나 가장 빠르게 이동할 수 있는 대신 데려갈 수 있는 부하의 숫자가 매우 적었다.

특수능력을 이용한 이동속도는 가이우스, 알케온, 루할트 순이었고 대동할 수 있는 부하들의 숫자는 루할트, 알케온, 가이우스 순이었다.

가이우스는 특수능력을 사용하지 않고 기사단들과 함께 최대 속도로 날았다.

그가 서두르면서도 성급하게 행동하지 않는 이유는 어제 회의를 통해 '최악의 상황'에 미리 대비한 덕분이었다.

브리치와 함께 빅시티의 농산물 시장 위에 나타난 키퍼는 지상에 자신이 이용할 수 있는 생물이 아무것도 없는 것을 인식했다.

브리치가 빅시티 바로 위에 나타나는 것만큼 굉장한 상황이 어디 있겠냐는 회의 결과에 따라 레투가가 보안국장의 권한을 이용하여 빅시티 전체에 대피명령을 내린 덕분이었다.

대피 장소도 예전에 엠페라투스가 나타났을 때와는 달랐다. 지면과 가까운 대피소가 아니라 지하 1킬로미터 내에 위치한 초대형 벙커였다.

키퍼와 브리치는 어제저녁부터 시행된 대피 절차에 따라 빅시티의 사람들이 모두 철수했다는 사실을 알지 못했다. 알 방법도 없었고 그들을 실제로 조종하는 자들 역시 신경 쓰지 않았다.

브리치의 고리 한가운데로부터 일어난 검은색의 안개에서 엄청난 숫자의 환상종들이 지상을 향해 쏟아져 내려왔다.

인간과 비슷한 크기의 환상종은 물론 그라니트 행성의 공룡들보다 좀 더 큰 지상생물도 있었다. 얼마 전에 나타난 그리핀들 역시도 그 틈에 끼어 있었다.

브리치는 마치 숨을 쉬듯 일정하게 간격을 두고 그들을 뿌렸다. 마치 채를 두드려 밀가루를 빼내는 듯한 모양새였다.

대량의 환상종이 온갖 괴성을 지르며 내려오는 그 모습은 마치 세상을 멸망시키기 위해 신들이 벌을 내리는 것처럼 보였다.

사람이 아무도 없어 유령도시처럼 된 빅시티의 도심을 한 대의 장갑차가 굉음을 일으키며 질주했다.

장갑차의 운전을 맡은 사만다는 생체감지레이더에 환상종들이 잡히는 것을 확인했다.

"목표물 확인! 5분 뒤에 접촉 예정! 지시를 부탁드립니다!"

"응, 잠깐. 한 사람만 더 태우자고."

"예?"

깜짝 놀란 사만다는 사이드 미러를 통해 자신들이 탄 장갑차 옆으로 피자 배달용 스쿠터 한 대가 따라붙는 모습을 봤다.

스쿠터에 탄 사람은 카키색의 머플러를 두르고 있었다. 옆머리는 짧게 깎아 시원해 보였고 그 이외의 머리는 목덜미 뒤쪽에서 묶어 바람에 팔락거리는 것을 방치했다.

"저게 누굽니까?"

"피자집 사장!"

"예?"

사만다는 피자집 사장이 왜 여기 있는지 영문을 알 수 없었지만 치프가 부른 이상 보통 사람은 아닐 것이라 예상했다.

스쿠터의 자율주행 스위치를 올린 그 젊은 피자집 사장은 안장에서 훌쩍 뛰어올라 장갑차 위에 안전히 착지했다. 사만다는 데스디아 말고도 저런 정신 나간 운동 능력의 소유자가 또 있다는 사실을 믿을 수 없었다.

달리는 장갑차 위를 걸어 상단 해치 쪽으로 걸어간 그 피자집 사장은 손으로 해치를 두드렸다.

"수당은 현금으로 받겠소."

그러자 치프가 해치를 열고는 상반신만 장갑차 밖으로 내밀었다.

그는 두툼한 지폐 뭉치를 왠지 어려 보이는 그 피자집 사장에게 건네었다.

"키드 저스트죠? 나이트 스토커 수행을 한다면서요?"

"그렇소. 키드라 부르시오."

묵례를 한 청년 사장, 키드는 받은 지폐를 후다닥 넘겨 세었다. 도중에 의아한 표정을 지은 키드는 지폐 20여 장을 치프에게 돌려주려 했다.

"내가 요구한 돈보다 많이 넣으셨소."

"위험수당이니 챙겨요. 아, 그리고 이거랑 이거."

치프는 손목에 감는 얇은 밴드와 귓바퀴에 걸 수 있는 통신기도 건네주었다.

"그 밴드는 피아식별장치예요. 그거 없으면 우리 쪽 건하운드가 당신 머리도 날리려고 할 거예요. 그리고 통신기가 없으면 여러모로 곤란하게 될 거라는 건 알죠?"

"그렇소. 접수하겠소."

"그럼 오늘 하루 잘해봅시다."

치프는 장갑차의 해치를 닫으며 안으로 들어갔다. 그를 따라 장갑차 안으로 들어가려 했던 키드는 움찔했지만 이내 체념하고는 몸을 바짝 숙였다.

'달리는 장갑차 위에서 중심을 잡는 건 힘든데.'

목에 두른 카키색 머플러를 끌어 올려 입과 목을 덮다시피 한 키드는 저 멀리, 지상에서 약 300미터 상공까지 내려와 쉴

새 없이 빛을 쏟아내는 브리치를 봤다.

'스승님의 예언대로 지옥에 떨어진 신들의 문, 탈란바토르가 이 땅에 나타났군. 그렇다면 드래곤들이 전멸하는 날이 바로 오늘이란 말인가?'

장갑차의 뒤로 보안국 소속의 전투경찰 운송차량 아홉 대가 따라붙어 왔다.

선두의 운송차량 운전수는 치프의 장갑차 위에 바짝 숙여 앉은 채 갈색의 말총머리를 나풀거리는 키드를 의아하다는 듯 쳐다봤다.

"국장님, 저 친구도 그라니트 용역 소속의 헌터입니까?"

중장갑 전투복 차림의 레투가가 뒤에서 다가와서는 앞 유리를 통해 상황을 보자마자 실소를 터뜨렸다.

"피자집 사장일세."

"예?"

운전수는 당황했지만 거리 저편에 새까맣게 깔린 환상종들의 모습 때문에 딴생각을 할 수가 없었다.

치프의 장갑차와 보안국 전투경찰 차량 아홉 대가 일제히 정지했다.

경찰용 건하운드를 비롯한 각종 중장비를 들고 우르르 내린 전투경찰들은 장갑차 안에서 치프와 사만다만 장비를 갖추고 내리자 조금 어이없어 했다.

치프는 남색의 중장갑 전투복으로 몸을 완전히 보호한 전투경찰들을 쓱 훑어본 뒤 등에 거치한 자동소총과 자신의 건하운드를 간단히 점검했다.

"참 무섭게 달려오는군."

치프는 진동이 느껴질 만큼 맹렬하게 달려오는 환상종들을 보며 싱긋 웃었다.

일단 건하운드 대신 화력 지원용 기관총을 든 사만다는 괜찮냐는 얼굴로 치프를 봤다.

"아저씨, 우리만으로 저 많은 숫자를 감당해야 합니까?"

"그럴 리가?"

치프는 목에 장비한 통신기를 눌렀다.

"여긴 A—1730. 네스트 안의 지옥사냥개들에게. 잘 들리나?"

—여기는 헬하운드 브라보 여섯. 잘 들립니다.

"내 위치와 목표들의 위치, 보이지?"

—예, 그렇습니다. 다들 치프가 감방에 들어가는 꼴을 구경하고 싶어서 안달입니다.

"좋아, 즉시 투하!"

—다이브 개시. 지상에서 뵙겠습니다.

통신을 마친 치프는 대열까지 맞추고 돌격할 준비를 하는 레투가와 전투경찰들을 향해 팔을 흔들며 다가왔다.

"어이, 기다려! 총 내리라고! 지금 가면 몽땅 피떡이 될 거야!"

전투경찰들의 최고 지휘관인 레투가가 헬멧의 바이저를 열고 그를 봤다.

"녀석들이 코앞까지 왔는데?"

"알았으니 당장 엎드리라고!"

모두가 어리둥절해하는 그때, 큼지막한 강하포트 하나가 60층이 넘는 건물의 옆구리를 관통하며 도로에 꽂혔다.

무리 지어 달려오던 환상종들 한가운데에 꽂힌 강하포트는 철갑포탄처럼 지상을 한 차례 뒤집었다. 강하포트의 강하 충격에 적잖은 숫자의 환상종이 쓰레기처럼 조각나면서 날아가는 것을 본 전투경찰들은 모조리 헬멧의 바이저를 닫고 몸을 숙였다.

뒤이어 스물아홉 개의 강하포트가 유성우처럼 쏟아져 지상을 뭉개놓았다.

총 30개의 강하포트가 도로에 착지하면서 주변의 구조물들은 물론 건물들까지 위태롭게 망가지고 말았다.

착지 반경 200미터 안의 환상종들은 대부분 충격을 이기지 못하고 몸이 찢어지거나 튕겨 나가 확실히 넝마가 되었다. 200미터 밖에 있던 존재들 역시 산탄처럼 날아든 바닥 파편으로 인해 무사하지 못했다.

환상종들이 떼죽음을 당한 것을 본 키퍼는 브리치를 더욱 자극하여 새로운 환상종들을 뽑아내고 공중에 있던 환상종들을 강하포트 착지 지점에 바삐 보냈다.

분주한 키퍼 앞에 화염의 소용돌이가 일어났다.

움찔한 키퍼는 지상 쪽으로 향했던 고개를 소용돌이 쪽으로 들었다.

알케온과 함께 화염의 소용돌이 밖으로 나온 데스디아가 미리 프린팅해 놓은 건하운드, 파프니르의 포대를 키퍼의 머리에 맞췄다.

자신의 호위를 위해 뽑아둔 그리핀들까지 지상으로 보냈던 키퍼는 자신의 이마를 훑고 정수리를 향하여 움직이는 파프니르를 방해하지 못했다.

"중력 간섭이 엄청나다오, 부사장!"

알케온이 비명을 지르듯 외쳤지만 데스디아는 냉정하게 파프니르의 포대를 수동으로 조작했다.

"파죽지세라는 지구의 말을 아시오, 알케온 경?"

데스디아가 방아쇠를 당겼다.

포대는 거의 최대 출력에 가깝게 탄을 토했다. 키퍼는 자신이 동원할 수 있는 모든 방어 수단을 동원했으나 지금까지 데스디아가 노렸던 모든 존재와 마찬가지로 허무하게 관통당했다.

머리가 쪼개진 키퍼는 한 번 흐느적거리더니 좌우로 깔끔하게 나뉘면서 지상으로 떨어졌다.

지상에 있는 환상종들은 키퍼의 소멸을 감지하고는 길길이 뛰며 광분했으나 그들을 진정시키듯 땅에 박혀 있는 강하포트에서 짙은 연막이 뿜어졌다.

연막과 동시에 출입구가 열린 강하포트로부터 중장갑 전투복을 착용한 UNSMC 대원들이 내려왔다. 강하포트 하나당 4명,

총 120명에 달하는 머릿수였다.

치프와 가까운 곳에 떨어진 자들을 제외한 대원 전원이 건하운드에 전원을 넣고 일제히 포대를 프린팅했다.

"미녀들이 가득한 휴양지라고 들었는데 청소부터 해야 할 것 같군."

"저쪽 하늘에 드래곤을 탄 알타이르 미녀가 있는데?"

"조심해. 인종차별주의자의 후장에 겁나 큰 리볼버를 꽂아버린 여자야. 작년에 뉴스에서 봤어."

"제길, 상상해 버렸잖아?"

평온하게 농담을 주고받은 대원들은 프린팅이 끝난 건하운드를 조작하여 탄환들을 쏟아냈다.

군용 건하운드는 민간용과 달리 사용자가 방아쇠만 당기면 인공지능이 목표를 추적하여 발포한다.

그를 위해서는 프린팅된 포대의 규모도 커야 하는데, 지금 UNSMC 대원들이 사용하는 대형 포대에는 군함에서나 사용하는 소형 대공포들이 주렁주렁 달려 있었다.

제어장치를 든 사용자는 언뜻 무방비 상태로 보였다. 그러나 환상종 중에 전갈처럼 생긴 존재가 꼬리에서 뿜어낸 독액은 UNSMC 대원이 미리 쳐놓은 보호막에 가로막혀 의미를 잃었다.

UNSMC 대원들을 중심으로 환상종들의 숫자가 급격히 줄었지만 브리치는 그만큼 많은 환상종을 쏟아냈다. 키퍼의 제어에서 벗어난 브리치는 고장 난 수도꼭지나 마찬가지였다.

한편, 네 명의 UNSMC 대원이 전투복에 장비된 로켓모터를 이용하여 고속으로 도로를 질주했다.

그들 중에서 커다란 가방을 가진 한 명은 치프 앞에서 바로 멈췄고 다른 세 명은 중기관총을 든 채로 주변을 경계했다.

"치프, 소개해 주신 휴양지가 너무 거지 같네요."

가방을 든 대원이 헬멧의 바이저를 걷으며 미소를 지었다.

"휴가철의 휴양지란 항상 이 모양이지. 물이 아니라 사람 배설물에서 헤엄쳐야 하잖아? 하하, 죠니! 보고 싶었어!"

죠니라고 불린 대원과 치프가 대각선으로 팔을 벌린 뒤 서로를 꽉 껴안았다.

"저도 그렇습니다. 다시 뵈니 정말 반갑습니다."

얼굴에 각이 뚜렷하고 턱도 큼지막한 금발 백인 남자, 죠니는 뒤이어 사만다를 봤다.

"세상에, 목성에서 만난 그 꼬마가 벌써 이렇게 자랐단 말이야?"

"…설마, 하사님?"

사만다는 목성 식민지에서 자신이 위기에 처했을 때 그 남자가 자신을 껴안고 달렸던 것을 기억해 냈다.

"이젠 상사야. 학교 졸업식에 찾아갔을 때 날 못 알아봐서 걱정했는데 오늘은 알아보는군."

"죄송합니다."

"괜찮아. 지금은 네 모습만 봐도 마음이 뿌듯하니까."

죠니 상사는 사만다의 머리를 쓰다듬어 준 후 레투가에게 다가갔다.

"어제저녁까지 UNSMC 소속이었던 A—8831 죠르반니 빅토르 조르카예프 상사입니다. 지금은 UNSMC에서 정리해고를 당하는 바람에 용병이 됐습니다."

"아… 그럼 상사라고 부르면 되겠소?"

"죠니라고 불러주십시오."

"반갑소, 죠니. 오늘 우리를 도와주신 것은 절대 잊지 않겠소."

레투가와 죠니가 굳게 악수를 했다.

그때, 하얀색의 촉수가 도로 옆에 있는 맨홀을 꿰뚫고 솟아올랐다.

촉수들은 전투경찰들과 레투가, 죠니를 향해서 거의 날듯이 빠르게 다가갔다.

소총으로 저항하려 했던 모두는 촉수와 자신들 사이에서 건물 몇 층도 덮을 수 있을 만큼 큰 빛이 도화지처럼 번뜩이는 것을 봤다.

손바닥에서 솟아 나오는 빛을 검으로 삼아 촉수들을 모조리 자른 것은 피자집 사장, 키드였다.

키드는 촉수가 나온 맨홀을 향해 다가간 후 빛이 맺힌 오른손을 구멍 안에 집어넣었다. 그러자 애벌레의 꼬리 같은 것이 도로 건너편의 건물을 하늘로 밀어내며 사납게 꿈틀거렸다.

하지만 꿈틀거리는 것도 잠시, 그 환상종은 역한 냄새를 뿜으며 지상에 축 늘어졌다.

"지하에 환상종들이 돌아다는 것 같소. 모래벌레를 비롯한 지하 환상종은 내가 전담하겠소."

"당신이?"

"이곳은 전문가에게 맡기고 당신들은 지면이 단단한 곳으로 이동하시오."

치프는 그런 곳이 있냐는 얼굴로 레투가를 쳐다봤다.

"그런 곳이 있을까?"

"음… 대부분 공사 때문에 땅이 약할 텐데… 아! 서쪽에 있는 도심중앙 고속도로! 그 주변은 전부 암석층일세!"

"그럼 그쪽으로 가야겠군. 한 3킬로미터를 걸어가야 하는데……."

치프는 서쪽뿐만 아니라 도심 곳곳에서 자신들을 향해 기어오는 환상종들을 봤다.

늑대처럼 생긴 존재, 유령처럼 두건을 뒤집어쓴 존재, 그리고 안쪽이 완전히 비었는데도 불구하고 움직이는 인간형 갑옷까지, 종류가 다양했다.

"총으로 해결할 수 있는 친구들이 몇 안 보이는군."

치프가 씁쓸히 중얼거렸다.

"일단 이것부터 입으시죠."

죠니는 자신이 들고 온 가방을 열었다. 안에는 헬멧과 금속

제 보호구가 있었고 그 모든 것은 검은색의 수은과 같은 물질에 담가져 있었다.

"내가 썼던 전투복이잖아? 어떻게 가져온 거야?"

치프의 말대로 헬멧 한쪽에는 A—1730이라는 글자가 검은색 바탕에 짙은 회색으로 새겨져 있었다.

"정신 차려 보니 뒷주머니에 껴 있더군요."

"엄마 같은 뒷주머니로군."

죠니의 어깨를 한 차례 두드린 치프는 군화 비슷하게 생긴 신발과 초커 통신기를 벗었다. 지갑과 단말기도 사만다에게 맡겼다.

죠니는 가방에 있는 착의 버튼을 눌렀다. 그러자 가방 안에 있던 금속 액체들이 치프의 몸으로 살아 있는 괴물처럼 달라붙었다.

그 액체가 타이즈처럼 몸에 단단히 붙자 치프는 부츠를 신는 것을 시작으로 보호구의 착용을 서둘렀다.

멧돼지처럼 후덕하게 생긴 헬멧의 착용을 마지막으로 준비를 마친 치프는 왼쪽 팔에 존재하는 단말기 보호 장치에 자신의 단말기를 집어넣었다.

사만다는 자동소총과 건하운드를 챙겨 그의 등에 있는 전자석식 거치대에 장착시켜 주었다.

"좋아, 준비 완료. 여기는 알파 리더. UNSMC 오스카, 빅터, 줄루. 들리나?"

—우리는 지금 용병 아닙니까?

"하, 그럼 그냥 오스카, 빅터, 줄루라고 하지. 분위기 어때?"

—땅에서 오는 놈들은 별거 아닌데 하늘과 지하에서 오는 놈들이 문제입니다. 대처가 힘듭니다.

치프는 왼쪽 팔에 장치한 단말기를 손끝으로 두드렸다.

"그럼 하늘은 포기하고 지하에서 올라오는 놈들에 주의하면서 합류 지점으로 와. 좌표를 전송하지."

—그럼 하늘은 저 후장 사냥꾼에게 맡기는 겁니까?

"후장 사냥꾼?"

치프는 하늘에서 알케온과 함께 그리핀 등의 비행형 환상종들을 맡고 있는 데스디아를 봤다.

"잘은 모르겠지만 그 별명이 저 아가씨 귀에 들어가지 않도록 조심해. 잘못하면 자네들 엉덩이에 새로운 배설기관을 만들어줄지도 몰라."

—지금 목표 지점으로 이동하겠습니다. 그런데 공중 지원을 좀 부탁해도 되겠습니까? 아까 네스트에서 출발할 때 보니까 격납고에 라이노 건쉽도 대기하고 있었습니다만?

"빌어먹을 조종수가 안 왔어!"

—안 왔다고 하셨습니까?

"그래! 나중에 그 난쟁이 녀석의 가죽을 감자 깎는 칼로 벗겨버릴 거야! 그놈은 이제 죽었어!"

치프가 펄펄 뛰었다.

그가 라이트스톤에게 구입한 여러 물건 가운데 하나인 라이노 건쉽은 지구에서 사용하는 초대형 강습 비행체였는데, 치프의 회사에서 사용하는 수송기의 화력이 1이라면 라이노 건쉽의 화력은 50 정도로 볼 수 있을 만큼 무서운 힘을 가진 존재였다.

그러나 그것을 조종할 듀베리아 행성인은 약 1시간 전에 집안 사정이 있다는 통보를 일방적으로 남긴 뒤 연락을 끊고 말았다.

"저기, 아저씨."

사만다가 치프를 불렀다.

"응?"

"라이노 건쉽은 저에게 맡겨주십시오. 건쉽으로 소화한 실전 시간이 700시간입니다."

헬멧에 가려진 치프의 표정이 복잡해졌다.

"라이노 건쉽은 아마 가장 먼저 환상종들의 눈에 띌 거야. 크고 느리고 화력이 좋거든. 거기에 널 태울 수는 없어."

"하지만 공중 지원이 없이는 아군의 피해가 클 겁니다!"

"지원은 걱정하지 마. 차선책이 있으니까."

치프가 통신으로 외쳤다.

"빅터 팀은 주황색 연막을 터뜨리도록! 반복한다, 주황색이다!"

지시를 내린 치프는 건하운드의 제어장치를 들었다.

"이제 우리도 이동해 보실까?"

치프는 레투가에게 손짓을 보냈다. 고개를 끄덕인 레투가는 헬멧을 단단히 잠근 후 부하들에게 소리쳤다.

"전원 이동한다! 전방은 용병들에게 맡기고 우리는 다른 방향을 살핀다!"

치프를 비롯한 UNSMC들은 즉각 대응이 가능한 기관포 등을 프린팅했고 사만다는 근접전을 대비하여 자신의 블레이드하운드, 듀란달을 프린팅했다.

듀란달의 투명한 주황색 칼날을 본 죠니는 헬멧 안에서 휘파람을 불었다.

"여어, 예쁜 장난감인데?"

"적들이 옵니다!"

사만다가 소리쳤다.

"우리 목성 공주님 실력을 좀 보자고!"

죠니의 건하운드가 불을 뿜었다. 그를 시작으로 모든 이의 건하운드가 목표물을 향해 포효했다.

치프는 혼자 남은 키드가 걱정됐다.

'혼자 정말 괜찮은 거야?'

걱정하자마자 10미터에 가까운 생물체들이 키드를 중심으로 땅속에서 솟아올랐다. 흙에서 구른 해삼처럼 끈적끈적하게 생긴 그 모래벌레들은 키드를 향해 촉수를 내뿜었다.

키드는 빠른 몸놀림으로 촉수들을 피한 뒤 손에 맺힌 광선검으로 모래벌레들을 베었다. 두껍고 단단할 것만 같던 모래벌레들이 일격에 몸이 나뉘며 땅에 널브러졌다.

"저렇게 잘 싸우는데 왜 피자집을 하고 있지?"

치프가 당황하여 소리치자 그를 뒤따르며 중형의 기관총을 쏘던 레투가가 껄껄 웃었다.

"나이트 스토커는 명예직이라서 취업비자를 받을 수 없거든!"

"비자 때문에 피자집 사장이 됐다 이 말인가?"

"그렇지!"

날개를 펄럭이며 땅을 질주하던 그리핀들이 일제히 하늘로 날아올랐다. 치프와 UNSMC 대원 두 명이 그쪽을 향해 사격했으나 또 다른 그리핀들이 비교적 화력이 약한 전투경찰들을 노리고 움직였다.

건물 사이로 그리핀들이 떼를 지어 몰려나오자 전투경찰들이 기겁했다. 그리핀들은 건물 위에서도 급강하하여 전투경찰들을 습격하려 했다.

그러나 옥상으로부터 급강하하는 그리핀들은 사만다가 휘두르는 듀란달의 칼날에 머리와 몸통이 날아갔다.

전투경찰들은 안심했으나 자신들이 듀란달을 제어하기 힘들 정도로 좁은 골목에 들어가자 바짝 긴장했다.

그들의 걱정은 사만다의 듀란달이 건물째로 그리핀들을 베어버리자 삽시간에 누그러들었다.

"됐어, 공중 지원이 온다! 오스카, 빅터, 줄루 팀은 모두 조심해!"

사력을 다해 사격하던 UNSMC 대원들은 생각지 못한 거대 생물체들이 하늘에서 자신들을 공격하던 환상종들을 순식간에 잡아채는 것을 보고 깜짝 놀랐다.

그리핀들을 걷어 간 것은 대체로 검은색을 띤 드래곤의 무리였다.

이른바 알파 그리핀이라고 불리는 초대형 그리핀도 드래곤 가운데 가장 큰 존재에게 머리를 붙잡혀 강제로 끌려 올라갔다.

그 붉은색 안광의 드래곤은 알파 그리핀을 하늘로 걷어차고는 검은색의 파동을 입에서 뿜어 상대의 머리와 날개, 그리고 다리들을 모조리 끊어버렸다.

"지상의 UNSMC 대원들은 들어라! 나는 모래폭풍의 날개 기사단을 이끄는 영주, 하늘을 지키는 검은색의 모래폭풍날개다! 우리 드래곤들의 지원을 바란다면 조심해서 총을 쏘도록!"

드래곤들과 함께 날다가 대열에서 이탈한 회사의 수송기가 치프 일행을 향해 날아왔다.

—여기는 셀레스티아. 들려, 치프?

갑자기 들어온 통신에 치프가 깜짝 놀랐다.

"설마 네가 운전하는 거야?"

수송기에서 쏟아진 기관포탄과 레일건의 철갑탄이 들소처럼 생긴 환상종 하나를 거꾸러뜨렸다. 특히 레일건 탄환은 환상종의 급소인 후두부에 정확히 꽂혔다.

—그쪽은 내가 지원해 줄게!

"가만, 그럼 장로님은?"

—브리치를 맡겠다고 하셨어!

치프는 브리치가 떠 있는 하늘을 봤다.

지금 빅시티 위를 날아다니는 드래곤 가운데 가장 큰 드래곤, 파울라가 온몸에 화염을 감은 채 브리치를 향해 돌진하고 있었다.

'저 정도 크기의 브리치라면……!'

파울라는 날개로 몸을 바짝 휘감은 후 속도를 더욱 높였다. 그 기세와 속도가 너무 비장했기에 치프를 비롯한 UNSMC 대원 전원은 그녀가 자살 공격을 시도한다고 생각했다.

물론 실제로는 그렇지 않았다. 그 몸통박치기는 그녀가 사용하는 기술 중에 하나였다.

파울라가 브리치에 도달하는 것을 막기 위해 그리핀들이 솟아올랐으나 그들은 파울라의 무게와 속도, 그리고 겉을 둘러싼 화염에 의해 가루가 되고 말았다.

이윽고, 충돌과 동시에 브리치 곳곳에 금이 가면서 불꽃이 튀었다.

여덟 조각으로 부서진 그 금속의 고리는 흩어지려 하다가 도중에 멈추고는 각 조각에서 일어난 붉은색의 빛을 한곳에 모아 파울라에게 쏘았다.

파울라는 빅시티의 상공을 이리저리 고속으로 움직이며 빛을 피하려 했으나 그 빛은 어지러이 잔광을 남기며 파울라를 추적했다.

"흠!"

파울라는 눈에 띄는 건물 중에서 가장 높은 건물을 봤다. 안에 사람이 없음을 확인한 그녀는 그대로 건물을 향해 날아갔다.

건물과 충돌 직전에 인간의 모습으로 변한 파울라는 비행할 때 걸린 관성에 의해 건물 안쪽을 엉망진창으로 부수며 뒹굴었다. 탁자, 가구, 벽에 박힌 싱크대, 심지어는 변기까지도 그녀의 맨몸에 박살이 났다.

그녀가 반대편 유리벽을 몸으로 뚫고 나오자마자 브리치가 쏜 빛이 건물에 충돌했다. 콘크리트는 물론 철골마저도 불에 닿은 종이처럼 노랗게 달궈지며 사라졌다.

다른 건물의 옥상에 착지한 파울라는 타박상으로 뻐근해진 몸을 일으키며 숨을 골랐다.

"브리치들이 얼마 뒤면 복원되겠군. 하지만 시간이 걸릴 것 같으니 다시 한 번……."

중얼거리며 드래곤의 모습을 하려던 그녀가 순간 뒤를 돌아봤다.

검은색 정장에 보라색 넥타이를 꼼꼼히 맨 청년이 뒷짐을 진 채 그녀를 바라보고 있었다.

파울라는 그가 엠페라투스라는 사실을 한눈에 알아봤다.

"무슨 볼일이오, 엠페라투스여. 혹시 방해할 생각이오?"

"글쎄?"

마치 순간이동을 하듯 파울라의 앞으로 다가온 엠페라투스는 오른손을 그녀의 얼굴에 댔다.

손바닥에서 반짝 터진 빛에 의해 의식을 잃은 파울라는 온몸에 힘이 풀린 듯 그대로 주저앉고는 옆으로 쓰러졌다.

뒷짐을 진 엠페라투스는 다시 하나로 뭉치기 위해 전류를 일으키며 서로를 끌어당기는 브리치의 조각들을 바라봤다. 하늘에 잔뜩 낀 먹구름들 때문에 브리치에서 일어나는 전류가 더욱 밝게 보였다.

"중간급의 브리치 때문에 이 난리라니, 실망스럽군. 물론 이곳이 도심이 아니라 평지이고, 저들에게 브리치 파괴에 대한 노하우가 쌓인 상태였다면 저 정도는 아니겠지."

엠페라투스는 지상에서 솟아오른 집중사격에 브리치의 조각 중 하나가 완파되는 것을 지켜봤다.

그것으로 이 이상의 환상종들이 그라니트 행성으로 넘어오는 것은 막혔지만 브리치들이 자기방어를 위해 쏟아붓는 공격은 더욱 맹렬해졌다. 더불어 이미 넘어와 있던 환상종들 역시 사력을 다하여 치프 일행을 공격했다.

몸에 상처만 나도 신음 소리를 내며 물러났던 작은 환상종들이 지금은 신체의 손실은 물론 죽음까지 각오하고 돌진을 거듭했다.

루할트와 루할트의 기사단들 역시 그리핀을 비롯한 대형 환상종들과 하늘에서 엉켜 있었다. 그리핀보다 특히 더 귀찮은 것은 '코카트리스'라고 불리는 환상종이었는데, 드래곤들의 비늘을 탄화시켜 부수는 능력은 알파 그리핀의 완력보다도 더 위협적이었다.

그 지옥과 같은 광경을 보며 씩 웃은 엠페라투스는 바람처럼 그곳에서 사라졌다.

한편, 치프는 다시 뭉치기 직전이 된 브리치의 조각들과 광폭하게 달려드는 환상종들을 어떻게 처리해야 할지 고민 중이었다.

"이거 완전 벌통을 건드린 꼴인데? 혹시 적당한 아이디어 있는 사람?"

통신채널이 한동안 조용했다.

의견이 나온 것은 몇 분이 지난 뒤였다.

—이쪽은 가이우스다. 나와 나의 기사단이 고고도에서 급강하하여 저 파편들을 집중 공격하겠다.

"아, 이제 오셨군! 왜 이렇게 반갑지?"

치프는 마침 도착한 가이우스와 그의 기사단이 너무도 반가웠다.

지구 측에서 이번 작전을 앞두고 의도적으로 해고한 UNSMC 대원들은 단 한 명의 사상자 없이 한 명당 80체 이상의 환상종을 처리하고 있었다.

UNSMC에 비해 장비 수준이 뒤떨어지는 전투경찰들은 20여 명이 사망하고 10여 명이 부상을 당했으나 굽히지 않고 작전을 계속했다.

수송기를 이용한 셀레스티아의 공중 지원은 상당히 훌륭했다.

아무리 주변의 고철들을 이용해 포대를 만드는 건하운드라 해도 소재가 될 금속이 주변에 없으면 탄환이 떨어지게 되는데, 셀레스티아는 금속들의 밀도를 계산하여 수송기 안에 적재된 고철 블록을 적절히 지상에 떨어뜨려 주었다.

미사일과 기관포, 레일건을 이용한 화력 지원도 충실했다. 셀레스티아가 수송기를 몰고 나온 이후부터는 지상의 일행이 궁지에 몰리는 경우가 없었다. 전투경찰들의 사상자도 0이 되었다.

그러나 지금은 수송기를 향해 날아드는 환상종들 때문에 셀레스티아의 공중 지원도 힘을 잃었다.

그 위기 상황에 나타난 가이우스와 그의 기사단은 옛말로 천군만마나 다름없었다.

가이우스와 기사단이 온몸에 전류를 휘감은 채 먹구름을 뚫고 내려와 브리치의 조각들을 향해 급강하했다.

가이우스는 조각들 가운데 가장 큰 것을 뒷발로 움켜쥐고는 꼬리의 반동까지 이용하여 하늘로 내던졌다.

그 뒤에 이어진 것은 가이우스의 입에서 터진 번개의 숨결이었다.

전류가 아니라 폭포처럼 보일 만큼 밀도가 높은 그 숨결은 지상에 있는 일반적인 전기장치들을 불태우며 브리치의 조각에 정확히 꽂혔다.

입자 간의 연결이 끊긴 브리치의 조각은 붉은색에서 황색으로 달아오른 뒤 숨결 속에서 한 줌의 재도 남기지 못하고 증발했다.

조각 하나를 없앤 가이우스는 자신의 기사단들이 남은 브리치 조각들을 억지로 지상에 끌어내려 숨결을 퍼붓는 모습을 봤다.

그 공격에는 루할트의 기사단까지 참여해 숨결의 파괴력을 증가시켰다.

"알케온 경도 저들을 도우셔야 하지 않겠습니까?"

승기를 잡았다는 생각에 여유를 가진 데스디아가 넌지시 물었다.

"난 혹시 있을 상황에 대비해서 부사장과 함께 있겠소."

"방심은 금물입니다."

"몇 분 뒤면 나의 기사단이 올 것이오. 이것으로 일단락되면 좋을 것 같소만… 음?"

알케온이 목을 이리저리 움직였다.

"파울라 장로님이 보이지 않는구려. 쉽게 쓰러지실 분이 아니신데?"

알케온이 코를 꿈틀거리며 파울라의 냄새를 찾아봤다.

"저기 계시는구려. 부사장, 족장님이 계신 곳을 향해 이동해도 되겠소?"

"같이 가지요. 남은 브리치의 조각도 이제는 둘뿐입니다."

"고맙소."

파울라가 쓰러진 곳을 향해 날갯짓을 한 알케온은 그녀가 의식을 잃고 쓰러져 있자 데스디아에게 신호를 보냈다.

"내가 내려가 봐야 할 것 같소."

"알겠습니다."

아직 날고 있는 알케온의 등판에서 휙 뛰어오른 데스디아는 파프니르의 포대에 두 발을 디딘 후 파울라를 향해 이동했다.

인간의 모습으로 파울라의 곁에 앉은 알케온은 온몸에 타박상을 입은 그녀를 보고 고개를 갸웃했다.

"이상하군. 이 정도로 기절하실 분이 아니신데, 대체 어찌 된 일이란 말인가?"

알케온이 파울라를 똑바로 눕힌 후 이곳저곳을 살피던 와중이었다.

브리치의 마지막 조각이 파괴되는 것과 동시에 브리치에서 나온 모든 환상종이 검은색의 입자로 변하여 사라졌다.

공중에서 뒤엉켜 격전을 벌이던 기사단들은 상대가 갑자기 사라지는 바람에 주변 건물에 충돌하기도 했지만 특별히 피해를 입은 자는 없었다.

지하 활동을 하는 환상종들을 특별한 방법으로 유인하여 홀로 격퇴하던 피자집 사장, 키드는 자신의 몸에 진득하게 묻은 환상종들의 체액이 입자로 변하여 사라지자 눈을 부릅떴다.

"브리치와 브리치의 소환물들이 사라졌군. 하지만 이건 안 좋은 징조야."

키드는 하늘을 봤다. 먹구름들의 움직임이 서서히 느려지고 있었다.

수송기를 일행이 있는 도심중앙 고속도로에 착륙시킨 셀레스티아는 부상자들을 돌보고 있는 레투가에게 소리쳤다.

"구급키트가 수송기 안에 있습니다, 보안국장님!"

"감사합니다, 왕녀 전하!"

부하 세 명에게 자신을 따라오라 손짓한 레투가는 활짝 열린 수송기의 뒷문을 향해 달려갔다.

한편, UNSMC 대원들과 한자리에 모인 치프는 120명에 달하는 그 역전의 군인들을 어떻게 맞이해야 할지 떠오르지 않아 그냥 웃고만 있었다.

"전부 용병이 됐다 이거지? 오늘부터 우리 회사에서 먹고 자면 어때?"

그러자 그들 가운데 가장 계급이 높은 죠니 상사가 치프의 등을 손바닥으로 세게 쳤다.

"대원 대부분이 지구에 가족을 둔 유부남인데 무슨 말씀이십니까? 이틀 뒤에 전부 자기 자리로 복귀할 예정입니다."

"하필이면 왜 이틀이야?"

"오늘은 신나게 마셔야죠."

"하하!"

치프가 크게 웃었다.

"그런데 치프, 이걸로 끝입니까? 동물의 왕국만 찍은 느낌인데요?"

"아직 한참 멀었지. 오늘은 아마 시작일 뿐일 거야. 앞으로 더 큰일이……."

치프는 말을 흐리면서 눈을 부릅떴다.

UNSMC 대원들을 비롯한 일행 전부가 같은 방향으로 고개를 돌렸다.

고속도로 중앙에 남자 한 명이 서 있었다.

검은색 정장에 보라색 넥타이, 그리고 치프와 비슷한 얼굴 생김새.

엠페라투스였다.

"첫 번째 시험을 잘 마쳤구나, 운캄타르의 도구여. 환상종들과의 싸움은 어땠나? 생각보다 시시하지 않았나?"

엠페라투스는 저 멀리 떨어져 있었지만 목소리는 모든 이에게 동일한 음량으로 들려왔다.

"너무 시시해서 다음 일이 기대되는데? 이제 뭘 할 거지?"

"음… 그래, 두 번째 벌을 줘야겠지."

엠페라투스가 싱긋 웃었다. 치프의 표정은 반대로 험악해졌다.

"두 번째 벌이라고?"

"겁쟁이들에게 딱 맞는 벌이지."

엠페라투스가 두 팔을 벌렸다.

"난 어젯밤 늦게까지 날개 달린 자들의 영주를 만났다네. 강력한 지도자가 나타나 자신들을 다스려 이 난관을 극복할 수 있도록 해주기를 원하더군."

"…그래서?"

"처음에는 내 소중한 친구 운캄타르를 위해서 이 땅의 가련한 동포들을 다스려 볼까 했었네. 내 힘이라면 우주연합의 함대가 벌 떼처럼 몰려와도 의미가 없지. 날개 달린 자들은 그 강력함이 보장된 나에게 틀림없이 충성할 것이야. 하지만 생각해보니 화가 나더군. 왜 내 친구는 내 의사를 묻지 않았을까?"

엠페라투스의 온몸에서 보라색의 아지랑이가 피어올랐다.

"친할수록 예의를 갖춰야 한다는 말이 있다네. 오래된 친구라는 것은 의외로 살얼음판처럼 예민하거든. 그런데 운캄타르는 멋대로 내 앞에 왕의 길을 깔아놨다네. 내가 쉽게 깨어날 수 있도록 수작을 부린 것은 물론 우리가 미처 제거하지 못한 신들의 잔재가 우주 어딘가에 도사리고 있다는 것을 나에게 간접적으로 가르쳐 줬다네. 후후, 오지랖 한번 넓은 친구라니까?"

엠페라투스가 걸음을 멈췄다.

"근데 그게 나랑 무슨 상관이야!"

눈을 빨갛게 뒤집은 엠페라투스가 괴성에 가까운 고함을 질렀다.

마치 바둑판에 깔린 바둑알처럼, 그라니트 행성의 하늘에 새로운 브리치들이 황금색의 빛을 일으키며 빼곡히 나타났다. 그와 동시에 치프 일행이 갖고 있는 건하운드의 배터리들이 모조리 얼음처럼 냉각되어 먹통이 됐다.

"난 엠페라투스다! 나는 내가 정한 길만을 즐길 뿐이다! 친구를 멋대로 다루려 한 대가를 톡톡히 치르게 해주마! 운캄타르여!"

엠페라투스의 외침과 동시에 하늘에 떠 있던 기사단들에게 이상 현상이 발생했다.

그들의 육체가 입자로 분해되어 하늘에 떠 있는 브리치를 향해 빨려 들어가기 시작했다.

그 저주의 대상은 그라니트 행성에 있는 모든 드래곤이었다.

그라니트 행성의 하늘은 일정한 간격을 두고 나타난 브리치들에 의해 완전히 둘러싸여 있었다.

브리치 안에 키퍼는 존재하지 않았지만 지상에 있는 자들에게 있어서 중요한 것은 그게 아니었다. 행성 전체에 살고 있는 모든 드래곤이 성별과 나이를 불문하고 입자로 변하여 브리치 안으로 빨려 들어갔다.

지상에 내려온 가이우스는 자신의 날개와 기사단들이 사라지는 것에도 아랑곳 않고 자신이 오래전에 왕궁에서 익혔던 모든 지식을 되짚어봤다.

'이것은 과거에 엠페라투스가 일으켰던 대살육과는 차이가 있어. 원리와 과정만 따지자면 건하운드가 금속을 입자로 바꾸는 과정과 똑같아. 그렇다면 건하운드는 우리 날개 달린 자들의 기술을 바탕으로 만들어진 물건이란 말인가?'

그는 하늘에서 어떻게든 버티며 브리치를 파괴하려 하는 루할트를 올려다봤다.

'영주의 힘으로도 분해를 버틸 수 없군. 이미 루할트의 육체가 2할이나 사라졌어.'

낙담한 가이우스의 눈에 기절하여 쓰러진 파울라와 그녀 곁에서 브리치들을 지켜보는 알케온의 모습이 들어왔다.

'저들은 왜 입자화가 안 되는 거지?'

그는 이어서 셀레스티아 쪽을 봤다.

셀레스티아는 뭐라 울부짖으며 엠페라투스에게 달려들다가 몇 걸음 떼지 못하고 머리에 충격을 받아 쓰러졌다.

'왕녀 전하께서도 입자화가 안 되는군. 지구인들이 사용하는 건하운드의 배터리들은 얼음에 가까워져서 쓸모가 없어졌어. 그렇다면 저 브리치들은… 그렇군, 그런 것인가?'

이미 등뼈가 드러날 정도로 입자화가 진행된 가이우스는 자신에게 남은 힘을 모두 발산하여 한 줄기의 번개로 변했다.

그가 다시 나타난 곳은 루할트의 위쪽이었다. 그는 마치 우산처럼 가이우스를 온몸으로 가려주었다. 실제로도 가이우스 덕분에 루할트의 입자화가 멈췄다.

"인간의 모습으로 변하게, 친구여. 입자화로부터 피할 수 있는 유일한 방법일세."

"뭐라고?"

루할트는 기절한 셀레스티아의 몸에 아무런 이상이 없는 것을 다급히 확인했다.

"그럼 친구여, 자네도 어서……!"

루할트는 친구를 재촉하기 위해 위쪽을 봤다. 그의 머리에 입자화로 인하여 끊어져 버린 가이우스의 팔이 떨어졌다.

루할트에게 미치는 입자화의 힘을 가이우스가 혼자 받아낸 결과였다.

"난 저곳에서 영주로서의 소임을 다하겠네, 친구여."

"저곳이라니, 무슨 말인가? 대답을 하게, 친구여!"

친구의 조언대로 인간의 모습이 되어 떨어지는 루할트와 입자로 변하여 하늘로 솟는 가이우스의 거리는 한없이 멀어지기만 했다.

루할트가 건물 옥상에 떨어지는 것을 본 치프는 헬멧에 장치된 생체정보 제공장치를 통해 그의 생존을 확인했다.

'젝스가 괜찮을지 모르겠군. …제길!'

치프는 회사에 포프와 함께 남아 있는 젝스가 섣불리 움직이지 않기를 기원했다.

건하운드의 작동이 불가능해졌음을 확인한 UNSMC의 대원들은 무기를 자동소총으로 바꾼 뒤 잰걸음으로 움직여 엠페라투스를 부채꼴로 포위했다. 레투가를 비롯한 보안국 소속 전투경찰들도 그들을 뒤따르려 했다.

"공격 중지! 모두 뒤로 빠져!"

치프가 소리치자 모두가 움찔했다.

쓰고 있던 헬멧을 내던진 치프는 땀에 젖어 머리에 달라붙다시피 한 머리카락을 흔들어 털어낸 뒤 성난 표정으로 엠페라투스에게 다가갔다.

물러나는 UNSMC 대원들과 치프가 교차했다.

"이 땅에 남은 드래곤은 몇이나 되지?"

엠페라투스에게 질문하는 치프의 목소리는 분노로 떨렸다.

엠페라투스는 홍에 취한 듯이 웃었다.

"날개 달린 자는 모두 사라졌다. 이 땅에 남은 것은 인간의 흉내를 내는 자들뿐이지."

치프는 헬멧을 벗기 전에 셀레스티아와 루할트, 알케온, 파울라 등이 무사하다는 것을 확인했기에 그의 말을 믿기로 했다. 물론 기분 좋은 신뢰는 아니었다.

"…드래곤들을 소멸시킨 이유가 뭔데? 운캄타르한테 삐져서?"

"그것이 가장 큰 이유지만… 나를 지도자로 삼으려 했던 모든 이의 소원을 들어주고 싶었거든."

"소원?"

엠페라투스는 도로 근처에 위치한 패밀리 레스토랑에서 의자 한 개를 보이지 않는 힘으로 끌어당겨 자신의 뒤에 위치하도록 했다.

그 의자에 앉은 엠페라투스는 텅 빈 탓에 목소리가 메아리치는 거리를 보며 밝게 웃었다.

"사냥감 취급을 당하는 것도 싫고, 땅을 빼앗기는 것도 싫고, 얼간이 왕녀의 바보 같은 계획도 의심스럽고, 이방인들은 점점 늘어나고. 주절주절. 후후."

엠페라투스가 어깨를 으쓱했다.

"다들 추하게 떨고 있더군. 날개 달린 자들답지 않게 말이야. 그래서 소원을 들어줬지. 아까 봤듯이 영원히 고민할 필요가 없는 세계로 그들을 보냈다네."

엠페라투스가 의자에서 일어났다.

"난 이 행성의 파란 하늘을 좋아하는데… 흠, 이건 너무 많군."

그가 눈을 번뜩이자 하늘을 가리고 있던 브리치들이 행성 전체에서 약 400개 정도만 남기고 모조리 으깨져 부서졌다.

구겨진 브리치들이 빅시티의 도심으로 무차별 낙하하여 도시를 엉망으로 만들었다.

UNSMC 대원들과 레투가를 비롯한 전투경찰들은 멸망이 찾아온 것 같은 그 모습과 도시를 부수는 비정상적인 굉음에 치를 떨었다.

치프는 무용지물이 된 건하운드를 붙잡은 채 이를 꽉 물었다.

엠페라투스가 치프를 향해 걸어와서는 옆에 치프가 떨어뜨린 헬멧을 주워 두 손으로 잡았다.

"날개 달린 자들을 이 땅으로 되돌릴 방법은 두 가지뿐일세, 운캄타르의 도구여. 이 자리에서 나를 물리치거나 이 행성에 남아 있는 브리치를 모두 부수는 것이지."

"브리치랑 네가 무슨 관계인데?"

질문을 받은 엠페라투스는 치프의 헬멧을 검지 위에 올린 뒤 팽이처럼 돌렸다.

"브리치가 아무런 대가 없이 하늘에서 뚝 떨어지는 줄 알았나? 전부 내 수명을 소모하는 것이라네."

"수명을 써서 만든 브리치들을 과자봉지처럼 구겨서 떨어뜨린 건 뭔데?"

"난 수명이 무한대라 얼마든지 찍어낼 수 있거든. 과자처럼."

즐겁게 이야기한 엠페라투스의 이마에 일순간 치프의 권총이 닿았다.

17
위대한 역사

그와 20년 가까이 동고동락한 UNSMC 대원들조차 그가 왼손으로 그렇게 빨리 권총을 뽑는 모습을 본 적이 없었다.

"미친놈이 미친 소리를 하고 있잖아, 제기랄!"

치프는 탄이 전부 떨어질 때까지 총을 쐈지만 탄환은 엠페라투스의 머리카락조차 헝클어뜨리지 못하고 사방으로 튕겨 나갔다. 심지어 검지 위에서 돌아가고 있는 헬멧도 떨어지지 않았다.

"자, 이제 나와 전력을 다해서 싸우고 싶어졌겠지?"

엠페라투스는 보란 듯이 웃었다.

치프가 소총을 바꿔 들려는 찰나, 흰색의 섬광이 엠페라투스의 등을 가로질렀다.

어깻죽지부터 왼쪽 둔부 아래까지, 마치 용접기에 긁힌 것처럼 큰 흉터가 나버린 엠페라투스는 여태까지 손가락 위에서 돌리던 헬멧을 다시 손에 잡은 뒤 뒤를 돌아봤다.

카키색 머플러를 두른 피자집 사장, 아니, 나이트 스토커 후보인 키드 저스트였다.

"그 손에서 나오는 빛… 후후, 너도 그런 종류란 말이군."

엠페라투스의 상처와 옷이 깔끔하게 재생되었다.

"나이트 스토커의 힘을 가진 자가 이곳에 있는 것은 우연이 아닐 테지. 누가 널 여기로 보냈나?"

"알 것 없다, 보라색 괴물!"

키드가 손에서 뿜어지는 광선검으로 엠페라투스를 베었다. 뒤로 한 걸음 물러나면서 공격을 피한 엠페라투스는 손에 든 헬멧을 키드에게 던졌다.

키드는 반사적으로 헬멧을 베었으나 헬멧 자체에 걸린 엠페라투스의 힘이 폭발하면서 키드도 10여 미터 이상 날아가 쓰러지고 말았다.

"왜 나에게 화를 내는지 모르겠군. 나에게 훨씬 더 큰 재미를 주겠다고 선언한 자가 바로 저 남자일세. 저 운캄타르의 도구만 아니었으면 날개 달린 자들이 나에게 애원을 할 일도, 브리치가 하늘에 깔릴 일도 없었을걸?"

기침을 심하게 하며 일어난 키드는 엠페라투스의 어깨너머로 보이는 치프를 노려봤다.

"사장이여, 정말로 엠페라투스와 거래를 했단 말인가?"

치프는 대답 없이 손에 들고 있던 소총을 옆으로 내던졌다. 키드의 광선검에 베여도 문제없이 회복하는 괴물에게 소총이 통할 리가 없었기 때문이다.

그에게 키드 따윈 안중에도 없었다. 오로지 엠페라투스만이 보일 뿐이었다.

그는 건하운드를 들었다. 쓸모가 없어진 배터리는 아예 뽑아서 땅에 버렸다.

"대답하라, 그라니트 용역의 사장이여!"

화가 머리끝까지 올라 이성을 잃기 직전인 치프의 입장에서, 시끄럽게 반복되는 키드의 질문은 여름날의 똥파리와도 같았다.

"아, 그래! 내가 다 했어! 내가 다 했다고, 빌어먹을! 내가 이 행성에 와서 저 보라색 걸레짝을 되살렸고 요즘 방식으로 다시 싸우자고 꼬드겼어! 이 행성의 드래곤들이 남김없이 다른 세상으로 날아간 것도 네 눈깔에는 내 책임으로 보이겠지! 불만 있으면 덤벼, 애송이! 아니면 피자 냄새 그만 풍기고 집에 가!"

"죗값을 치르게 해주마!"

키드가 분노하여 치프에게 달려들었다.

사만다가 그를 막기 위해 접근했으나 키드의 발차기가 더 빨랐다.

아쉽게도 키드는 운이 없었다. 사만다가 걷어 차여 기절하는 모습에 분노가 더 치솟은 치프는 자제력의 한계를 넘어서고 말았다.

광선검 찌르기를 옆으로 훌쩍 피한 치프는 건하운드의 개머리판으로 키드의 겨드랑이 아래쪽 늑골을 강타했다.

"나이트 스토컨지 스타킹인지 모르겠는데, 지금 너만 기분이 X같은 줄 알아?"

늑골이 부러진 키드는 다리에 힘이 풀리면서 그 자리에 무릎을 꿇었다. 건하운드 제어장치를 거꾸로 잡은 치프는 야구선수가 타격 연습을 하듯 키드의 이마를 후려쳤다.

공격 두 번에 완전히 의식을 잃은 키드는 코와 귀에서 피를 흘리며 도로 위에 쓰러졌다.

치프는 손짓으로 UNSMC 대원을 불렀고, 네 명의 대원이 달려와 키드와 사만다를 데려갔다.

"하아."

심호흡으로 화를 진정시킨 치프는 다시 엠페라투스 쪽으로 걸어갔다.

때마침 데스디아도 그 현장에 도착했다. 그녀는 자신의 건하운드에 내장된 발전기가 작동을 하지 않아 답답한 표정이었다.

그녀는 엠페라투스에게 건하운드 하나만 들고 걸어가는 치프의 모습에 사색이 되었다.

"무슨 생각이야? 설마 싸우려고?"

치프는 그녀를 돌아보지 않았다. 엠페라투스에게만 집중된 그의 신경은 다른 이들의 소리마저 차단하고 있었다.

"이제 이 행성은 어떻게 되는 거지?"

치프가 묻자 엠페라투스는 기다렸다는 듯이 대답했다.

"브리치는 종류별로 깔려 있고 그곳에서 나타나는 환상종들의 숫자도 다양할 거다. 너희들 입장에서는 정말 재미있는 놀이터가 되겠지. 정말 위험한 환상종이 아니면 날개 달린 자들에 감히 비할 바가 아니거든. 이만한 사냥터가 우주에 또 있을 것 같나?"

걸음을 멈춘 치프는 왼손으로 자신의 얼굴을 쓸어내렸다.

"아, 내가 내 입으로 오글거리는 말을 하게 될 줄은 몰랐네."

"흠, 무슨 말인가?"

"네놈만은 절대로 용서 못해."

치프는 뒤로 돌아서서는 엠페라투스로부터 100여 미터 떨어진 지점까지 걸어갔다.

그러고는 엠페라투스를 향해 건하운드를 들었다. 배터리가 없는 건하운드는 불빛 하나 내지 않았다.

"배터리도 없는 기계로 뭘 할 건가? 저번처럼 그 이상한 기계에 탑승할 생각인가?"

엠페라투스가 조롱하듯 웃었다.

"그 문제 말인데, 저번에도 배터리 없는 놈을 썼거든?"

"뭐?"

엠페라투스를 비롯한 모든 이가 똑같은 표정으로 치프를 봤다.

그의 오른쪽 눈이 상감색 빛을 미친 듯이 내뿜었다. 그의 눈뿐만 아니라 팔다리에서도 똑같은 빛이 올라왔다.

치프의 건하운드가, 배터리가 없는 기계 덩어리가 되살아나듯 발광하고 진동했다.

"이번엔 좀 큰 놈으로 상대해 주지. 아이오와는 어때?"

치프의 팔다리에서 문신처럼 시작된 백금색 무늬들이 건하운드에까지 이어지면서 맹렬하게 불타올랐다. 치프는 누군가가 달궈진 인두로 자신의 팔다리를 짓뭉개는 듯한 고통을 받았지만 건하운드의 비정상적인 작동을 멈추지 않았다.

이윽고, 도시 전체에서 푸른색의 금속입자들이 대량으로 떠올라 먹구름 안으로 빨려 들어갔다.

아이오와가 뭔지 잘 모르는 엠페라투스는 고개를 갸웃했다.

"무슨 짓을 하는 건가?"

어리둥절해하는 그의 머리 위로, 전장 270미터가 넘는 거대한 강철 덩어리가 먹구름을 뚫으며 수직으로 내려왔다.

치프가 강제로 프린팅한 그 20세기의 전함, 아이오와급 1번함 아이오와는 특유의 뾰족한 앞머리로 엠페라투스를 정확히 깔아뭉갰다.

충돌 지점을 중심으로 하얀색의 충격파가 파도처럼 넘실거리며 퍼졌다.

"이 행성의 금속들이 거덜 날지, 아니면 네가 박살 날지 어디 해보자고!"

치프의 외침과 함께 아까보다 더 많은 양의 금속입자가 먹구름 위로 올라갔다.

엠페라투스의 머리 위에 떨어진 전함, 아이오와는 다행히도 치프 일행의 반대편으로 넘어졌다. 그래도 5만 톤이 넘는 쇳덩어리가 넘어질 때의 충격은 가공할 만했기에 엠페라투스로부터 고작 100여 미터밖에 떨어지지 않은 치프 일행은 온갖 파편과 폭풍에 휘말려야 했다.

하지만 그 운동에너지는 치프가 자신의 앞쪽에 프린팅한 15미터 높이의 방벽에 막혔다.

"너희는 당장 수송기를 타고 여길 떠나!"

그의 외침에도 불구하고 UNSMC 대원들과 전투경찰들, 그리고 데스디아는 팔과 다리, 그리고 눈에서 빛을 내는 치프를 그냥 두고 갈 수가 없었다. 아무리 봐도 미지의 힘을 발휘하는 사람의 모습이 아니라 불붙은 양초의 심지처럼 위태로워 보였기 때문이다.

"어서 가라고! 저 괴물이 다시 깨어나면 죽도 밥도 안 돼!"

"모두 뛰어! 여기서 우리가 할 수 있는 일은 이제 없다고!"

조니가 목소리를 내질러 치프의 지시를 강조했다.

레투가는 보안국 전투경찰들에게 손짓했다.

"부상자를 옮긴다!"

부하들과 함께 이동하려 했던 레투가는 치프를 보며 가만히 서 있는 데스디아를 돌아봤다.

"브라토레 부사장! 가야 하오!"

망부석처럼 움직이지 않을 것만 같던 데스디아가 차갑게 돌아섰다. 레투가는 과연 알타이르의 워치프답다며 감탄했으나 데스디아의 입에서 나오는 말은 온도가 조금 달랐다.

"잡혀갈 거라고 안심시켜 놓고는 죽으려고 하는군요. 제가 저런 개자식이랑 왜 엮였는지 모르겠습니다."

치프가 어떻게 될지 장담할 수 없는 입장인 레투가는 그녀의 등을 살살 두드리며 걸음을 재촉했다.

"살아서 돌아오기를 믿어봅시다."

"흠……."

실눈을 뜬 채 걷던 데스디아가 문득 자신의 건하운드, 파프니르를 봤다. 엠페라투스의 농간으로 발전기가 멈추면서 함께 정지했던 파프니르의 인공지능이 다시 깨어나 빛을 내고 있었다.

"……."

데스디아는 묵묵히 수송기 안으로 걸어 들어갔다. 그녀를 지켜보던 레투가는 고개를 갸웃한 뒤 다시 이동했다.

건하운드용 소재를 모조리 버리고 탑승 공간을 넓혀서 UNSMC 대원 120명과 전투경찰들을 태운 수송기는 죠니 상사의 운전에 따라 묵직하게 상승했다.

알케온과 파울라를 태우고 루할트까지 구조한 수송기는 다음 행선지를 어디로 잡아야 할지 몰라 잠시 하늘에 멈춰 있었다.

"누가 목적지를 말씀해 주실 수 있겠습니까?"

죠니가 마이크에 대고 말했다. 앉을 공간이 없어서 부상자들을 제외하고는 모조리 서 있는 상태인 승객들은 서로를 물끄러미 바라보기만 했다.

그때 죠니가 있는 조종석의 위쪽 창문을 누군가가 두드렸다.

위를 본 죠니와 조수석의 대원은 맨몸으로 수송기 위에 서 있는 데스디아를 보고 깜짝 놀랐다.

"우리 회사에도 벙커가 있습니다. 그쪽에 우리 애들 두 명을 남겨놨으니 가서 돌봐주십시오."

"예? 당신은요?"

질문한 죠니를 바보로 만들 듯 데스디아는 그대로 수송기 밑으로 떨어졌다.

지금 고도가 1,000미터에 가깝다는 사실을 알고 있는 죠니는 그녀가 미친 게 분명하다고 생각했다.

그러나 빠르게 떨어지던 데스디아의 몸은 갑작스런 강풍에 휩싸이며 감속했다.

정령술로 바람을 다뤄서 몸을 보호한 데스디아는 착지하자마자 흑표범처럼 거리를 내달렸다.

그녀의 모습에서 과도한 성급함을 느낀 죠니가 문득 놀랐다.

"…잠깐, 치프를 걱정하는 여자가 이 우주에 있단 말이야?"

죠니의 말에 조수석에 앉은 대원이 피식 웃었다.

"상사님, 무려 알타이르 여자입니다. 남자 따위를 걱정할 리가 없잖아요?"

"그렇겠지? 그래, 아닐 거야. 끽해야 모성애겠지! 하하하!"

머리를 흔들어 현실을 도피한 죠니는 GPS의 도움을 받아 회사의 위치를 확인한 뒤 수송기를 이동시켰다.

기절한 셀레스티아 곁에 파울라와 루할트를 눕힌 알케온은 두 손으로 얼굴을 감싼 채 수송기 내벽에 기대어 앉았다.

'이 땅에 생존한 날개 달린 자가… 나를 포함하여 고작 네 명뿐이란 말인가?'

그는 회사에 남겨진 젝스가 어찌 됐을지 모르기에 일단 포함하지 않았다.

'엠페라투스에게 희망을 걸어버린 우리 종족의 어리석음을 탓해야 하는가, 아니면 엠페라투스의 본성을 탓해야 하는가?'

알케온은 답을 얻을 수 없었다. 그의 마음을 채우고 있는 것은 절망감뿐이었다.

'엠페라투스의 행동을 예측할 수 있는 자는 얼마 없겠지. 그리고 예측한다고 해도 결과가 문제야. 엠페라투스가 날개 달린 자들을 지원하기로 결정했다면 빅시티의 이방인들은 남김없이 죽었겠지. 그 악마에게 타협 따윈 없어. 단지 극단적인 결과만이 있을 뿐이야.'

그는 인간들이 그러한 성향을 가진 자들을 무엇이라 부르는지 떠올렸다.

'사이코패스… 아니, 소시오패스인가.'

알케온은 스르륵 일어나 수송기의 창밖을 봤다.

'사장은 대체 저 악마와 어떻게 싸우겠다는 거지? 아까 전함 같은 것을 프린팅하던데…….'

그 순간 알케온의 두 눈이 크게 벌어졌다. 또 하나의 거대한 쇳덩어리가 수송기의 옆을 아슬아슬하게 지나간 것이다.

알케온과 함께 창밖을 보던 UNSMC 대원들은 전부 믿을 수 없다는 얼굴을 하고 있었다.

"지금 지나간 거, 우주순양함 피츠버그 맞지?"

"진짜 SCA-723 피츠버그인지는 몰라도 볼티모어급 순양함이라는 건 확실해!"

"설마, 저것도 아까 그 아이오와처럼 프린팅된 거란 말이야?"

"저것'들'이라고 해야 할 거 같은데?"

수송기에서 치프 주변의 상황을 확인한 모든 이는 저편에서 벌어진 일을 믿기 힘들었다. 수송기의 조종을 맡은 죠니 상사마저도 잠깐 방향을 돌릴 정도였다.

"저게 대체 무슨 빌어먹을 일이야?"

죠니가 하얗게 질린 얼굴로 중얼거렸다.

도시의 하늘에는 순양함 8척과 전함 2척이 떠 있었다. 방금 프린팅되어 합류한 순양함까지 합하면 11척이었다.

엠페라투스가 처박힌 땅으로부터 보라색의 안개가 저항하듯 피어올랐다. 그 안개는 이내 엄청난 덩치를 자랑하는 보라색 드래곤의 모습으로 변했다.

"드디어 운캄타르의 힘에 눈을 떴군. 역시 넌 재미있는 녀석… 큭!"

엠페라투스가 말을 마치기도 전에 순양함 한 척이 그를 들이받았다. 옆으로 밀려 나가던 엠페라투스가 두 날개를 펼치며 포효하자 그를 밀어붙이던 순양함의 선체가 Z자로 꺾여 버렸다.

"나와 운캄타르의 창조주들이 우리에게 쥐어준 힘은 절대적이었다! 운캄타르는 입자를 추출하여 무기를 만들 수 있었고 나는 입자들을 내 마음대로 배치할 수 있었지! 너희가 얼마 전에 경험한 그 기적도 입자의 재배치에 불과하다!"

주변에 있던 모든 함선이 엠페라투스를 향해 함포를 집중했다. 함선들끼리 방해를 할 만큼 사격의 반동이 엄청났지만 엠페라투스는 자신에게 쏟아지는 탄환을 모조리 분해하여 그 의미를 지워 버렸다.

"운캄타르는 신들을 죽이는 무기들을 끊임없이 만들어냈고, 나는 신들이 운캄타르의 공격을 피할 수 없는 상황을 만들었다! 우리 둘이 함께 있을 때는 말 그대로 무적이었지! 그 때문에 운캄타르와 맞서 싸울 때는 전혀 즐겁지 않았다! 끝이 보이지 않았으니까!"

소리를 지르는 엠페라투스를 향해 이번에는 전함이 들이닥쳤다.

그 전함은 아까 엠페라투스에게 내려와 꽂힌 아이오와에게서 이름을 물려받은 우주전함이었다. 하지만 물려받은 것은 이름뿐, 그 무게는 옛 아이오와의 스무 배에 달했고 장갑의 두께와 질도 차원이 달랐다. 게다가 길이는 1.1킬로미터였다.

엠페라투스가 다시 포효하여 우주전함 아이오와를 막으려 했다. 아이오와는 장갑판의 70%가 벗겨져 날아갔지만 뼈대만은 완강히 버텨내어 엠페라투스를 짓누르는 것에 성공했다.

몸길이가 200미터에 못 미치는 엠페라투스가 1.1킬로미터의 쇳덩어리에 깔리는 모습은 수송기 안에서 구경하는 자들이 두 팔을 들고 환호할 만큼 장쾌한 광경이었다.

치프는 거기서 일을 끝낼 생각이 없었다.

"어디까지 버티는지 한번 보여주시지?"

순양함 두 척이 지상으로 돌격하여 엠페라투스 위에 떨어졌다.

그러나 몇 초 지나지 않아 엠페라투스가 그것들을 등에 짊어진 채 일어나더니 자신을 누르고 있는 함선들을 산산이 분해시켰다.

본체에서 이탈한 장갑판들과 포탑, 철골, 내부 구조물들이 도시로 날아가 떨어졌다. 빅시티의 건물들은 그 강철의 폭우를 막아내기엔 역부족이었다.

'저번에 싸웠을 때는 정말 장난을 친 거군. 물리력이 전혀 통하질 않아.'

치프의 팔과 다리에서 하얀 연기가 피어올랐다. 그의 손에 든 건하운드는 사실상 장식물에 불과했지만 일종의 플라시보 효과를 발휘해 치프가 규격 외의 물건들을 프린팅하게끔 도와주고 있었다.

'통할 것 같은 게 하나 있긴 하지만 저 녀석이라면 피할 거야. 그렇게 짓눌렀는데도 계속해서 일어나고 있으니 방법이 안 보여!'

그때, 치프의 눈에 확 들어온 것이 있었다.

바로 엠페라투스의 몸 곳곳에 장식물처럼 박혀 있는 수정들이었다.

'저게 실은 운캄타르의 날개 뼈라고 했지?'

셀레스티아가 그 수정들을 자극하여 엠페라투스의 능력을 봉쇄하고 경직시킨 것을 기억해 낸 치프는 입에서 연속으로 숨결을 터뜨리며 주변의 함선들을 부수고 있는 엠페라투스를 향해 왼손을 내밀었다.

'운캄타르가 저걸 괜히 박은 게 아닐 거야. 셀레스티아가 저걸 이용할 때는 왠지 어설퍼 보였지. 그렇다면……!'

치프의 왼손이 백금색으로 찬란하게 타올랐다. 손가락들이 재가 되어 떨어지고 팔 곳곳이 오래된 석고상처럼 금이 갔지만 치프는 자신의 행동을 멈추지 않았다.

엠페라투스의 몸에 박힌 운캄타르의 수정에 입자들이 집중되면서 순식간에 자라나 엠페라투스의 몸을 관통했다.

"크!"

괴력을 발휘하던 엠페라투스가 결국 멈추고 말았다.

치프의 프린팅에 의해 성장한 수정들은 더 이상 장식물이 아니라 죄인을 꿰뚫는 창이 되어 엠페라투스의 몸을 가시투성이로 만들었다.

"운캄타르의… 힘이! 네놈은 운캄타르의 뼈마저도 프린팅할 수 있었단 말이냐!"

그가 소리치자마자 턱과 코에 붙어 있던 수정들이 성장하여 그의 입을 꿰매듯이 봉쇄했다.

엠페라투스는 몸부림을 쳤지만 그의 몸을 찌른 수정들은 그가 움직일 때마다 그의 내장과 뼈를 헤집어놓았다.

몸을 입자로 바꿔 탈출하려는 시도 역시 수정에서 발휘하는 운캄타르의 힘에 상쇄되어 불가능해졌다.

그 대신 왼팔을 완전히 잃은 치프는 심호흡을 한 후 오른손으로 건하운드의 제어장치를 꽉 잡았다.

"이래서야… 우주 해적 캡틴 치프라고 소문이 나겠군."

농담을 한 그의 발밑이 크게 넘실거렸다.

레투가가 암석층이라고 말했던 도심중앙 고속도로가 양옆으로 갈라지면서 3킬로미터가 넘는 길이의 초대형 함선이 프린팅되며 솟아올랐다.

그 함선의 앞에는 한 개의 큰 구멍이 총구처럼 뚫려 있었다. 그것은 지구가 우주연합에 가입하자마자 다른 외계 세력에 대항하기 위해 건조하기 시작하여 아직 완성조차 되지 않은 행성 제압용 초대형 항공모함이었다.

남은 팔과 두 다리마저 잃어버린 치프는 함선의 갑판에 엎드린 채 셀레스티아가 준 육체의 마지막 조각인 오른쪽 눈으로 엠페라투스를 노려봤다.

"이제 끝내자고, 형씨."

몸이 수정가시에 봉쇄되어 꼼짝하지 못하던 엠페라투스는 프린팅이 아직 덜 된 그 항공모함과 그 항모의 갑판에 엎드려 있는 치프를 확인했다.

"시대가 바뀌었으니 룰도 바뀌어야 한다고? 과연, 정말 즐겁구나!"

그의 발성기관이 맹렬하게 울렸다.

입을 봉쇄한 수정을 깨물어 끊어버린 엠페라투스가 온몸에 축적된 에너지를 입안으로 끌어모았다. 다른 드래곤들과는 달리 대포처럼 발사되는 그의 숨결 공격이라면 아직 준비가 덜 된 치프를 충분히 날려 버릴 수 있었다.

"그 재미의 끝을 겨루어보자, 운캄타르의 도구여!"

웃음을 터뜨리며 숨결을 토해내려던 엠페라투스의 눈에 탄환이 꽂혔다. 꽂힌 탄환은 엠페라투스의 머리 내부를 그대로 밀어젖히며 반대편 눈을 뚫고 튀어나갔다.

탄환이 적중한 뒤, 발사할 때 터진 것이 확실한 총성이 뒤늦게서야 들려왔다.

'300메가와트 급의 레일건이 과충전으로 발사됐어. 착탄과 총성의 시간 차를 봐서는 못해도 4킬로미터 밖에서 쏜 게 분명해. 그런데 엠페라투스의 머리를 뚫다니, 대체 누구지?'

치프는 자신의 머리 위로 엠페라투스가 쏜 숨결이 휙 지나가자 쓸데없는 생각을 하지 않기로 했다.

팔다리가 사라지고 오른쪽 눈도 사라지기 직전인 치프는 엎드린 채 고개를 들고 엠페라투스를 바라보며 지그시 웃었다.

"지구의 군대에는 한 가지 미신이 있어. '그 이름'을 붙인 군함은 절대로 침몰하지 않고, 자신이 참여한 전쟁의 양상을 결국 바꿔 버리며, 끝내 그 전쟁을 승리로 이끈다는 거야. 그 위대한 미신은 지금껏 깨지지 않았고 이제는 한 나라만의 것이 아니라 지구 전체의 자랑거리가 되려 하고 있지. 뭐, 진짜는 아직 건조 중이지만."

관통당한 눈이 재생되지 않아 괴로워하던 엠페라투스는 치프의 그 얘기가 들렸는지 몸부림을 멈추고 키득거렸다.

"그렇군. 신화가 네놈들의 적이라면 너희가 택해야 하는 것은 역사라고 했나? 아무래도 네놈이 지금 프린팅한 그 물건은 매우 위대한 역사인가 보군."

"하, 그거 당신이 오기 전에 한 얘기인데. 귀도 좋으시네."

"그래서, 그 함선의 이름이 무엇인가?"

"엔터프라이즈야."

치프는 자신이 프린팅하여 몸을 맡기고 있는 그 우주항모의 갑판을 이마로 들이받았다.

그것을 신호 삼아, 함선의 선두에 열려 있는 대형 포구에서 스파크가 튀었다. 그 에너지 반응은 표적이 된 엠페라투스와 포구 안쪽의 마찰력을 0에 가깝게 만들었다.

그 말도 안 되는 왜곡현상 탓에 함선 주변의 공간이 엉망으로 뒤틀렸다. 주변에 깔린 함선의 잔해들이 엿가락처럼 휘거나 이상한 모양으로 압축되었다. 건물들 역시 무너지지 않고 휘어서 분쇄되는 것이 대다수였다. 유리가 깨지지 않고 쿠킹호일처럼 구겨지는 것이 그 불가사의한 현상의 정점이었다.

"이 정도는 돼야 진짜 질량가속포라고 할 수 있지."

치프는 자랑스럽게 중얼거리며 오른쪽 눈과 의식을 동시에 잃었다.

이윽고, 우주항모의 포구로부터 무게 1,200톤의 탄환이 초고속으로 사출되었다.

탄환은 운캄타르의 날개 뼈에 억압된 엠페라투스는 물론 그 주변에 있는 지형지물까지 잡아끌며 대기권 밖으로 날아갔다. 마찰력 저하로 인해 극대화된 운동에너지는 그라니트 행성의 대기와 중력마저도 깡그리 무시했다.

발사의 여파는 도시에도 미쳤다.

프린팅이 해제되어 부서지는 우주항모 엔터프라이즈는 물론 피해 반경 수 킬로미터 내에 들어 있는 도시의 건물들까지 일제히 땅에서 뽑혀 수십 미터 이상 치솟아 올랐다.

도시를 덮친 충격은 높이 1,000미터 급의 산이 0.5센티미터 정도 땅에서 떠올랐다가 다시 떨어질 때 발생하는 충격과 거의 동일했다.

도시가 거의 완파되는 그 상황 속에서, 충격파가 일으킨 폭풍까지 거스르며 날아가는 존재가 있었다.

걱정으로 사색이 되어버린 데스디아였다.

아까 엠페라투스를 1,000%의 출력으로 저격하면서 과열된 파프니르의 포대는 곳곳에서 전기불꽃을 뿌리면서도 자신이 태운 주인을 위해 모든 것을 가로질렀다.

식은땀조차 말라 버리는 가혹한 상황에서, 데스디아의 눈에 하늘 높이 떠오른 치프의 몸뚱이가 잡혔다.

그녀는 치프의 팔다리가 사라진 것을 보자마자 입을 악물었지만 한편으로는 자신이 기적을 보는 게 아닌가 하는 생각을 했다.

팔다리가 도화선처럼 소모된 것은 그렇다 쳐도 질량가속포의 발사 충격으로 튕겨져 나간 인간의 몸이 어디 하나 터지지 않고 멀쩡한 것은 그녀의 이해를 넘어선 일이었다.

정상적인 상황이라면 데스디아가 발견할 수 있는 것은 치프였던 고기 조각뿐이어야 했다.

'주변 공기가 혼란스러워! 그의 심장 소리가 들리지 않아!'

그녀는 애가 탔으나 집중력을 잃지 않고 파프니르와 정령들의 힘을 이용하여 치프에게 접근했다.

치프의 몸이 코앞에 왔을 때, 그녀는 치프의 몸 어디를 잡아야 할지 잠깐 망설였다.

사라진 팔다리의 단면은 신기하게도 석상의 단면처럼 보였다. 뼈와 근육, 피하지방이 보일 것을 각오했던 데스디아에게는 다행스러운 일이었다.

고민하던 데스디아가 손에 든 건하운드 제어장치를 치프의 등판에 댔다. 무기 거치용으로 전투복 등판에 심어진 자석에 제어장치의 앞부분이 강하게 접착되었다.

그대로 치프를 끌어당긴 데스디아는 왼팔로 그의 허리를 단단히 붙잡았다. 그러고는 자신의 긴 귀를 그의 가슴에 바짝 댔다.

그의 심장은 미약하게나마 뛰고 있었다. 하지만 몸의 모든 것이 소모됐다는 사실은 시체에 가깝게 핼쑥해진 치프의 얼굴에서 간단히 확인할 수 있었다.

"알타이르의 여자를 마음껏 끌고 다닌 주제에 죽어간다고? 자존심이 상해서라도 그렇게는 못해! 내가 평생 팔다리를 대신해 줄 테니 제발 좀 버텨봐! 불편하다는 것도 느끼지 못하게 돌봐줄게! 도중에 죽으면 시체를 박살 내서 돼지들에게 던져 버리겠어!"

데스디아는 자신이 올라타고 있는 파프니르의 포대를 움직여 그 혼란스러운 상황으로부터 서서히 이탈했다.

대기가 안정된 곳으로 들어선 데스디아는 즉시 단말기를 들었으나 그녀의 단말기는 이런저런 충격으로 인해 박살 난 채로 들려 나왔다.

그녀는 단말기 대신 귀에 낀 통신기를 사용해 보기로 했다.

'단거리라고 했는데……!'

데스디아가 걱정 속에 통신기의 버튼을 누르며 소리쳤다.

"여기는 그라니트 용역의 부사장, 데스디아 브라토레다. 내 말이 들리는가? 반복한다, 여기는……."

—회사 부사장? 알타이르 워치프? 이런, 당신 살아 있었단 말이오?

응답한 사람은 죠니였다. 데스디아 입장에서는 누군지 기억도 나지 않았지만 자신을 알고 있는 사람이 응답했다는 사실에 안도감을 느꼈다.

"그렇습니다. 혹시 수송기를 조종하는 우주해병대입니까?"

—옙, UNSMC 상사였던 A—8831 죠르반니 빅토르…….

"당장 이쪽으로 오십시오! 치프가 죽어갑니다!"

—아, 2분 거리 안에 있습니다. 지금 그쪽으로 방향을 바꿨습니다. 혹시 원사님… 아니, 치프의 상태가 어떤지 말씀해 주실 수 있겠습니까?

"팔다리가 모두 손실되고 오른쪽 눈 역시 손실됐습니다!"

—지금 부사장님이 무슨 말씀을 하시는지 모르겠군요. 시체

가 아닌 게 맞습니까?

그 말에 데스디아의 인내심이 결국 끊어지고 말았다.

"닥치고 와서 네 눈깔로 확인하라고, 병신수컷새끼야!"

—아… 예. 지상에서 대기해 주십시오. 지금 눈으로 부사장님을 확인했습니다.

데스디아 역시 이쪽으로 오는 수송기를 확인했다.

지시대로 지상에 내려선 데스디아는 건하운드의 전원을 내린 뒤 두 팔로 치프를 단단히 껴안았다.

"조금만 버텨. 셀레스티아가 어떻게든 해줄 거야."

가까이 접근한 수송기에서 데스디아의 그 모습을 본 죠니는 자신이 괴기영화의 한 장면을 보는 게 아닐까 생각했지만 치프의 팔다리 단면에서 피가 한 방울도 떨어지지 않는 것을 확인하고는 생각을 바꾸기로 했다.

"후방 출입문을 개방하십시오!"

—즉시 개방하겠습니다. 주의하십시오.

수송기가 뒤쪽의 대형 출입문을 위쪽으로 개방하며 착륙하자마자 데스디아가 치프를 안은 채 그쪽으로 이동했다.

안에 UNSMC 대원들을 비롯한 사람들이 선 채로 꽉 차 있는 것을 본 데스디아는 다시금 인내심에 한계를 느꼈으나 눈치가 빠른 남자들은 거의 뛰어내리다시피 수송기에서 이탈했다.

셀레스티아는 여전히 의식을 잃은 채 누워 있었다. 데스디아가 치프를 안고 다가오자 알케온이 놀라서 그들을 바라봤다.

"어, 어떻게 된 것이오? 엠페라투스를 정말 물리친 것이오?"

"아직 모릅니다. 시체를 확인하기 힘든 방법으로 날아가 버렸습니다."

데스디아는 물이 보관된 냉장고를 열고는 비닐 팩에 담긴 생수 하나를 꺼냈다. 그러고는 그것을 셀레스티아의 얼굴 위에서 손으로 쥐어 터뜨렸다.

코끼리가 밟아도 터지지 않는 비닐 팩이 순수한 악력만으로 터지자 주변에서 구경하던 UNSMC 대원들과 전투경찰들이 경악했다. 치프의 상태를 보고 할 말을 잃은 상태였던 레투가도 손으로 입을 가릴 만큼 놀랐다.

얼굴에 찬물을 뒤집어쓴 셀레스티아가 희미한 신음 소리를 내며 고개를 움직였다. 그녀가 자연스레 일어날 것을 기다렸던 알케온은 데스디아의 거친 방식을 용납할 수 없었지만 지금 화를 냈다가는 야만적인 대접을 받을 것 같았기에 그냥 가만히 있었다.

"일어나, 셀레스티아! 자고 있을 상황이 아니야!"

데스디아는 셀레스티아의 옷을 부여잡고 위아래로 흔들었다.

"음… 데스디아?"

"정신이 들었나? 그럼 지금부터 네가 해야 할 일을 보여주지."

데스디아는 누워 있는 치프 위에 셀레스티아를 던지듯이 밀었다.

치프의 팔다리가 사라진 것을 본 셀레스티아는 퍼뜩 정신을 차리고 얼굴에 묻은 물기를 손으로 훑어 내렸다.

"어떻게 된 거야? 이렇게 소모될 신체가 아니란 말이야!"

"엠페라투스와 싸우면서 이렇게 됐어. 네가 치프의 팔다리를 만들어줬다고 들었으니 다시 해줄 수 있겠지?"

그러나 셀레스티아는 대답을 하는 대신 멍한 눈으로 현재의 상황을 떠올렸다.

"날개 달린 자들이… 백성들이 전부……! 아, 내 잘못이야. 내가 좀 더 단호했다면……!"

"아, 그래! 네가 왕녀로서 한 일이 X도 없다는 건 세상이 다 아니까 이제부터라도 갖고 있는 능력을 발휘하란 말이야! 여기서 아무것도 못하면 넌 정말 끝장이라고!"

폭언에 가까운 말을 들어버린 셀레스티아였으나 그녀의 감정은 놀랍도록 빠르게 진정되었다.

입자로 변해 사라지는 드래곤들의 모습은 셀레스티아에게 있어서 끔찍한 기억이긴 했지만 운캄타르에게 물려받은 지식의 선을 완전히 벗어난 일은 아니었다.

셀레스티아는 치프의 가슴에 두 손을 포갠 뒤 눈을 감았다. 그녀의 하얀색 머리카락이 백금색으로 달아오르면서 길게 늘어나 치프의 팔다리와 오른쪽 눈의 구멍에 접촉했다.

"신들이 날개 달린 자들과 대립할 때 썼던 방법 중에 지옥의 9층이라는 공간이 있어. 모든 것을 얼려서 가둬 버리는 강력한 감옥이지. 입자화로 브리치에 빨려 들어간 동포들은 아마 그곳에 갇혀 있을 거야. 브리치들이 집단으로 열렸을 때 강력한 냉기를 느꼈으니 확실해."

데스디아는 셀레스티아의 머리카락들이 마치 기계로 옷을 짜듯 치프의 소모된 팔다리와 눈을 다시 만들어주는 모습을 보고 눈을 감으며 안도했다.

"그럼 드래곤들은 모두 살아 있는 건가?"

"그들을 꺼낼 수 있는 방법은… 모르겠어. 브리치를 관장하는 신인 '문지기' 아르마다라면 가능하겠지. 아니면 일을 저지른 엠페라투스라든가."

"엠페라투스는 치프가 날려 버렸어."

데스디아의 말에 셀레스티아가 입을 벌리며 놀랐다.

"날려 버렸다고? 정말?"

"치프는 대단했어. 난 설마 지구의 군용 건하운드가 함선들까지 프린팅할 수 있을 줄은 몰랐다니까?"

데스디아의 말에 UNSMC 대원들이 웅성거렸다.

"저기, 부사장님. 아무리 군용이라도 그런 건 안 됩니다."

"뭐라고요?"

"프린팅으로 만들어진 물체는 그 형태와 기능을 유지하기 위해 크기에 비례해서 에너지를 소모합니다. 그런데 프린팅으로 군함을 만든다고요? 그만한 동력을 갖추려면 이론상 프린팅된 함선만큼 큰 배터리를 써야 할 겁니다. 발전기 방식이라면 못해도 수십 기가와트급이 필요하겠죠. 어느 쪽이든 인간이 들고 다닐 수 없는 물건이 되는 겁니다."

그들의 말을 들은 데스디아는 가볍게 긴장했다.

"그렇다면 함선을 프린팅하는 것이 치프 자신의 능력이란 말입니까?"

『그라니트 : 용들의 땅』 2권 끝